Wer andren eine Feder schenkt

Für meinen ewigen Freund Harry,

*und für unseren gemeinsamen Freund Matthes, der schon in den ewigen Jagdgründen auf uns wartet
und für ewig alle, die Freunde sind,*

*für Lorenz(o), die Sonne, Mystiker, Indianer/innen, Shiva + CARLOS,
die Liebe und unsere Liebsten, Lebenskünstler & Hippies,
Holy Flips, Musicians + Writers + Painters,
Abenteurer und Kriegsdienstverweigerer*

Manfred Schloßer

Wer andren eine Feder schenkt

Eine Freundschaft seit der Hippie-Zeit

Roman

Bibliografische Information der Deutschen Nationalbibliothek
Die Deutsche Nationalbibliothek verzeichnet diese Publikation in der Deutschen Nationalbibliografie; detaillierte bibliografische Daten sind im Internet über http://dnb.dnb.de abrufbar.

© 2016 Manfred Schloßer
Satz, Umschlaggestaltung, Herstellung und Verlag: BoD – Books on Demand
ISBN 978-3-7412-1512-4

Inhalt

Über den Autor	7
Über die Freundschaft	8
Motto der Love & Peace-Generation	9
Einleitung: wer andren eine Feder schenkt …..	10
Personenverzeichnis	12
I. Hippies, Spaß und neue Kontinente – die bunten 70er Jahre	**15**
Lachen-Liebe-Nächte	15
Der Anfang der Geschichte	20
Kulturkritische Nächte	25
Wilde Zeit der Späthippies	40
Sport – Spiel – Spannung	49
Legalize it, Tetraeder	56
›Hotel Moselblick‹	68
Neue Kontinente	77
II. Abenteuer und Reisen – die wilden 80er Jahre	**83**
Hauptsache labern	83
Sex and Drugs beim MCD oben drauf	89
Tennis, Schläger & Kanonen	105
The B-51	111
The Last Drive ins Saarland	115
Der belgische Erwin aus Grimbergen bei Brüssel	118
Der Mann aus Hagen	121
III. Unterwegs – durch die 1990er Jahre	**125**
Groningen und die neue Fruchtbarkeit	125
Der Wald ruft …	135
Der ›doppelte Maastricht‹	140
Die verpassten Neville Brothers-Konzerte	147
On the road zur Mosel	151

IV. Das neue Jahrtausend	163
Im Nebel gestrandet	163
Dreißig Jahre ›Bullayer Brautrock‹	166
Elder Statesman	170
Federn	175
Literaturhinweise	179
Diskographie	181
Danke für alles	183

Über den Autor

Manfred Schloßer, geboren 1951 in Selm, aufgewachsen in Datteln, wohnt seit 1980 in Hagen. Zusammen mit seiner Ehefrau Petra und der gemeinsamen Katze Lilli haben sie es schön im dörflichen Hagen-Fley.
Anfang der 80er Jahre, während der Musikphase der ›Neuen Deutschen Welle‹, hieß es: ›Komm nach Hagen, werde Popstar …‹, als Nena und Extrabreit von Hagen aus die Welt eroberten. Zwar kam der Autor nach Hagen und gründete mit Freunden dort die Musikgruppe Vogelfrei, wurde aber nie Popstar.
Er studierte in seinen drei Studiengängen – als Sozialwissenschaftler an der Bochumer Ruhr-Universität, Sozialarbeiter an der Hagener Fachhochschule, Sozialpädagoge an der Dortmunder FHS und machte seine drei Diplome. Zur Belohnung durfte er sein Geld als Leiter eines Abenteuerspielplatzes, dann eines Jugendzentrums und später eines Jugendinformationszentrums verdienen und danach bis 2013 in einer Betreuungs-Behörde arbeiten. Mittlerweile hat er als Rentner noch viel mehr Zeit, seinen verschiedenen sportlichen Aktivitäten und natürlich weiterhin seiner Leidenschaft fürs gedruckte Wort zu frönen.

Mit dem Roman ›Wer andren eine Feder schenkt‹ erscheint bereits der achte Danny-Kowalski-Roman. Im Jahre 2015 veröffentlichte der Autor seinen zweiten Krimi ›Das Geheimnis um YOG'TZE‹. Die Öko-Science-Fiction-Story ›Zeitmaschine STOPP!‹ wurde 2014 als sein sechster Roman veröffentlicht. Der Liebesroman und sein fünftes Buch von 2013 hieß ›Leidenschaft im Briefkuvert‹. Davor veröffentlichte er 2012 mit dem abgefahrenen Roman ›Der Junge, der eine Katze wurde …‹ den vierten Teil seiner Danny-Kowalski-Trilogie. In den vorherigen drei Romanen wurde bereits über das Reisen in ›Straßnroibas‹ (2007), über das Leben und die Liebe in ›Spätzünder, Spaßvögel & Sportskanonen‹ (2009) und über das Sterben und Leben lassen in seinem Ruhrgebiets-Krimi ›Keine Leiche, keine Kohle…‹ philosophiert…
Weitere Informationen im Internet: http://www.petmano.jimdo.com/

Über die Freundschaft

Harry an Danny: »*Schön zu erfahren, wie wert Dir meine Freundschaft ist. Im Gegenzug muss ich Dir sagen, dass unsere Freundschaft mir unendlich viel bedeutet. Ich bin in einem Alter, wo mir nicht mehr viele Freunde zulaufen und ich, muss ich gestehen, andere Menschen auch häufig nicht mehr an mich heranlasse. Ich sage mir: Was brauche ich neue Freunde, ich habe doch sooo gute alte!*«

Danny an Harry: »*… und es geht mir ähnlich. Neue Freunde gibt's nicht: woher auch. Es gibt nur alte, jahrzehntelange Freunde: entweder hast Du sie noch -> dann ist's super …! Oder sie haben sich aus dem Staub gemacht: -> c'est la vie …!!!*«

Von der Freundschaft (von Kahlil Gibran[1])
Suche Deinen Freund stets nur, um Stunden mit ihm zu erleben. Denn er ist da, um das Fehlende in Dir zu füllen, nicht Deine Leere. Und zu der Süße der Freundschaft geselle sich auch das Lachen und geteilte Lust. Denn im Tau kleiner Dinge findet das Herz seinen Morgen und seine Erquickung.

Motto der Love & Peace-Generation

*If you can't be
with the one you love,
then love the one
you're with....*

(Crosby, Stills, Nash & Young)

Einleitung: wer andren eine Feder schenkt …..

Das war der Traum zweier sinnesfroher naiver Hippie-Freunde aus den 70ern, wovon der eine einen Verlag hatte, den Rodriguez-Küstennebel-Verlag. Und der andere schrieb sich in phantasievoller Weise gerne die Finger wund.

So schrieben sie denn brav und treu in ihrem Poesie-Album die Geschichte ihrer Freundschaft auf, immer abwechselnd, und reich bebildert. Allerdings hatten sie nicht viel Hoffnung, dass ihr Werk jemals veröffentlicht werden könnte. Denn die beiden Original-Tagebücher waren reich illustriert worden. Die beiden Freunde hatten es sich angewöhnt, ihre Bücher in der Form ›eine Seite Text, eine Seite Foto‹ zu gestalten. Deshalb wäre wegen der vielen Fotos eine Veröffentlichung im Rodriguez-Küstennebel-Verlag genauso wie in jedem anderen Verlag utopisch gewesen. Doch mit den neuen PC-Programmen wie Photo-Scape konnten sie jetzt ihre Storys immer mit Sammel-Collagen kapitelweise illustrieren. Und nun wurde der Traum Wirklichkeit …

Damit vor allem die jüngeren Leser und Leserinnen die zeitgeschichtlichen Hintergründe verstehen, möchte ich betonen, dass sich Danny in den 1970er Jahren als junger utopischer Twen innerhalb eines ganz bestimmten gesellschaftlichen Spektrums bewegte. Das steht zwar im ziemlichen Widerspruch zu seinem aktuellen Denken und Fühlen in der zweiten Hälfte seines Lebens. Aber so war das halt damals in den 70ern, als Nachhall der 68er-Generation: bei den jungen Leuten war es weit verbreitet, sozialpolitischen Ideologien zu folgen, die teils durchaus auch voller unrealistischer Träume steckten.

Das kam sicherlich auch ein wenig daher, dass sich der Protagonist Danny Kowalski in der Zeit von 1972 bis 1977 wegen seines Sozialwissenschafts-Studium an der Ruhr-Universität Bochum rum trieb, und da besonders an der ›roten Fachschaft SoWi‹. Das entwickelte sich per se als ein sehr theoretisches Studium, wobei das einzig Praktische seine zweijährige Interviewer-Tätigkeit für das EMNID-Institut war. Deshalb bewegte sich Danny auch teilweise in einer Szene von vergeistigten, nichtsdestoweniger spontanen Ideen …

Aber einen Gegenpol zu ihrer Spontaneität brachte den beiden Freunden Danny und Harry ein Mann der Wissenschaft, der lebenslustige Dozent im Fach Soziologie, Prof. Dr. Leo Kofler.

Der Stil der ›Schreibe‹ richtete sich nach dem jeweiligen Zeitgeschmack, da meine früheren Geschichten tatsächlich in den 70er oder 80er Jahren geschrieben wurden.

In der Überschrift ›wer andren eine Feder schenkt ...‹ hatten die beiden Freunde unbewusst den Begriff der ›Feder‹ gewählt, einem Symbol für Indianer-Mystik, die in der damaligen Szene weit verbreitet war. Gleichzeitig gehört die Feder auch zu den ›weichen‹ Souvenirs wie auch Muscheln, Blätter, Rinde oder Zapfen, die man sich gerne von einem Waldspaziergang mitbrachte oder aber seinem Freunde schenkte. Schließlich und letztendlich war die Feder natürlich auch ein Symbol für die historische Art der selbst gemachten Literatur ....: ›mit Tinte und Federkiel schreiben‹. Womit sich der Kreis hier bei den beiden jungen Literaten geschlossen hatte.

Die in diesem Roman beschriebenen Personen sind sinnlich erfassbare Menschen, die teilweise irgendwo existieren. Ihre Namen sind natürlich geändert, um das Mysterium ihrer Intimität nicht zu verletzen.

Alle vorliegenden Geschichten unterliegen natürlich auch nicht dem Anspruch, die Wahrheit zu berichten, obwohl sie grundsätzlich alle auf wahren Begebenheiten beruhen. Als Autor habe ich mir einfach mal die schriftstellerische Freiheit genommen, die eine oder andere Geschichte satirisch zu sehen, andere oder mich selbst zu parodieren und die Übertreibung der Ironie zu benutzen.

Personenverzeichnis

Danny Kowalski verschenkt Federn
Harry gewinnt einen neuen Freund
Matthes bringt Danny und Harry zusammen
Heidemarie küsst überraschend
Nicole, Dannys erste große Liebe, verschwindet aus seinem Leben
Lulu hat genauso wie Danny zum ersten Mal Sex im Leben
Inger-Lise, Dannys dänische Brieffreundin, macht ihn mit ihrer Schwester bekannt
Jytte, die ältere der Schwestern aus Jütland, wird Dannys Freundin
Andy, Harrys Freund, ist die Ruhe in Person
Sugar-Ede, Harrys Bruder, erlebt Geschichte
Gerry, Dannys Bruder, macht sein Ding
Zoppich und seine Gang verbreitet Angst und Schrecken über Datteln
Moritz hat ein Faible für Abenteuer im Grünen
Carlos und Achim gehören wie ihre Freunde Danny und Harry zum Tetraeder
Betty, Gerrys damalige Ehefrau, erlebt das Tetraeder live
Florian überrennt zusammen mit Danny den ›Dritten Wind‹
Britta, Achim's Ex, treibt sich rum
Laufi, Irdie und seine Holy-Flips lieben neben Federn Musik- und Trommel-Sessions
BärBel, Dannys Schwester, kennt sich mit Pilzen aus
Balu, ihr Freund und späterer Mann, steht ihr zur Seite
Marie, Dannys Mutter, ist eine reiselustige Saarländerin
Götz, Maries Mann, ist der Stamm-Vadder von'ne Kowalskis
Tina, Dannys Freundin in den 70er Jahren, ist ein lustiger Teenie
Frankie & Biggy reisen mit Danny & Tina bis nach Marokko
Valentine, Dannys Freundin von 1975, gibt ihnen in Bonn Unterschlupf

Doro, Harrys Lebensgefährtin, hat einen langen Atem
Rollo und Jojo gründen mit Harry und Ede den Rodriguez-Küstennebel-Verlag
Lydia, Dannys Freundin für drei Jahre, Anfang der 80er Jahre
Osko und Berit, die deutsch-norwegische Freundschaft, liebt und schlägt sich
Kirsten, Dannys Freundin, Mitte der 80er Jahre, ist allein erziehende Mutter
Ann-Kathrin gilt als die ›Norwegerin schlechthin‹
Bettina und Ralle sind Dannys Freunde aus Trier
Motte, ein lustiger Saarländer aus Neunkirchen
Julie, Dannys Hagener Freundin Ende der 80er/Anfang der 90er Jahre
MaryLou + Amy, Dannys Massachusetts-Freundinnen, besuchen mit ihm New York
Zo und Lena entstammen der neuen Fruchtbarkeit von Harry und Doro
Carlotta + Frank sind zwei gute Freunde aus Hessen, mit den Töchtern Katrin + Mary
Moni, seit 1992 seine Freundin, hat ihren Danny 2007 geheiratet
Lilli, ihre gemeinsame schwarze Katze, ist ein kleines halb-norwegisches Raubtier

I. Hippies, Spaß und neue Kontinente – die bunten 70er Jahre

Lachen-Liebe-Nächte

Obwohl Danny und Harry die selben Basics hatten, kannten sie sich vor den 70er Jahren nicht. Sie waren zwar beide in den 60er Jahren auf derselben Volksschule, in der Josefs-Schule in Datteln-Hagem. Aber sie waren drei Jahre und entsprechend drei Schulklassen auseinander. Trotzdem hatten sie als Gemeinsamkeiten die selben Lehrer. Beide wurden vom Lehrer Lasker vertrimmt. Und beide kannten sie auch den heißesten Feger der gesamten Volksschule, die blonde Heidemarie aus dem Hagemer Feld. Früher war sie in Dannys Klasse die unscheinbare Tochter des Schneiders mit langen geflochtenen Zöpfen, später wurde sie der Schwarm der Volksschule, wie Harry viel später berichtete. Danny war ja damals nach der 5. Klasse zur Realschule in Oer-Erkenschwick gewechselt und hatte deshalb die Entwicklung des flotten strohblonden Teenagers Heidemarie nicht mitbekommen. Für Harry war sie drei Klassen über ihm sowieso unerreichbar. Aber – was Danny damals noch nicht wissen konnte – diese Heidemarie hatte ihn Jahrzehnte später immerhin mal geküsst: 1988 bei einem Klassentreffen. Da stand sie vor ihm: eine reife Frau in den 30ern, verheiratet und hatte 3 Kinder, aber attraktiv wie Heidi Klum. Heidemarie fuhr plötzlich auf Danny ab, weil er da gerade frisch verliebt war. Und sie fand das so süß und küsste ihn deshalb mit einem schönen saftigen Kuss, Mund auf Mund, mit ihrer blonden strahlenden Schönheit, zwar in aller Freundschaft, doch mit einem Schuss prickelnder Erotik im Hintergrund.

Und Harry und Danny erlebten – ohne einander zu kennen – den 4. Februar 1967 im Stimberg-Stadion in Oer-Erkenschwick, zusammen mit noch 20.000 anderen Zuschauern. Sie waren dabei, beim Achtelfinale des DFB-Pokals ›Spielvereinigung Erkenschwick gegen Bayern München‹, damals mit allen Stars wie Franz Beckenbauer, Sepp Maier und Gerd Müller. Das Ergebnis lautete bei Spielende 1 : 3, aber es war ein hartes Stück Arbeit für die ›Weltstars‹ aus München, ehe sie die ›Malocher‹ aus Erkenschwick aus dem Pokal geworfen hatten.

Sie hatten also schon einiges an Basics gemeinsam, bevor sie sich 1971 so unglückselig bei einem Schachspiel kennen lernten, dass nur Harry etwas davon mitbekam. Und der historische Boden war schon gepflügt, damit aus ihm ab 1974 gute Freunde wachsen konnten …

Um Dannys damalige Situation in der irren Zeit der Kellerklausenszene in den Jahren 1971/72 zu beschreiben, als Harry seine Wege – besser: Schachzüge – kollidierte, konnte man Danny kurz als ›Rohr im Wind‹ bezeichnen. Watt is datt denn? Na, so ne Art westfälischer Bambus. Dieses vielseitige Naturmaterial galt schon immer als sehr flexibel. Angewandt auf menschliche Charakteristika, bedeutete dies für Danny, einerseits stark und widerstandsfähig und gleichzeitig nachgiebig zu sein. Denn aus dem harmlosen Abiturienten war ein junger Mann mit überschäumendem Selbstvertrauen geworden. Er genoss die erste Liebe seines Lebens. Dann wurde er Soldat bei den Fallschirmjägern. Dort entwickelte er sich zum Kriegsdienst-Verweigerer und wurde schließlich auch als solcher anerkannt, als staatlich geprüfter Friedensschauspieler. Er wechselte also das ›Trikot der fallschirm-jagenden Army-Hypochonder‹ durch ein gebatiktes T-Shirt und trat ein in das zeitlose Blühen eines Freak-Lebens. Auch konnte er endlich das Militärhaarnetz, diese lächerliche Oma-Verkleidung für Langhaarige, für immer abstreifen und die Zotteln frei wehen lassen.

Seinen Wendepunkt erlebte Danny dann unterwegs nach Dänemark, als er auch gleichzeitig das so beeindruckende ›Unterwegs‹ des US-amerikanischen Schriftstellers Jack Kerouac las und lebte. Der Roman wurde 1957 im Original als ›On The Road‹ veröffentlicht. Das Buch galt als Manifest der so genannten Beatniks und als einer der wichtigsten Texte der Beat Generation. Der Inhalt des Romans ließ sich mit der Phrase ›Sex, Drugs ‹n‹ Jazz‹ charakterisieren. Die beiden Hauptfiguren, Dean Moriarty und der Erzähler Sal Paradise, begaben sich auf verschiedene Reisen durch die USA und Mexiko, um sich dem Rausch, den Frauen und dem Jazz hinzugeben – wobei sie als Hipster den neuen, härteren Bebop hörten. Die beiden trampten, sprangen auf Güterzüge auf, fuhren mit Greyhound-Bussen, auf LKW-Pritschen oder mit gestohlenen Autos quer über den nordamerikanischen Kontinent und zurück, von New York City, über Chicago, Denver, Kalifornien nach New Orleans und schließlich nach Mexiko.

Von besonderem Interesse für die heranwachsende Generation waren ihre Abweichungen von der Norm, welche in der US-amerikanischen Gesellschaft der späten 1940er und frühen 1950er Jahre deutlich wurden, das Lebensgefühl der jugendlichen Außenseiter und ihre Beobachtungsperspektive auf den Rest der Gesellschaft. Auffälligerweise begann der erste Satz in ›Unterwegs‹ des Protagonisten Dean Moriarity folgendermaßen: »*Nicht lange, nachdem meine Frau und ich uns getrennt hatten, …. begann der Teil meines Lebens, den man mein Leben auf den Straßen nennen könnte.*«[2]

Und genau solches war Danny gerade eine Woche vorher selbst passiert, als das Ende seiner ersten großen romantischen Lebensliebe zu Nicole ihn aus wohligen Liebesgefühlen nahezu sprichwörtlich in die Freiheit warf, wo er auf dem realistisch hartem Pflaster der Straße landete: unterwegs! Dort wurde ihm der Geruch von abenteuergeschwängertem Wind derartig in die Nase eintätowiert, dass dieser seitdem seine Lebenstriebe so stark betört wie die Leidenschaft der Lemminge für das ›Nacktbaden im Meer‹. Zum ersten Mal im Leben verbrachte er einen Geburtstag im Ausland, und zwar den 20., was damals noch keine Volljährigkeit bedeutete. Und zwar unter ausländischen Eingeborenen, den Jüten, ein südskandinavischer Wikinger-Stamm. Mit zwei von diesen blondblühenden Däninnen hütete er für zwei Wochen, da deren Eltern beide auf Dienstreise waren, alleine das Haus und manches Andere: die dufteten frisch und unschuldig, seine dänische Brieffreundin Inger-Lise und ihre ältere Schwester Jytte, die zwei Jahre später seine Freundin werden sollte. Jedenfalls verließ Danny einer plötzlichen Eingebung folgend eines Tages um Mitternacht in Richtung Dänemark seine nicht wenig erstaunte Omma Selm, die damals wegen der urlaubsbedingten Abwesenheit seiner Eltern das Kinder-sitting übernommen hatte. Und das auch noch sehr knapp, weil seine Eltern nur drei Stunden später von ihrer Prag-Tour zurückkamen. Übrigens war genauso wie bei Danny auch die Großmutter von William Burroughs jr.[3] die Absprungbasis zu seinem entscheidensten Lebensabschnitt.

Danny konnte durch Schule und Studium seine Adoleszenz verlängern und bekam dadurch die Freiheiten, überhaupt solche Globetrotter-Eskapaden zu erleben. Denn er lernte bis 1971 auf der ›Penne‹, von wo er nach dem Abitur dann zwar direkt zur Bundeswehr eingezogen wurde, aber dort den Kriegsdienst mit der Waffe verweigerte, worauf er als anerkannter KDV 1971/72 den zivilen Ersatzdienst in einem Dattelner Altenwohnheim absolvierte. Während dieser Zeit arbeitete er auch einmal in einer Ferienfreizeit in Winterberg mit behinderten Kindern und ihren Müttern und kam dadurch erstmalig mit sozialer Arbeit in Kontakt. Das beeindruckte ihn so sehr, dass er deshalb seine Volkswirtschaftsstudiums-Pläne änderte und stattdessen das Studium der Sozialwissenschaften an der Ruhr-Uni Bochum wählte, wo er von 1972 bis 1977 studierte und mit dem Hochschul-Diplom abschloss.

Politisch waren die 70er Jahre die große Zeit von Willy Brandt, der als Kanzler ab 1972 mit der ersten SPD-Regierung der BRD für frischen Wind sorgte und nicht umsonst den Friedennobelpreis bekam. Danny war ja selber seit Mitte der 60er Jahre Juso. Auch als Zivildienstleistender (ZDL) trat er bei ZDL-Streiks noch als aktiver Juso auf. Aber deren Politik der Anpassung bewegte ihn ein Jahr später beim Beginn seines Sozialwissenschaftsstudiums an der ›roten‹ Abteilung der Ruhr-Uni Bochum dazu, während einer konsequenten Woche 1973 aus SPD und katholischer Kirche auszutreten: ein heidnischer Sponti war das Ergebnis!

Als er dann drei Jahrzehnte später erfuhr, dass der Vatikan am 26.01.1999 nach 385 Jahren das Ritual zur Teufelsaustreibung überarbeitet und den Exorzisten strenge Auflagen gemacht hatte, war das wieder mal eine Bestätigung für ihn, aus dieser weit verbreiteten Sekte ausgetreten zu sein …!

Wichtig, um Dannys damalige gesellschaftspolitische Haltung zu verstehen, waren Begriffe wie ›Wider dem Establishment‹, ›Konsumterror‹ und deshalb ›Konsumverzicht‹, die als beliebte und moderne Schlagwörter und Alltagsphilosophien in der alternativen Szene herum geisterten, wo man ihnen mehr oder weniger erfolgreich hinterher hechelte oder nur davon träumte.

In diese Zeit der beginnenden 70er Jahre fielen auch verschiedene politische Aktivitäten, die Danny hauptsächlich in Hannover miterlebte: Demos, Rot-Punkt-Aktionen, Hausbesetzungen, wogegen die Bullen schon damals mit Panzerwagen und Wasserwerfern vorgingen, als sie (die Bullen) die Demonstranten tränengasüberströmt auseinander trieben.

Während seines zivilen Ersatzdienstes erlebte Danny dort in Hannover auch seinen ersten richtigen Sex: er wurde zwar ganz romantisch im Winter 1971/72 mit Lulu auf ausgebreiteten Laken und Matratzen zwischen den Werkbänken einer Hannoveraner Bildhauer-WG zelebriert, entpuppte sich allerdings als ein unbeholfenes Gehampel, weil es für Lulu genauso wie für ihn ›das erste Mal‹ war. Aber mit den Jahren und Jahrzehnten wurde es besser und besser, denn im Bereich Sex macht tatsächlich ›Übung den Meister‹.

Zu jener Zeit, also 1971/72 spielten Matthes und Danny gerade vorausschauend sämtliche Schach-Matche, die später in Wirklichkeit als die sagenumwobenen Spiele der Schach-WM ›Boris Spasky gegen Bobby Fischer‹ eingehen sollten. Danny und Matthes legten sich dafür hinten in Dannys umgebauten

VW-Käfer halb liegend, halb sitzend auf eine dicke Schaumstoff-Matratze genau unter eine Straßenlaterne, um dort im Funzellicht Nacht für Nacht die Schach-WM auf einem kleinen Reise-Schachspiel vorzuspielen …

Das war genau jener Matthes, der für Danny der Schlüssel zur Szene war. Durch den leutseligen Matthes, der nahezu alle Menschen in Datteln kannte, wurde Dannys Bekanntenkreis bunter und lebenstrunkener. Matthes würde auch später eine entscheidende Rolle spielen, als Einreißer von hemmenden Mauern, wodurch ›SIE‹, also Harry und Danny, Platz zum Bauen der Arena ihrer Freundschaft bekamen: guter alter Freund Matthes … !

Der Anfang der Geschichte

Der Beginn dieser Story, also der Anfang ihrer ›Hass-Liebe‹ gehört Harry …

… und die spielte ebenfalls 1971/72 in der Kellerklause Datteln, wo auch immer San Franciscan Nights zu hören war. So heißt seitdem einer von Dannys Alltime-Hits. Er hat eine Musik-Kassette von 1967, die beginnt mit San Franciscan Nights von Eric Burdon and the Animals. Immer wenn er die in seinen Auto-Radio-Recorder einlegt, kommt sofort gute Laune auf. Sie erinnert ihn an eine tolle Zeit 1971/72, als er seinen Zivilen Ersatzdienst in Datteln machte. Dort gab es so einen Szene-Club, die Keller-Klause in der Kolpingstraße. Das war so eine Art alternativer Teestube. Deshalb waberte dort auch immer ein Duft von Tee und Kerzen zwischen dem Tabakqualm der selbst gedrehten Zigaretten. Kam dann Danny rein, legte der Ledschel, der Inhaber, diese Scheibe auf: San Franciscan Nights von Eric Burdon and the Animals: wunderbaaa …!

Harry erzählt: »*Eigentlich ist Schach ein blödes Spiel. Trotzdem schaute ich an einem trüben Winterabend im Dezember 1971 einer dieser Ausdauer-Übungen zu. Teils aus Langeweile, teils des Effektes wegen, mich in einem warmen Raum hinzusetzen und ein Bier zu trinken. Ich setzte mich mit dem Glas also zu zweien dieser Logik-Akrobaten.*« [*]

---

[*] *zum besseren Verständnis für den Leser werden ab jetzt bis zum Ende des Romans Harrys Beiträge kursiv gedruckt*

Danny wirft ein: »Noch ahnten wir noch nix voneinander! Obwohl gewisse schon sanft entwickelte Anlagen vorhanden waren.«

Dann kam der Negativ-Knall unseres Kennenlernens: »*Einer der beiden machte einen vollkommen unnötigen Zug. Da ein Kiebitz nicht unbedingt schweigsam sein muss, machte ich meiner Erregung Luft und sprach in die Stille des Denkens: ›Mannomannomannomannomannomann!‹ Daraufhin schaute mich der Bärtige an, sekundenlang flackerte ein aggressiv-höhnisches Licht in seinen Augen und dann fuhr er mich an: ›Mach die Biege, Sunny. Unterbrich die Weltmeister nicht.‹*

Nun ja, es waren immerhin zwei Spieler gegen einen Zuschauer. Ich kam sofort dieser Ausladung nach, trollte mich und dachte dabei an das wahrscheinliche und baldige Ableben der beiden Schach-Cracks. Innerlich zutiefst gekränkt schlich ich mich in die Dunkelheit der kalten Dezembernacht hinaus. Die zwei Höflichkeits-Vandalen wollte ich niemals wieder sehen.«

Harry fährt fort: »*Es heißt doch so schön: unverhofft kommt oft. Oder hier noch besser: ›Die Heilung des Lahmen mittels seiner Krücken‹. Denn große Dinge lassen lange auf sich warten. Jahre lang lebte ich zufrieden und blöd vor mich hin. Ich hatte das Schachspiel und alles, was damit zu tun hatte, längst vergessen. Ich vegetierte zurückgezogen von meinen Mitmenschen in dem kleinen Zimmer in der Wohnung meiner Eltern. Ich war arbeitslos und kassierte das Geld der Arbeitslosenunterstützung. Das Haus verließ ich nur zu Spaziergängen durch die nächtlichen, menschenleeren Straßen oder um tagsüber durch die nahe liegenden Felder und Wälder zu streifen. Bis auf meinen Bruder Sugar-Ede kannte ich niemanden. Alles war strange.*

Eines Tages traf ich auf einem dringend notwendig gewordenen Gang zur Bank einen alten Freund in der Stadt, Andy. Wir hatten den Kontakt zueinander verloren und freuten uns jetzt deshalb um so mehr. Alte Erinnerungen warteten in Schubladen unserer Hirne, bereit abgerufen und aufgezogen zu werden – bei entsprechendem Impuls durch einen Mit-Erleber. Andy lud mich zu einer Flasche Wermut in den Park ein. Gesagt, getan. Auf einer Wiese unter weit ausladenden Buchen sitzend erzählten und schwelgten wir in Erinnerungen. Wie fast immer bei solchen Seancen wurden das Herz und die Seele schwanger mit Freude und Lachen. Andy gefiel mir gut in jenem Moment, und ich freute mich, mit ihm zusammen zu sein. Das mag der Grund gewesen sein, weshalb ich seine Einladung annahm, abends mit ihm und einigen seiner Freunde an der

›Alten Fahrt‹, dem inzwischen für die Schifffahrt gesperrten Teil des Dattelner Kanalnetzes, zelten zu gehen. Von seinen Freunden kannte ich allein Matthes, einen lieben Freund einer gemeinsam erlebten Süd-Frankreich-Reise. Jedenfalls wollten sie ein wenig Haschisch rauchen und ein bisschen Feuerzangen-Bowle trinken. Ich war gut drauf und froh, mal einen Abend aus der Eintönigkeit meiner Eremitage ausbrechen zu können.

Eine Stunde vor Sonnenuntergang holten sie mich ab. Mit meinem Bündel unter dem Arm ging ich auf den wartenden VW zu. ‚Oh Graus', wen sah ich hinter dem Steuer sitzen? Wie ein Vulkanausbruch schossen mir Bilder vor die Linsen. Ich sah Schachfiguren, zwei höhnisch blickende Augen und empfand auch den derben Schlag unter die Gürtellinie noch einmal. ‚Ich komm doch nicht mit', flüsterte ich Andy ins Ohr. Er blickte nicht durch, starrte mich fassungslos an. ‚Harry, was ist denn los mit dir, hä?' Mit diesen Worten packte er mich und stieß mich auf den Rücksitz.

Ohne einen Kommentar setzte der Fahrer den Wagen in Bewegung. Schlitternd kamen wir knapp durch einige Kurven, von denen jede angeschnitten wurde. Etwas Seltsames passierte: dieser anarchistische Fahrstil gefiel mir. Ich fühlte mich vollkommen sicher. Ja, es machte mir sogar Spaß, den Fahrer zu beobachten, wie er das Auto ausbrechen ließ und wieder abfing, während er die ganze Zeit erzählte und mit den Händen herumfuchtelte. Wieder fielen mir seine Augen auf. Im Rückspiegel sah ich sie glänzen und mitlachen. Wie ich meine, eine sehr bemerkenswerte Eigenschaft. Danny, wie der Fahrer hieß, erkannte mich nicht oder hatte – besser gesagt – den damaligen für mich blöden Effekt gar nicht registriert. Er quasselte mich an. Ich schwankte einen Moment zwischen Hochnäsigkeit und Güte, und beschloss, ihm zu verzeihen.

Mittlerweile waren wir angekommen, packten aus und bauten im letzten Licht des Tages die Zelte auf. Zwei von uns suchten Holz. Anschließend saßen wir unter Sternenhimmel und fast vollem Mond, labten uns an Gesprächen, Pfeifen und Getränken. Irgendwann stand ich auf, um außerhalb des Feuerscheins mein Wasser abzuschlagen. Ich starrte ins Dunkel hinein, während meine Finger am Reißverschluss zerrten. Immer wenn ich dringend ›muss‹, klemmt dieser nämlich. Hinter mir hörte ich plötzlich das Geräusch näher kommender Schritte. Jemand stellte sich Schulter an Schulter neben mich, und schwuppdiwupp, rauschte ein zweiter Urin-Strahl ins taufeuchte Gras herab. Ich war empört über diesen Einbruch in meine Klo-Intimsphäre.

Es war Danny. Ich hatte den ganze Abend nur zwei-drei Sätze mit ihm gewechselt. Jetzt redete er mich an. Ich kann mich nicht mehr an den Gegenstand des Gespräches erinnern. Ich weiß einzig noch, dass seine ruhige und leise Sprechweise mich in ihren Bann zog. Alles, was er redete, konnte ich im gleichen Moment noch nachvollziehen, empfand das gleiche, was er mir in seinen Worten schilderte. So kam es vor, dass wir in derselben Sekunde lachten, staunten oder gewisse Zusammenhänge erkannten. Der Schnaps und das Kif gaben ihren Teil dabei. Ich schoss ins All. Aber nicht allein. Eine neue Welt tat sich vor mir auf. In ihr erkannte ich das erste Mal in meinem Leben, dass einzig und allein Gefühle mein Sein steuern. Es ist nur möglich, über das Gefühl den so wichtigen Kontakt zu Menschen zu bekommen, ihn zu begreifen und ihn zu lieben. Ich entschloss mich, von nun an meinen Gefühlen nachzugeben und allein ihnen zu vertrauen. So schlug ich mich auf die Seite der Spontis.
Und ich gewann einen Freund …«

Dazu übte sich Danny in einer Meditation über den Anfang im Allgemeinen. Dagegen erlebte er der Anfang dieser Doppel-Biographie im Besonderen, also ihr Kennen-Lernen bzw. nicht Kennen-Lernen. Das war nämlich eine eher existenzielle Wahrnehmung des anderen, oder auch eine Ergänzung des persönlichen Horizonts. Dieser Anfang also fiel zusammen mit der Zeit ihrer beiden Lebenswendepunkte, an denen sie sich der orgiastisch-sonnigen Menschlichkeit zuwandten.

So schilderte Danny dann die selbe Situation aus seiner Sicht als einen ›idyllischen Zeltplatz inmitten eines Bullenmanövers‹. Und Folgendes geschah in den ersten Sommertagen 1974: »ja, wirklich, guter Harry. Unsere Beziehung fing für mich erst jetzt an. Ich hatte deine damalige Reaktion überhaupt nicht bemerkt. Als Schachspieler spielte ich nämlich Schach und konnte mich nicht um die sozialpsychologische Betreuung von Kiebitzen kümmern. Na jedenfalls, freute ich mich über die Mondfinsternis-Nacht mit Andy, Matthes und dir, zumal es auch noch eine Feuerzangenbowle und Zelt-Nacht am Kanal zu erleben gab.

Wir waren alle gut drauf, freuten uns auf dieses Himmelsereignis und fuhren mit meinem Käfer dorthin. Wir parkten wie immer in der verbotenen Zone an der Kanalböschung, die nur für Angler mit gültigem Angelschein frei war, ohne uns deshalb – wie immer – groß Gedanken zu machen.

Wir erfreuten uns an dieser kosmischen Rochade aus Mond- und Erdbewegung und an meiner ersten Feuerzangenbowle im Leben, so dass wir erfüllt und zufrieden in unsere Zelte neben dem Kanal krabbelten.

Unser zukünftiges ›Glück‹ mit den Bullen setzte gleich nach der ersten gemeinsamen Zeltnacht am Kanal am nächsten Morgen seine Zeichen. Am nächsten Morgen erwachte ich von einem enormen Getue und Getöse, was ich mir nach einigem Lauschen beim besten Willen nicht zusammenreimen konnte. Deshalb stieg ich schweren Herzens aus meiner warmen Schlaftüte, aus dem Zelt ins klare Morgenfrisch und traute meinen Augen kaum. Es war wie im Film: überall krabbelten Bullen herum! Hier schuppten sie einen Wagen die Böschung herunter; lustigerweise direkt neben meinem blauen Käfer, als gäbe es sonst nirgendwo eine andere Kanalböschung. Dort hinten am Waldrand schleppten welche einen Stoffmenschen ins Gebüsch. Dann wurde es erst richtig dramatisch.

Es kamen plötzlich von überall her Bullen: Bullen mit Hunden, die überall herumschnüffelten, eine ganze Meute Bullen im Überfallwagen, ein Polizeiboot kam über den Kanal mit Tauchern, ein paar Zivile von der Kripo, die uns nach einem Vermissten fragten. Da wir aber inzwischen kombiniert hatten: hier läuft ein richtiges geplantes Bullenmanöver, wollten wir keine Spielverderber sein und schwiegen eisern. Da wir nicht zum ›Singen‹ zu bewegen waren, wurden wir kurzerhand zur neutralen Zone erklärt. Das war uns ganz recht so, wir ließen unsere Klamotten unter Obhut von Polizeischutz zurück und spazierten 50 m weiter auf die Kanalbrücke und bestaunten von diesem Logenplatz mit herrlichem Überblick das ganze Bullenmanöver. Die Abteilung Kripo dieses Manövers war uns anscheinend besonders zugetan, denn sie warnten uns sogar vor ihren Kollegen von der Wasserschutzpolizei: wir sollten besser die Zelte abbauen und die Angeln verstecken, da wir ohne Angelschein waren, und einfach so tun, als würden wir da nur so normal rum liegen. Wie jeder Film mit schlechter Regie begann auch dieser uns auf die Dauer zu langweilen. Da nun auch der Reiz des Überraschenden vorüber war, trollten wir uns, und die Bullen ließen uns auch anstandslos ziehen. Sie störten sich noch nicht einmal an meinem verkehrswidrig geparktem Auto, obwohl es gar nicht so einfach war, an dem Abschleppauto vorbeizukommen, das sie für die Bergung des kurz vorher die Böschung herunter gekippten Autos organisiert hatten. Da verstehe einer die Logik des Staates: er macht kaputt, um zu reparieren. Warum dann erst kaputt machen ...!?

Mach's doch wie wir: gehe zelten und komm mit einem neuen Freund wieder zurück ...!

Denn von diesem Tag an, guter Freund Harry, gab es für UNS nur noch gemeinsam das Gehen auf Wegen, die Herz haben. Auf jeden Weg gehen WIR, der vielleicht ein Weg ist, der Herz hat. Dort gehen WIR, und die einzige lohnende Herausforderung ist, seine ganze Länge zu gehen. Und dort gehen WIR und sehen und sehen atemlos ...«

(frei nach Carlos Castaneda[4], H. Govinda Pfingsten und Manolito T. Locksmith)

Kulturkritische Nächte

Besonders nach aufregenden Wochenenden hatten Danny und Harry immer viel zu diskutieren, philosophieren und der Metaphysik auf die Sprünge zu helfen. Dafür hatten sie die ›Blue Mondays‹ erschaffen. Ein ruhiger Montagabend bis spät in die Nacht, geraucht und geredet, mit dem besten Freund verbracht ...

Dannys neuer Freund Harry hat auch noch zufällig am selben Tag wie Dannys Bruder Gerry Geburtstag, am 26. Juni, jeweils kurz nach Sommeranfang: ja, wenn das kein Zufall war ...

Da wurde es auch mal hemdsärmelig oder obskur, aber immer abenteuerlich bis gar utopisch, wenn sie über den Vorreiter der zukünftigen Kosmos bestimmenden anarchisch-kommunistischen Literatur fabulierten, nämlich das ›WIR‹-Ideal, oder in dem Fall besser: »Das ›SIE‹-Ideal, Hauptsache Plural. Später würden sie die ideologischen Urväter der so genannten ›Revolution durch die Feder‹ genannt, oder auch sanfte Revolution. Derweil unterwanderten sie schon mal durch spontane Kollektivität das Trugbild des degenerierten bürgerlichen Individualismus.

So wegweisend würden SIE sein, dass althergebrachte Ich-Erzähler-Klassiker höchstens noch an von Theologie berauschten Eremiten als Schundliteratur oder an Edel-Narzissten verhökert werden konnten, die sich mit dem Papier der sich selbst beweihräuchernden egozentrischen Ich-Literatur den Arsch abputzten und mit der freien Linken ne saftige Moorpackung pimperten …!«
Whow, was für ein starker Tobak da aus ihnen heraus floss …

»Zur Moorpackung, lieber Dannylito, da fällt mir etwas anderes ein«, erinnerte sich Harry, *»Zelten an einem äußerst schwammigen pilzigen Ort inmitten der Ahsener Wälder. Dort wo die Zoppich-Gang ihre nächtlichen Auto-Zerstörungsfahrten startete, und genau dort hattest du die Idee, unser Camp direkt auf einem Waldweg aufzuschlagen. Stell dir meine Angst vor, in der Nacht von Motorenlärm geweckt zu werden, näher und näher, lauter und lauter, und dann mitten durch Schlafsäcke, Rucksäcke, Bongotrommeln und uns eine schrottreife Karre mit einem Irren am Steuer: ein makaber tragisches Erwachen. Andy meinte, er kenne den Zoppich gut, ihm würde er nichts tun. Sein Wort in Gottes Ohr.*

Also, wie alles begann auch dieser Tag erst am Nachmittag mit einem Tee-In. Die Sonne schien warm durch das Fenster, mein Zimmer war hell erleuchtet und wir beschlossen, Ähnliches mit uns zu tun. Fröhlich kringelten sich die dunkelbraunen Rauchschwaden in Richtung des Sonnenlichtes. Nach einer Weile hatten wir uns in das Wort ›Toleranz‹ verbissen, wobei ich den Schwarz-Weiß-Effekt und Danny den etwas nuancierten Weiß-Grau-Schwarz-Weg vertrat. Den Zusatz ›-Spanne‹ konnte ich einfach nicht in meinem Wortschatz auftreiben, so dass Danny begann, mich schulmeistern zu wollen. Es tat sich nicht viel. Wir gerieten jedoch in immer kompliziertere Formen von Bewusstseins-Ebenen, wobei Danny meine Argumentationen des öfteren mit einem neuen Pfeifchen ins Wanken bringen wollte.

Als wir aber so ziemlich jedes Wort des gesamt-deutschen Wortschatzes mindestens einmal ausgesprochen und analysiert hatten, traten Andy und Matthes ins Zimmer, nannten uns mehrmals ausgemachte Dummköpfe und wiesen uns auf die außen herrschenden Hochsommer-Temperaturen und einen in Aussicht stehenden Ausflug ins Grüne hin. Als Über-Demokraten beugten wir uns dann aber schnell dieser besser wissenden Opposition, packten mein Zeug zusammen, kauften innerlich anzuwendende Moskito-Desinfektionsmittel und brausten los in die nahe gelegenen Wälder.

Wie eingangs schon erwähnt, wurde eine Rollbahn unser Quartier. Im Zelteaufschlagen waren wir geübt, und schnell konnten wir zum gemütlichen Teil des Abends übergehen. Schon unter beträchtlicher Drogeneinwirkung gelang es uns nach einigem Hin und Her, ein alsbald loderndes Feuer zu entzünden, das die Moskitos abhielt. Das Gegenmittel wandten wir vorsichtshalber in großen Mengen an.

Nachdem wir längere Zeit ins Feuer gestarrt und seine Bewegungen uns beruhigt hatten, stand Danny auf. Außerhalb des Feuerkreises war es vollkommen dunkel, wie es nur in irgendeinem Wald sein konnte. Vom Kassetten-Recorder kam zu dieser Zeit die Musik von Tangerine Dream, meditativ schwoll das Brausen von ›Zeit‹ durch das Feuer in die Schwärze der Nacht hinaus, in den Baumwipfeln schaukelte sich leicht der Wind. In Matthes Augen, der mir gegenüber saß, brachen sich die Flammen des Feuers, und vom Dunkelbraun seiner Iris wurden winzig kleine Blitze in die uns einschließende Dunkelheit geschossen. Andy lächelte sein Lächeln. Danny führte mit dem Kassetten-Recorder in der Hand gleichmäßige Bewegungen wie ein Schnitter aus, die Musik wurde lauter und leiser, ein Mono-Rekorder auf dem Stereo-Trip.

Ich seufzte und verlor mich irgendwo.

›Sollen wir etwas Holz sammeln, Harry?‹ Andys Stimme holte mich aus einem Paradies zurück. Das Feuer war fast ausgebrannt. Weil ich wieder ins Paradies zurückkehren wollte, willigte ich ein, und wir gingen los. Zunächst fanden wir außer einem etwa armlangen Ast nichts Atemberaubendes und beschlossen daher, den Weg ein Stück hinauf in eine vor kurzem geschlagene Schonung zu gehen. Der Boden war uneben, und so gingen wir langsam. Kein Stern war zu sehen, und auch der Mond war hinter dichten Wolkenbänken verborgen, nirgendwo ein Licht. Wie aus dem Boden gewachsen tauchte plötzlich eine Gestalt vor uns auf. Mir blieb das Wort vor Erschrecken in der Kehle stecken. Anders Andy, reaktionsschnell holte er mit dem Feuerholz aus und war im Begriff, es dieser mit weit ausgebreiteten Armen dastehenden Gestalt auf den Schädel zu zerschmettern. Im letzten Augenblick gab er der Keule eine andere Richtung, und sie flog durch den dunklen Wald. Aus der Schwärze tauchte Dannys angstweißes Gesicht, denn er hatte uns nicht erschrecken wollen und daher die Arme zur Begrüßung weit ausgebreitet. Irgendwann, als wir anderen alle zu unseren eigenen subtilen Paradiesen wandelten, war er zu einem Spaziergang aufgestanden, ohne dass wir anderen etwas davon gemerkt hatten, und wir vermuteten ihn immer noch am abgebrannten Feuer.

›Danny Kowalski‹, machte Andy sich seiner Beklemmung Luft, ›du bist eben um ein Haar dem Tod von der Schüppe gesprungen!‹

›Ich auch, ich benötige eine sofortige Herzmassage‹, meinte ich. Und wir brachen alle in befreiendes Gelächter aus, denn auch Matthes war, durch den Lärm geweckt, zu uns gestoßen. Zu Viert sammelten wir dann schnell brauchbares Holz zusammen und gingen zu den Zelten zurück.

Bis auf etwas Glut war von unserem vormals prasselndem Feuer nichts mehr übrig geblieben. Ich holte also den Spiritus aus dem Wagen und goss einen dicken Strahl in das Glimmen – wovon sofort eine breite Flamme zum Ausgangspunkt zurücksprang, mir die Flasche aus der Hand riss und seinen nun *brennenden Inhalt ins umliegende Gras schleuderte. Wir hatten ein Feuer gewollt, keinen Flächenbrand. Die Freunde schauten mich Verständnis suchend an, und alle schlugen wir dann mit Knüppeln und Decken auf die Brandherde ein. Wir hatten Erfolg.*

Nachher saßen wir dann noch zusammen, tranken Wein und entspannten uns von diesen Zwischenspielen. Die Pfeifen kreisten um das nun wieder lodernde Feuer, die Gespräche loderten wie die Flammen, es knisterte und knallte in unseren Erzählungen weiter bis tief in die Nacht.

Früh morgens erwachte ich von Andys lautem Geschnarche. Es war schon hell und im Schlafsack war es mir zu warm. Eigenartig wach pellte ich mich aus dem Zelt heraus und überlegte dabei, ob ich die anderen aufwecken sollte. In meiner ›nur für einen Tag Lebens-Weise‹ hatte ich meine Schuhe vor dem Zelt stehen lassen. Der Tau hatte ihnen den Rest gegeben. Kladder-nass und aus dem Leim gegangen standen sie da. Trotzdem fühlte ich mich unbeschreiblich gut, mein Körper, mein Kopf, alles an mir war auf seltsame Weise wie aus einem hundertjährigem Schlaf zu neuem Leben erweckt. Das nasse Gras an meinen bloßen Füßen bewirkte mehr als die sonst übliche Morgenwaschung am heimischen Wasserhahn. Vor mir lag eine Zeitung – vom heutigen Tag. Ich stutzte. Wie hatte uns die Zeitungsfrau hier im tiefsten Wald gefunden? War sie etwa nachts mit der Zoppich-Bande auf einem Kotflügel sitzend durch den Wald gefahren? Hui, was ein Problem! Da ich mich morgens aber grundsätzlich nicht mit solchen Dingen länger auseinandersetzte, hatte ich alsbald genug davon und beschloss, dem Zwitschern der Vögel folgend durch den frisch-feuchten Wald zu wandern. Unterwegs versuchte ich mit Vögeln zu sprechen, schaute einem Maulwurf beim Buddeln zu, hatte eine ernste ideologische Diskussion mit einer Sumpfdotterblume – kurz gesagt, ich war im vollen Einklang mit der Natur um mich herum. Anschließend sprintete ich noch über ein Dutzend Gras bewachsener Wege, kam bis nahe Ahsen heran, und lief dann gemütlich zurück.

Dort erwarteten mich die anderen, ebenfalls ausgeruht und voll mit Sonne getankt. Ich liebte sie alle, wie sie dastanden, mich angrinsten und all die tausend Dinge erledigten, die vier Freunde tun, wenn sie frühstücken wollen. Ich aß mit Heißhunger, und Danny konnte mir dann auch die Sache mit der Zeitung erklären: er war sehr früh erwacht, in seinem Kopf wütete ein Schmerz, rastlos war er aufgestanden und ins Morgengrauen hinausgewandert. Irgendwann trug ihn der

Weg nach Ahsen hinein, wo er Hilfe suchend nach einer Apotheke oder Drogerie Ausschau hielt. Umsonst. Dafür traf er jedoch zwei Ahsener Fernfahrer, die ihm allen Ernstes rieten, drei Runden um die Kirche zu drehen, was er dann wider besseren Wissens auch tat. Geholfen hatte es aber nicht. Erst später erledigte sich der Schmerz, so wie er gekommen war. Von seinem Ausflug brachte Danny dann die bewusste Zeitung mit, kaufte auch noch Brötchen und Marmelade. Das Frühstück ließen wir uns schmecken, während Danny uns seine Geschichte erzählte.«

»Nee-nee, mein Freund, datt war fast genauso, wie du es dammals schildertest, aber doch ein kleines bisken anders«, kam es Jahrzehnte später aus dem Off von Dannys Erinnerungen. »Also, erst mal die Sache mit der Kirche. Ich bin nicht um die Kirche gelaufen. Ich bin doch nicht doof. Die Scheiß-Kopfschmerzen habe ich übrigens vom Spiritus bekommen. Den unangenehmen Geruch hatte ich auch noch am nächsten Morgen in der Nase. Aber glücklicherweise sind die üblen Kopf-Pinne dann tatsächlich irgendwann im Waldboden versickert. Aber Harry, du Positivist: die Zeitung, die habe ich aus irgendeinem Ahsener Briefkasten geklaut. Und an gekaufte Brötchen und Marmelade kann ich mich überhaupt nicht mehr erinnern, zumal es wahrscheinlich Sonntag war. Wenn schon Brötchen, habe ich die bestimmt auch irgendwo von ner Haustür mitgenommen. Und dazu gab es womöglich statt Marmelade Beeren aus dem Wald …!?«

Das war auch die Zeit der ersten großen musikalischen Verbindung zwischen Harry und Danny. Sie beginnt mit der Geschichte von Dannys allerersten LP aus den 1970er Jahren. Er hatte keinen eigenen Plattenspieler für LPs oder Singles. Sein älterer Bruder Gerry hatte in der 60ern ein kleines Plattenspiel-Gerät für Singles. Und seine Eltern hatten für ihre klassischen LPs eine Musiktruhe inklusive Wechsel-Spieler für jeweils zehn Schallplatten.

Danny hatte ja schon sein großes Musik-Live-Abenteuer auf dem Isle-of-Wight-Festival gehabt, wo er in der Nacht vom 29.08. auf den 30.08.1970 Jim Morrison und die Doors erleben durfte: ein großer Moment in seinem Leben. Und dort hatte er auch sein erstes Petting mit dem englischen Girl namens Ann, auf diesem Festival, mitten unter 500.000 jungen friedlichen Menschen. Er hat großartige Erinnerungen an dieses Ereignis. Seitdem liebte er die Doors, hatte aber immer noch keinen Plattenspieler. Trotzdem kaufte er sich dann 1975 seine allererste eigene LP in der Halterner Rock-Disco ›Old Daddy‹, wo sie abends von Datteln aus immer hinfuhren. Es war ein Sampler von The Doors mit Jim Morrison, obwohl der damals schon tot war, nämlich The Star-Collection, The Doors, Vol. I.

So spielte Danny zusammen mit seinem Freund Harry zu Hause, immer wenn seine Eltern ausgegangen waren, an den Abenden mit großer Begeisterung seine einzige eigene LP von den Doors. Erst ›ritten‹ sie auf dem Weg zum Schürenheck los wie der Schimmelreiter, wenn Jim Morrison ›Riders on the storm‹ im Auto-Kassettenrekorder sang. Denn dieses Doors-Stück eignete sich vorzüglich für einen ›Ritt‹ in einer Karre ….: bei absolut schlechtem Wetter, peitschendem Regen, stürmischen Böen, fiese Nass-Kälte draußen, aber drinnen in der Kiste war es warm, very warmly, because of the Car-Heatrance …. Sie fuhren durch die Nacht, die Musik-Anlage voll aufgedreht …. und Jimmy Morrison war bei ihnen, er ritt mit ihnen durch die Nacht, mit ihm bestanden sie jeden Sturm ….

… und erreichten angewärmt von Doors-Musik Dannys Elternhaus. Dort hatten sie Glück, da an diesem Abend sturmfreie Bude. Die Anlage angeschmissen, die Doors-LP aufgelegt, und dann machten sie sich das Licht aus bei ›Light My Fire‹, hatten wahrlich seltsame Tage, very ›Strange Days‹, wenn sie den Durchbruch zur anderen Seite schafften: ›Break on through to the other side‹, erfreuten sich auch ohne Whiskey an dem Alabama Song in Jimmys ›Whisky Bar‹, liebten ihre Freundinnen wie verrückt: ›Love her Madly‹, fanden die anderen Menschen seltsam, yeah ›People are strange‹ und blieben doch beide die Männer im Hintergrund, the ›Backdoor Man‹ …

Das waren gute alte Zeiten ›on love street‹ …

Und am nächsten Morgen überzeugte Danny seinen Freund, es mal mit realer Wissenschaft zu versuchen. Danny trieb sich ja in der Zeit von 1972 bis 1977 wegen seines Sozialwissenschafts-Studium an der Ruhr-Universität Bochum rum, und da besonders an der ›roten Fachschaft SoWi‹. In einer seiner spontanen Ideen machte er seinem Freund Harry den Vorschlag, doch einfach mal mitzukommen, zum lebenslustigsten aller Dozenten im Fach Soziologie, Prof. Dr. Leo Kofler. Bei ihm schrieb Danny auch seine Diplom-Arbeit ›Anthropologie der Praxis‹[5]. Koflers Dialektik zwischen Apollinischem und Dionysischem hatte es Danny angetan. Apollon, der Gott des Lichts und der Klarheit, stand für das Rationale, wogegen Dionysos, der Gott der Ekstase, des

Weins, des Genusses, für das Emotionale und die Erotik den Paten machte. Die Dialektik zwischen diesen Geisteshaltungen war so zu verstehen, dass das menschliche Leben anthropologisch zum Dionysischen strebte, aber nur vermittels des Apollinischen dieses auch weiterhin morgen und in der Zukunft noch durchführen könnte. Dadurch entstand das Teleologische, die dem Menschen eigene Zielgerichtetheit. Oder kurz gesagt: die beiden Freunde liebten ihr Boheme-Leben und sorgten dafür, dass sie das auch morgen und Jahre später erleben konnten.

Als Danny also mit Harry wieder einmal in einer dieser bemerkenswerten Kofler-Vorlesungen saß, – und das beeindruckte den damaligen Noch-Nicht-Studenten besonders – ging es in der Kofler-Vorlesung über Anthropologie wieder einmal hoch her. Ein paar aufgeregte langhaarige Studenten rauchten sogar mitten im Hörsaal ihre aus Amsterdam mitgebrachten Beedees. Die hatten vielleicht Nerven. Aber es roch nur verdächtig nach Marihuana. Tatsächlich waren es nur gerollte Ein-Blatt-Zigaretten aus Indien. Derweil schwirrten die Argumente über die Entwicklung des Menschen zum Menschen wie aufgeregte Pfeile durch den großen Vorlesungs-Saal. Da entwirrte Leo Kofler kurzerhand den ›gordischen Knoten‹ seiner diskutierenden Schäfchen: »Hört, hört. Das erinnert mich ja hier wieder ganz schön an die klassische Diskussion: wer war eher da – die Henne oder das Ei ...!?«

Damit hatte er die Lacher auf seiner Seite. Es trat wieder Ruhe im Saal ein, und Kofler konnte seine nächste provozierende These entwickeln.

Gleichzeitig nahmen ihre kulturkritischen Nächte dionysische Züge an, worüber Harry berichtete: »*Im Oktober 1976 wurden unsere Erlebnisse mit Rauschdrogen immer intensiver. Es verging fast kein Tag, an dem wir nicht Untersuchungen diesbezüglich unternahmen. Die Micro-LSD-Drogen wurden immer schärfer und preiswerter. Durch Freunde bekamen wir hin und wieder sogar einige geschenkt. Es ging uns beiden gar nicht mehr um das unmittelbare Rauschbedürfnis, denn wir waren ja fast durchgehend ›gut drauf‹. Unser gemeinsames Erleben wurde in meiner neuen Wohnung am ›Grünen Weg‹ in Datteln noch intensiver. Wir lernten Drogen als metaphysische Hilfsmittel kennen, erweiterten unseren provinziellen Hintergrund mit ihnen zum Nabel der Welt. Denn eines war uns beiden sicher: hier in der Dattelner Einöde explodierten Gehirne, von denen die restliche Welt spätestens in einigen Jahren hören müsste. Unsere Gespräche stellten alles Damalige und Vorausgegangene in den Schatten, ob es der Salon von Gertrude Stein oder die Seancen bei George Sand waren. Wir kreierten die völlig neue Form von Gesellschafts- und Gegenwartsanalyse, die wir ›Kulturkritik‹ benannten. Wie ein Wimpernschlag vergingen Tage und Nächte. Wir redeten, erlebten, analysierten das Erlebte und erlebten wieder aufs Neue. Das buddhistische Einssein von Körper und Geist erwies sich als unzutreffend und oberflächlich, weil sich dort nicht der Platz fand für die Dreifaltigkeit von Natur, Individuum und absoluter, alles beherrschender Gegenwart.*

Uns umgab eine Aura von Kraft, die sich in allen Dingen offenbarte, die wir taten, sei es im Kontakt mit Menschen oder Dingen. Wir künstlerten alles, was wir taten und entwickelten bestimmte Zeremonien für bestimmte Handlungen ... mit viel Kraft, Ruhe und vollster Harmonie im Hier und Jetzt. Da gab es diesen wunderbaren fortgeschrittenen Herbsttag, es war der 5. Oktober 1976, noch sonnig und klar, und wir beide machten zusammen mit Carlos einen Ausflug zum Flaesheimer Feuerwachturm. Der dortige Mischwald strahlte uns mit Farbschattierungen in Gold, Rot, Grün und Braun an, mimte den Indian Summer auf westfälisch. Wir hatten zur Steigerung des Selbsterlebens einen Stechapfel-Tee genossen. Der Stechapfel ist eines der ältesten bekannten Nachtschattengewächse mit berauschender Wirkung. Das Alkaloid dieser Pflanze, Datura Stramonium, setzt sich aus zwei anderen Alkaloiden zusammen, dem Atropin, auch von der Tollkirsche bekannt, und dem Hyoscyamin, aus dem Bilsenkraut. Wenn in der germanischen Edda von ›Äpfeln der Hesperiden‹ oder in antiken Mythen von ›Äpfeln der Göttin Iduna‹ berichtet wird, meinten die Überlieferer nichts anderes als den Stechapfel, dessen Wirkung in ewiger Jugend, Unsterblichkeit und dem Zustand der Göttlichkeit bestand,« schwärmte der zukünftige Historiker Harry.

»Wie seid ihr denn überhaupt an das Stechapfel-Gebräu rangekommen?« fragte Carlos interessiert.

»Ja, das war so: wir hatten den Tipp bekommen, dass das Alkaloid der Datura Stramonium in Asthma-Zigaretten frei wird,« sinnierte Danny in der Erinnerung, »aber es war gar nicht so einfach, da ran zu kommen, weil Asthma-Zigaretten nämlich rezeptpflichtig sind. Die kann man nicht so einfach in der Apotheke kaufen. Ein Dattelner Apotheker meinte sogar bei meiner ersten unschuldigen Nachfrage hämisch, manche würden's sogar mit Bananenschalen versuchen. Das kannte ich ja noch gar nicht und fragte ihn danach, worauf er mich verärgert zur Tür hinaus wies. Aber dieser Misserfolg reizte meine bekannte terrierhafte Hartnäckigkeit. Deshalb dachte ich mir für die nächste Apotheke, eine Waltroper, vorher vorsichtshalber eine rührselige Geschichte aus. Ich brauche diese Asthma-Zigaretten für meine Freundin, die Asthma hat und trotzdem raucht. Deshalb will ich ihr mit diesen Asthma-Zigaretten was Gutes tun. Wenn sie schon raucht, soll sie wenigstens was Gesundes rauchen. Das rührte die ältere Apothekerin aus Waltrop zwar, sie wollte mir und meiner armen Freundin auch gerne helfen, sie hätte diese Asthma-Zigaretten allerdings nicht vorrätig und müsste sie erst bestellen. ›Schluck,‹ dachte ich, ›das scheint ja gar nicht so einfach, an diese Dinger ran zu kommen‹, sagte aber zu ihr: ›Dann bestellen Sie sie mir doch bitte.‹ Gesagt, getan, eine Woche später konnte ich mir ›Dr. Wills Asthma-Zigaretten‹ in der besagten Waltroper Apotheke abholen, und sie wollte noch nicht einmal ein Rezept dafür von mir haben. Man konnte sie auch einfach rauchen, sie schmeckten aber nach nix Besonderem, außer dass man einen trockenen Mund davon bekam. Kein Wunder, das macht das Atropin darin, das wird auch bei Epileptikern eingesetzt, um den Speichelfluss einzudämmen. Als Tee gekocht ergaben die Asthma-Zigaretten ein fettiges, dunkelgrünes Getränk, das zwar einen sensationell üblen und bitteren Geschmack hatte, was man allerdings mit einigen Löffeln Zucker und raschem Hinunterstürzen des Gebräus kompensieren konnte.« »Und wie wirkt das dann?« fragte Carlos, mittlerweile ganz Ohr. Harry erinnerte sich sehr gut daran: »*Schon kurze Zeit später setzte die Wirkung ein, wir begannen ›in das Loch neben dem Apfelbaum einzudringen‹, wie die entsprechende kaukasische Volkssage aussagt, die die Heldin in eben diesen Gang unter der Erde verschwinden und dort märchenhafte Dinge erleben lässt. Auch bei uns war es recht seltsam, als wir an unserem Zielort angelangt waren, recht steifbeinig aus dem Auto stiegen, uns gegenseitig fragend anschauten und einmündig berichteten, dass wir allesamt einen vollkommen ausgedörrten furztrockenen Mund hatten. Gut, dass wir an etwas zu trinken gedacht hatten. Eine Flasche Weißwein und eine Thermosflasche voller Grog gehörten anfangs zu unserer Begleitung, bis der verrückte Danny bei einem seiner dynamischen Schlenker durch die Botanik auf einem Trimmpfad ein Sportgerät entdeckte, das einer Affenschaukel ähnelte, sich spontan und sportlich wie er ist, an diesem Gerät*

entlang hangelte, weiter taumelnd vor Lebens- und Stechapfel-Glück zwischen zwei Stützposten hindurch turnte, bis: Peng! Spotz! Die Thermoskanne in seinem Umhängebeutel implodierte, und wir hatten nur noch Weißwein übrig.«
»Sorry, das tut mir aber leid, besonders wenn ich an unsere trockenen Mäuler denke,« warf Danny direkt in die Unterhaltung ein, bevor Harry fort fuhr: »Es ging weiter, natürlich querwaldein. Optisch war ein einziges Gewabber zu Gange. Wir sahen ungefähr das, was sonst die impressionistischen Maler gesehen haben müssen, alles verschwommen und konturlos. Aber irgendwie hübsch, wie wir uns gegenseitig bescheinigten. Um einigermaßen wieder ne klare Birne zu bekommen, rauchten wir erst einmal eine Tüte, was natürlich genau das Gegenteil herauf beschwor. Und dann kam der Feuerwachturm. Immens hoch! Steile Leiter mit Auffangringen, die jedoch erst in zehn Metern Höhe begannen. Mir wird schon auf dem Fahrrad schwindelig. Danny wagte sich als erster hoch, dann folgte Carlos sofort hinterher. Was blieb mir also übrig: kollektives Schwindel-Abstreif-Gefühl, und das auf Stechapfel und Shit. Oben auf der Plattform, die gefühlte mehrere hundert Meter hoch gewesen sein muss, eine Umgatterung, niedrig wie für Gartenzwerge. Ich legte mich vorsichtshalber flach auf die Plattform: wegen Windstoßgefahr und so ...«

»Ja, das war geil,« erinnerte sich Danny gerne: »ich fühlte mich wie Jack Kerouac in seinem Roman ›Gammler, Zen und hohe Berge‹[6], wo sein Romanheld den Sommer über auf einem Feuerwachturm lebte, um die Waldbrände in der nordamerikanischen Landschaft zu kontrollieren. Jedenfalls wir drei oben auf dem Flaesheimer Feuerwachturm, die herrlichste Naturlandschaft der Haardt in alle Richtungen unter uns liegend, ein strammer Höhenwind wehte uns um die erhitzten Nasen, aber wir hatten noch nicht genug: wir wollten die Statik des Turmes erproben. Carlos und ich schaukelten das Ding tatsächlich, indem wir uns diagonal in zwei Ecken gegenüber standen, hielten uns am Geländer fest und schaukelten und schaukelten ... Wir fanden das total geil, nur Harry guckte etwas grün im Gesicht und begann den vorzeitigen Abstieg.«

»Ja, wirklich,« entgegnete Harry, »ich hatte nix Eiligeres zu tun als runter zu steigen, zittrig, fast abgleitend schlang ich meine Finger fest um jede Leitersprosse. Unten angekommen dankte ich allen Göttern. Danach ging's zu Dritt wieder durch den Wald. Als wir dann auf einer Seite den Dachsberg erklommen, stießen wir auf die ersten Pilze: Speckpilze. Da weder Carlos noch ich Pilze auseinander halten konnten ...«

»Halt, halt,« unterbrach Danny, »dann übernehme ich den Teil mit den Pilzen jetzt, ich bin schließlich Experte. Schon von Kind an. Als alte Camper-Familie haben wir natürlich auch immer Pilze gesammelt, gebrutzelt und verzehrt, schon seit den 50er Jahren. Wir sahen auf jeden Fall plötzlich Pilze über Pilze, weite Felder von Pilzen, und zwar Kremplinge ohne Ende, im Volksmund auch als Speckpilze bekannt, genauer auch Kahler Krempling oder Paxillius involutus genannt. Ich meinte, dass es eine Schande sei, sie nicht mitzunehmen. Deshalb zog ich meine rote Regenjacke aus, band den Kopfeinschlupf zusammen und drehte diesen nach unten, so dass wir ein sackähnliches Gebilde wie in etwa die Tuaregs mit ihren Wassersäcken aus Ziegenleder zur Verfügung hatten, wo wir die ganze Pilzpracht fleißig rein legten, bis der Pilzsack übervoll gestopft war …«

»Das muss man sich mal vorstellen,« fiel ihm Harry eifrig ins Wort, »alle drei auf Stechapfel, voll gekifft durch einen Joint, den Inhalt einer Flasche Weißwein im Schädel – und nur einer ist in die Geheimnisse der Esspilze eingeweiht. Aber man muss flexibel bleiben. Wir sammelten und sammelten und sammelten, bis dass die Dunkelheit hereinbrach. Da hatten wir ca. 5 Kilo erstklassiger Speckpilze im Sack. Es war wirklich ein pilzgünstiger Herbst. Abends wurde es neblig-feucht-modrig, deshalb brachen wir auf und fuhren heim zu Danny. Dessen Eltern reisten mal wieder in der Weltgeschichte herum, also brauchten wir uns im Haus keinen Zwang anzutun. Seine Schwester Bär-Bel lag faul auf dem Sofa herum und war hoch erfreut über das in Aussicht stehende Pilzessen. Sie schien auch keinerlei Skrupel in Hinblick auf die Essbarkeit zu besitzen und half fleißig mit beim Putzen der Pilze. Und dann gab's Pilze: gekocht, gebraten und paniert, als Suppe und fest, mit Speck und mit Zwiebeln und mit Rührei. Allerlei dieweil. Gut roch es dort in der Kowalski-Küche und lecker war's wirklich. Spät abends wankte ich total gesättigt nach Hause, der Magen lag wie ein Stein in meinem Leib. In der Nacht erwachte ich von unbeschreiblichen Bauchschmerzen, der Magen- und Darmtrakt blähte sich unter knalligen Explosionen. Ich musste kotzen und hatte Durchfall, und ich krümmte mich vor Schmerzen. Morgens rief ich ahnungsvoll Carlos an, ihm war ebenso. Dann ein Telefonat mit Danny: er kam gerade aus dem Garten und fühlte sich pudelwohl, his sister Bär-Bel ebenso. Seltsam: Carlos und ich hatten alle Anzeichen einer Pilzvergiftung, und die Kowalskis lebten fröhlich in den Tag hinein. Wer soll das verstehen?«

Danny versuchte zu erklären: »lieber Harry, Sister Bär-Bel und ich sind von Kind auf daran gewöhnt, diese Kremplinge, oder auch echter Reizker genannt, im Kreise unsere Familie zu verzehren. Nahezu jedes Jahr in der Pilzzeit gab's bei uns Kremplinge in allen Zubereitungsarten, während bei euch und bei Carlos in Sachen Pilze Diaspora herrschte.«

Später erfuhr Danny, dass der Kahle Krempling bis in die 80er Jahre als Speisepilz auf den Märkten feil geboten wurde. Dann hieß es auf einmal, diesen Pilz solle man höchstens noch einmal pro Woche verspeisen. Dann wurde auch das eingeschränkt, so dass man ihn nur noch einmal pro Saison essen sollte. Schließlich sollte man die Finger ganz von den Kremplingen lassen. Heutzutage werden sie als stark giftig eingestuft, bei empfindlichen Menschen sogar tödlich.

»Aha, aha, aha, das erklärt ja einiges, was Harry und Carlos damals geschah ...!«

>»Musikanten sind in der Stadt ...
Hey Leute,
hängt Eure Wäsche weg!
Sperrt Eure Töchter ein!
Nagelt Türen und Fenster zu!
Musikanten sind in der Stadt ...«*

... klang es eine Woche später, frei nach Reinhard Mey, lauthals durch die nächtlich stillen Straßen Datteln, als Danny und Harry im Oktober 1976 durch die Bauernschaften marodierten. Des Abends starteten sie eine neue Reise ins Unbewusste, indem sie per LSD ihre sowieso schon sensiblen Geister um noch einiges Entscheidendes erweiterten. Sie wollten in dieser Nacht mit der Natur aufs Äußerste im Einklang stehen. Dazu statteten sie sich mit festem Stiefelwerk aus, denn es war neblig-diesig und Tau hing schwer auf den Weiden. Außerdem waren sie mit den obligatorischen Umhängetaschen ausgestattet, die allerlei Nützliches zum Essen, Trinken, Rauchen und Spielen für die ›kosmischen‹ Wanderer bargen.

Als besondere Ausrüstungsgegenstände versahen sie sich jeder mit einer Flöte: für Danny eine irische Blechflöte im Angedenken an seine 1976er-Reise mit Achim durchs Irisch-Gälische; und für Harry eine wohlklingende Holzflöte aus dem lateinamerikanischen Raum. Heutzutage, im neuen Jahrtausend, würde es wahrscheinlich genau andersherum aufgeteilt. Na, jedenfalls war damit klar und unwiderruflich, wer damals die Musikanten waren, die in der Stadt waren und vor denen man allerlei zu verstecken hatte …

Und los ging's: weiter, immer weiter wanderten Harry und Danny durch die Nacht und den aufkommenden Nebel durch die Siedlung. Sie überquerten den Mühlenbach und gingen über Stock und über Stein, über Wiesen und Felder und über unwegsame Bäche und Zäune. Sie stapften nämlich entschlossen querfeldein – unabhängig von der Bodenbeschaffenheit. Und die war fürwahr widrig: nass-klebriger Humus, der an den Stiefelsohlen kleisterte. Somit bekamen ihre Stiefel hohe Lehmabsätze, die immer schwerer wurden, und die Schritte immer kleiner und langsamer. Sie wussten bald wegen des Nebels nicht mehr so recht, wo sie waren. Aber wo sie waren, da war es gut. Denn sie standen mit ihren good feelings mit der Natur im Einklang. Es war immer diesiger und undurchsichtiger geworden, sodass sie irgendwo an einer relativ trockenen Stelle im Schutze einer Gebüschreihe in der Nähe des einzigen, mächtigen, einsam in die Nacht ragenden, Baumes rasteten. Der sah aus wie auf einem Gemälde von Casper David Friedrich. Diese Rast nutzten sie, um ein wenig auf den Flöten zu trällern. Nach einigen Stunden Kampf mit dem Metier – immer dichter werdender Nebel und immer unwegsamere Bäche, Zäune und andere Hindernisse – erreichten sie schließlich einen kleinen asphaltierten Feldweg. Dort ließen sie sich erst mal im milchigen Licht einer einsamen Laterne darauf nieder, um aber alsbald wieder aufzuspringen, als zwei starrende Lichtaugen sich auf sie zu bewegten: ein verspätetes Auto kämpfte sich durch den Nebel.

Nachdem sie diesen Schrecken heile überstanden hatten, hörten sie wieder Geräusche aus dem Nebel, doch dieses Mal links von der Weide: rapsend-schmatzende Geräusche waren das. Sie entpuppten sich als ein paar Kühe, die unermüdlich wiederkäuend, aber trotzdem neugierig näher kamen und die beiden jungen Männer ehrfurchtsvoll anglotzten. Da die eh nix anderes zu tun hatten, gingen sie näher ran und kamen mit den massigen Käse-Rohproduzenten ins Gespräch. Aber entweder missinterpretierten die Kühe die beiden, oder sie hatten's halt nicht anders gelernt. Jedenfalls, als Harry ihnen gerade die neuesten philosophischen Erkenntnisse an die gehörnten Köpfe warf, begannen die Rinder mit ihren großen dicken Zungen, ihre Lederschuhe abzulecken. Damit hatten die beiden ja nun überhaupt nicht gerechnet. Zwar hatten es ihre ledernen Springerstiefel nach dem ganzen Matsch und Modder aus den Feldern und Gräben wirklich nötig, aber deshalb gleich einen Schuhputzer zu bemühen, wäre ihnen nicht in den Sinn gekommen.

Eigentlich stand Danny ja überhaupt nicht auf solch ein großherrschaftliches Verhalten, aber irgendwie musste den Viechern ihr Tun wohl was bringen. Denn aus Sauberkeitsfanatismus oder darwinistischer Unterwürfigkeit machten sie das bestimmt nicht: das stand fest. Entweder war da Salz an den Stiefeln, das sie für ihren Organismus brauchten und sonst nirgendwo herbekamen. Oder aber: sie hatten einfach Spaß am Leder-Lutschen, so wie Menschen auch schon mal einen Lolly lutschten oder ein gutes Lutschbonbon.

Da die Rindviecher so eifrig waren und es Harry und Danny eine spätere Grundreinigung völlig ersparte, hielten sie ihnen jeweils auch den anderen Stiefel hin, den die Kühe dann fachtierisch von allen hingehaltenen Seiten ableckend reinigten.

»Vielen Dank, Compadres Toreros! Muchas Gracias!« hieß dann auch Dannys Abschied an die freundliche westfälische Tierwelt.

Weiter ging's: frisch gestärkt von Rauch und Trank waren sie jetzt wieder die beiden unwiderstehlichen Musikanten. Und diese ihre Meinung sangen und grölten sie dann auch lauthals in die Nacht hinein, abwechselnd begleitet von der irischen Blechflöte. Denn die andere Flöte hatten sie bereits irgendwo verloren: ein bisschen Verlust ist immer! Das erste Morgenlicht dämmerte bereits, als sie es Zeit für ein Frühstück fanden. Neben einer Pferdekoppel kramten sie ein paar Birnen und *de Beukelaer*-Kekse aus ihren Beuteln, um sie zusammen mit einem wohlschmeckenden Wein zu verzehren. Neidisch glotzten die Pferde sie beide dabei von der Koppel an. So fassten sich die beiden freundlichen Musikanten ein Herz und teilten ihr Frühstück mit den Pferden. Bis auf den Wein: nee nee, besoffene Pferde konnten sie nicht verantworten. Schließlich wollten sie ja mit der Natur im Einklang bleiben. Besonders interessant war, als die Pferde ihnen die Birnen aus den Händen fraßen: der Saft troff zwischen ihren Fingern her. Aber gierig leckten die Pferde ihre Hände und Finger ab: entweder wieder die Sache mit dem Salz ihres Schweißes oder dieses mal der Zucker, der Birnen-Fruchtzucker. Später leckten die Pferde dann auch noch an den Holzpflöcken herum. Deshalb gingen die beiden Musikanten dann auch weiter. Immer diese Leckerei überall.

Nach diesen ausführlichen psychedelischen Besuchen in der ländlichen

Flora und Fauna kehrten die beiden zurück in die Zivilisation. Sie erreichten die Wohnung von Dannys Eltern, die wieder mal im Urlaub weilten. Dort hörten sie noch einige LP's, bis es dann wohl von ihnen unbemerkt heller Tag geworden sein musste. Denn plötzlich stand Sister BärBel in der Korridortür. Sie war aufgestanden, weil es Morgen war. Und die beiden Freunde hatten mal wieder ne Nacht durchgemacht: kulturkritische Nächte halt.

Harry rollte sich oben unterm Dach in Dannys ›Taubenschlag‹ ein und schlief den Schlaf der Gerechten, aber Danny schnappte sich sein Fahrrad. Es war ein schöner trockener Herbstmorgen mit den letzten wärmenden Sonnenstrahlen in jenem Jahr. So machte es Danny eine große Freude, die Nachtwanderungsstrecke noch einmal über die Feldwege mit dem Fahrrad abzufahren. Ab und zu räsonierte er, was sich bei dieser oder jener Stelle in der vergangenen Nacht alles ereignet hatte. Danny hatte dabei eine tolle mystische Erfahrung gemacht. Schließlich fand er denn auch freudig, aber nicht unbedingt überraschend, die verloren gegangene Flöte genau dort wieder, wo sie sie bei einer Rast auf einer Wiesenlichtung vergessen hatten. Danny war jetzt noch froher, hatte seine Flöte wieder, und ab ging's:

»*Musikanten sind in der Stadt …*«

Wilde Zeit der Späthippies

Harry, Matthes und Katsche düsten mit Danny los Richtung Grünes. Was für eine Verbindung in Datteln, Mitte der 70er Jahre: wie kam nur Katsche dazu, der Metzger und zukünftige Schiffskoch …? Wahrscheinlich hatten sie sich zufällig in der Szene-Kneipe ›Stadtschänke‹ in der Kolpingstraße bei Immy getroffen.

Danny erinnerte sich gerne an diesen allseits beliebten Treff. Immer wenn sie rein kamen, lief dort von Terry Jacks dieser aktuelle Hit von ihm, ›Seasons in the sun‹:

› … goodbye, my friend, is hard to die,
we are like birds,
are singing in the sky,
pretty girls are everywhere,
we had joy, we had fun, we had seasons in the sun…‹

Das summten sie immer gerne mit, ob Jungens oder Mädels. Na ja, es war eine gute Einstimmung für einen Trip ab ins Grüne: das hieß für die jungen Strolche eine unbestimmte Richtung, nur sollte es gut zum Zelten sein. Und am besten sollte die Bande dabei ungestört bleiben.

Na jedenfalls begegneten sie unterwegs noch Moritz im Auto seiner Eltern. Als er hörte, dass die anderen einen ›Trip‹ einwerfen wollten, war er sofort ›Feuer und Streichholz‹. Aber das beste, er hatte sogar einen heißen Tipp für ein noch heißeres Setting: ein günstiges Plätzchen, wohin er vorfuhr.

Moritz war ein absoluter Auto-Bastler ›vor dem Herrn‹. So hatte er sich schon zwei alte Schrottautos gekauft, um daraus ein fahrbares zusammen zu basteln, bevor er überhaupt einen Führerschein hatte. Deshalb half ihm für die Überführung des alten Simcas auch Freund Harry. Ein anderes Mal reparierte Moritz wieder an einem Kfz-Getriebe herum. Als er fertig war – oh Wunder – hatte das Auto vier Rückwärtsgänge und einen Vorwärtsgang …!? Heuer im neuen Jahrtausend denkt Danny darüber: »Ob diese Schnurre vielleicht gar nicht stimmte? Aber wenn sie so geschah, war es echt ne gute Geschichte.« Der Moritz roch jedenfalls damals auch immer ein bisschen nach Diesel-Öl und Auto-Mechaniker.

Zurück zu unseren jungen Freunden im Datteln der 70er Jahre. Diese schwierige Fahrt über für Danny völlig unbekannte Feldwege endete nach einer Stunde an jenem Ort, genannt das ›Hohe Holz‹, das ihm sogar abstrakt bekannt war. Nämlich als Ziel für Paddler. Danny war als Kind öfters mit seinen Eltern in Zweierkajaks gepaddelt, da die ganze Familie Kowalski Mitglied im KEL Datteln war, Kanuten-Emscher-Lippe. Vielleicht war er als Kind dort schon mal gewesen? Jetzt kam es Danny wegen des fahlen Abendlichts alles sehr fremd vor, aber gerade strange genug für einen Trip, der auch alsbald seine farben-karussselige Wirkung tat.

Aber Moritz war etwas desorganisiert in jener Nacht, weil ihm plötzlich einfiel, dass er den Peugeot seiner Eltern vor Morgengrauen wieder zurückbringen müsste, er aber gerne bei uns übernachten wollte. Also die sowieso total aussichtslos verwickelten Zeltschnüre fallenlassen, um mit Moritz und zwei Autos wieder zurück nach Datteln zu düsen. Das ›Hohe Holz‹ liegt irgendwo zwischen Münster und Lüdinghausen, also nicht gerade um die Ecke von Datteln. Ja ja, der sonnige Moritz, das hätte ihm auch zwei Stunden eher einfallen können! So mussten sie diese Strecke hin und zurück auf nem LSD-Trip bewältigen. Moritz ging dann in das Haus seiner Eltern, um Schlafsack und ne Bottle Wein zu holen, während Danny draußen in seinem Auto wartete. Das dauerte ihm jedoch auf seinem Trip viel zu lange. Paranoische Ängste, dass Moritz vielleicht nicht wieder kommen könnte und er alleine in der Stadt zurück gelassen würde, trieben Danny zum Haus, um zum geöffneten Fenster hinauf zu rufen: »Mooooorittttzzzzz, wo bleibst du denn ….!!!???!!!«

»Ich komme ja schon,« rief Moritz zurück.

Obwohl Moritz auch einen Trip eingeworfen hatte, kutschierte er sie mit Dannys Auto sicher back to the ›High Wood‹, wo die anderen Drei sich inzwischen mehr oder weniger erfolgreich über Dannys Traveller-Zelt hergemacht hatten. Logisch wie sie waren, hatten sie die Zeltstangen innen ins Zelt gestellt, wo sie zwei herbe Löcher in die Zeltplane hinten und vorne bohrten, obwohl nämlich bei diesem speziellen Zelt die Stangen eigentlich außen dran gehörten. Aber wer als normaler Freak sollte das schon wissen? Das wurde übrigens sowieso erst am nächsten Morgen festgestellt. Ebenso erst am nächsten Morgen erfuhren die anderen, dass Harry nur ein Viertel seines Trips genommen und den Rest weggeworfen hatte. Er hatte nämlich schlicht und einfach Angst davor gehabt. Denn früher hatte er es mal zu doll mit den Trips getrieben, und jetzt war es sein erster nach sehr langer Zeit ohne Trip. Da war der arme Harry verständlicherweise ein wenig vorsichtig. Aber trotzdem war es ihm in jener Nacht sehr gut ergangen. Er hatte sogar ein mystisches Erlebnis im ›Märchenwald‹. Der war so von Bäumen umschlossen, dass er innen ganz duster war. Und trotzdem kam von irgendwo etwas Licht hinein, so dass sie in den bemoosten Bäumen und Farnen Elfen und Pan zu sehen glaubten. Dadurch bekam das ›Hohe Holz‹ von den Jungens auch den Namen ›Märchenwald‹.

Inzwischen erklomm Danny mit Moritz die Kanalbrücke, und sie machten eine wahnwitzige Session auf dem metallenen Brückengeländer. Moritz war schließlich einer der besten Schlagzeuger aus Datteln, und aus Dannys Hand trommelte auch schon so manch guter Klang. Von dieser Rhythmus-Orgie positiv angeturnt, kletterten sie waghalsig in den Metallgerüsten der Brückenpfeiler herum. Danach untersuchten sie die ›Insel‹ zwischen ›Alter Fahrt‹ und ›Neuer Fahrt‹ des Dortmund-Ems-Kanals. Besonders gut war Danny noch das Schild an der ›Insel‹ im Gedächtnis: es war von zwei Strahlern für die Schiffer sichtbar gemacht. Und an diesen erleuchteten Stellen war es über und über mit angeklatschten Mückenkadavern besät, die ein letztes Mal von der mystischen Helligkeit der Glühbirnen angezogen worden waren.

Von Katsche, dem späteren Fixer, war aus dieser Nacht zu berichten, dass er den anderen Dreien reichlich auf die Nerven ging, weil er nämlich aus unerfindlichen Gründen ein Luftgewehr samt Munition bei sich hatte. Wo er das wohl versteckt hatte? Denn die drei Anderen als überzeugte KDV'ler hätten ihn mit der Knarre garantiert nicht mitgenommen. Jedenfalls ballerte er imaginären Zielen und Phantomen hinterher, sehr zum Ärger der Ohren und halluzinogen-sensiblen Psychen der anderen. Glücklicherweise verletzte er dabei niemanden. Der musste ja überhaupt ein Gemüt wie eines der Rinder haben, die er in seinem Beruf zu Schnitzeln verarbeitet hatte.

Und beinahe wäre ihnen noch Harry verloren gegangen. Er stand an einem persönlichen Wendepunkt, wie man ihn manchmal im jugendlichen Vollkommen-von-einer-Sache-Überzeugtsein-Taumel hatte. Und erst recht erkannte man auf einem Trip manche Dinge sehr klar und deutlich. Jedenfalls hatte Harry wohl irgendwas überdeutlich gesehen und wollte sein Leben ändern und wollte es auf der Stelle tun und wollte sich gerade auf der Kanalböschung umdrehen, also direkt neben dem ›Märchenwald‹, um wegzugehen …

Aber er war dann doch nicht gegangen. Danny fragte ihn später, was er denn wohl gemacht hätte und wie weit er gegangen wäre. Die Richtung wäre Norden gewesen. Das sagte er Danny, dass er dann wohl in irgendeiner norddeutschen Kleinstadt ein neues Leben begonnen hätte …

»Wie das wohl ausgesehen hätte? Hier gebe ich dir Platz zum Beschreiben, lieber Harry; was hast du so klar gesehen? Und warum wolltest du dein Leben ändern?«

»*Ja, das war so,*« erklärte sich Harry später: »*wir saßen also direkt an der Kanal-Böschung, Danny und ich. Obwohl ein stehendes Gewässer, unterliegt das Kanalwasser wie andere Wässer einer Strömung. Vielleicht durch Schleusenhub zu erklären. Schweigend starrten wir auf die Dinge, die in der Dunkelheit auf dem Wasser vorbei trieben. Irgendwann muss mir dann wohl aufgegangen sein, dass der geordnete Fluss der schwimmenden Dinge doch wie alles irgendeiner Ordnung unterliegen musste. Dieser wollte ich – natürlich wie ich war – folgen, und in meinem leidgeprüften Hirn war der Gedanke geboren, mich anzuschließen. Da ich nicht gern schwimme, beschloss ich also, den Dingen auf dem Leinpfad nachzugehen. Ohne eigentlichen Sinn!*«

»Tja, das ist ja grad noch mal gut gegangen mit unserer frischen Freundschaft,« dachte sich Danny, als er sinnierend am Kanal entlang schlenderte. Dabei entdeckte er eine schöne große braun-weiß gestreifte Bussard-Feder. Die hob er auf und brachte sie zu ihrem Zeltplatz, wo er seinen Freund antraf. »Schau mal, Harry, was ich dir mitgebracht habe,« damit gab Danny seine symbolkräftige Morgengabe an Harry weiter, und das wurde so sinnbildlich zum Titelgeber des Romans: › … wer andren eine Feder schenkt.‹

Am nächsten Morgen wurden sie durch einen vorbeifahrenden Paddler geweckt. Er kam von dem Verein, dem die Wiese gehörte, auf der sie zelteten. Sie dachten erst: »Au weia!« und »was jetzt?« Aber er war ein einsichtsvoller Mensch. Er meinte, es wäre ganz okay, dass sie da zelteten, solange sie nichts kaputt machten. Und davon gab es ja nichts außer Dannys Zelt. So hatten Harry, Danny, Matthes, Moritz und Katsche doch noch einen geruhsamen Morgen …

Ihre Freundschaft war – wie alle anderen Beziehungen auch – ein labiles kleines Pflänzchen, das gut gepflegt werden musste. Außerdem war Harrys und Dannys Freundschaft zu dieser Zeit – Mitte der 70er Jahre – noch relativ frisch. Aber durch jede gemeinsame Erfahrung, die sie in jener Zeit machten, wurde diese Freundschaft mehr und mehr gefestigt. Umso intensiver diese Erlebnisse waren, umso mehr wurde diese Freundschaft zusammengeschweißt.

Während seiner adoleszenten Studentenzeit machte Danny 1975 das zur Wirklichkeit, was er in seiner Jugend nur rituell durchführte, nämlich die intensive Berührung mit der Natur. Waren die Anlässe, die ihn in die Natur trieben, in den 60er Jahren Feierlichkeiten wie 1. Mai-Wanderungen oder mit der Freundin loszuziehen, geschah dieses mit den Dattelner Szene-Freunden aus Lust an der Natur. Zwar waren sicherlich bei einigen Aktionen auch Drogen mit im Spiel gewesen, aber sie suchten und fanden die Natur. Harry, Danny, Carlos und Achim waren gut ›behuft‹ mit den original Bundeswehr-Springerstiefeln, die sie sich in Army-Shops bestellt hatten. Dagegen hatte Danny bei den tatsächlichen Fallschirmjägern in Wildeshausen nur die unbequemen Bundeswehr-Arbeitsschuhe oder noch unbequemere ›Knobelbecher‹ tragen dürfen. Denn die Springerstiefel, der ›Rolls-Royce unter den Stiefeln‹, waren den Soldaten vorbehalten, die die Springerprüfung erfolgreich absolviert hatten.

So bestellten sie sich damals alle diese bequemen warmen zwie-genähten Schaftstiefel, eben Springerstiefel. Die hatten den Vorteil, wenn mal jemand im Winter mit dem Fuß ins Eis eingebrochen war und sonst mit normalen Schuhen dadurch nen unangenehmen ›Nassen‹ bekommen hätte, blieben mit den Springerstiefeln die Füße trocken, jedenfalls wenn man nicht mehr als die 30 cm bis zur Schafthöhe im Eiswasser stand.

Damit durchpflügten sie die heimischen Wälder und Auen um Datteln bei Wind und auch bei Wetter. Sie benutzten selten Wanderwege, sondern liefen gerne Querwaldein

über Stock und über Stein ...

Danny erinnerte sich an eine Situation, wo sie an einer Wegbiegung zwischen Datteln und Vinnum an einem Wäldchen stoppten, ausstiegen und sich in moderne Neandertaler verwandelten: sie verständigten sich mit Urschreien und ungestümen Lauten. Danny hatte einen drei Meter langen Baumstamm in den Händen und schwang ihn wirbelnd um sich, dass Harry und Carlos nur so sprangen, um nicht vom wildgewordenen Danny erwischt zu werden.

Ja, ja, die Waldschrate ...!

Harry als Mitglied des Vogelschutzbundes interessierte sich sehr für die Piepmätze in der freien Natur und berichtete mit einem breitem Grinsen im Gesicht: »*Es gab da die irrwitzige Geschichte, als Danny mal nachts mit Moritz und mir zum Birkenwäldchen bei Ahsen fuhr, wo wir Vogelstimmen aufnehmen wollten. Dafür hatte Danny seinen tragbaren Kassettenrekorder mit eingebautem Mikrophon dabei. Es war Sommer und begann gegen 03.00 Uhr zu dämmern. Aber es tat sich noch nix mit Vogelstimmen. Vorsichtshalber stellte er den Rekorder schon mal auf ›Aufnahme‹ und legte ihn vorsichtig auf den Asphalt des Waldweges. Einmal kam ein Auto vorbei. Wir hörten auch später beim Abspielen der Aufnahme sehr eindrucksvoll das sich nähernde Motorengeräusch, das sich dann wieder in die Stille des Waldes entfernte und schließlich ganz verlor.*

Dann wurde es Moritz zu bunt mit der Warterei. Er eröffnete selber das Vogelkonzert, indem er seine beiden Handflächen zu einer halbkugeligen Tasche vor seinem Mund formte und ein erbärmliches, aber sehr authentisches ›KKKrrrächzz!‹ darein krächzte. Es zeigte auf jeden Fall Wirkung, da ein sich angesprochen fühlender Vogel sofort mit einem ähnlichen ›KKKrrräächzzz, KKKrrräächzzz!‹ antwortete. Wahrscheinlich war es ein Eichelhäher, der so genannte ›Sheriff des Waldes‹? ›Na bitte‹, dachte ich, ›es funktioniert ja dann doch endlich.‹ Und danach erwachten nach und nach die anderen Vögel vom

Weckruf des Eichelhähers. Erst begann vorsichtig der eine Vogel zu zwitschern, dann stimmten noch ein paar mehr ein, und schließlich hatten wir das tollste Morgenkonzert der gesamten gefiederten Waldbelegschaft: rein und klar – live in Natura und auf Band.

Jahrzehnte später erzählte mir Danny, was er über den so genannten ›Dawn--Chorus‹ gelesen hatte, dem Chor der Morgendämmerung. Nämlich beginnt morgens als erster Vogel im westfälischen Wald das melancholische Rotkehlchen mit seinem Gesang. Danach folgt das ›Zilp-zalp-zelp-zilp-zalp‹ des Zilpzalps. Dann betreten Amsel und Mönchsgrasmücke die Waldbühne. Worauf Meisen und Singdrosseln erwachen. Und der Zaunkönig vervollständigt das Trällern, Singen und Musizieren. Schließlich kommt noch mit ›Ping, ping, ping‹ der Buchfink hinterher gezwitschert.[7]

Als wir meinten, genug Vogelstimmen aufgenommen zu haben, fuhren wir zu meiner Wohnung am Grünen Weg in Datteln, wo wir uns das aufgenommene Vogelstimmenkonzert begeistert anhörten. Ich servierte dabei für jeden eine Tasse duftenden Vanille-Tee. Danach machten sich dann meine beiden Freunde durch die ersten warmen Sonnenstrahlen auf zu ihrem morgendlichen Heimweg.«

Wieder mal ne halbe Nacht im Waltroper Jugendzentrum an den dortigen Konga-Trommeln rumgemacht. Wieder mal keine Frau abgekriegt. Und wieder mal den letzten Lift nach Datteln verpasst: keine Mitfahrgelegenheit, kein Tramp-Lift nahm sie mit, und Geld für ein Taxi hatten sie 1975 sowieso nie.

Also waren die Freunde Harry und Danny nicht faul und liefen die sechs Kilometer eben nach Hause. Es war trocken und eine milde Sommernacht; und sie hatten gute Gespräche, da genügend Gesprächsstoff vorhanden war. Harry war in jener Zeit gerade auf den Spuren von Doris P. aus W., während Danny auf den Duftspuren von Miss Petty aus W. wandelte, die er im Waltroper Jugendzentrum wieder traf, nachdem er sie vorher im ›Bistro‹ am Henrichenburger Schiffshebewerk kennen gelernt hatte. Aber das war sowieso nix mit ihnen: es verlief halt im Sande.

Wenigstens hatte er eine schöne Nachtwanderung mit Harry gehabt.

»*Ja, der Danny*«, schmunzelte Harry, »*das war dammals der absolute Parfümfläschchen-Freak. Denn olfaktorische Abenteuer und Düfte waren sein Metier.*

Ich hatte mit ihm mal so ein lustiges Erlebnis, als wir eines Nachts auf einem LSD-Trip am Kanal entlang gingen. Da erschien uns das Gras auf der Kanalböschung so lecker und saftig, dass wir die ›Kuh waren‹. Wir pflückten uns jeder eine Handvoll Grashalme und begannen darauf rumzukauen. Das war aber ein mühseliges und zähes Geschäft. Wir bekamen das Zeug einfach nicht runter. Es schmeckte ganz fürchterlich. Und verdaut hätten wir das sicherlich erst recht nicht, da wir eben nicht die vielen Kuhmägen hatten, um das Gras ordentlich wiederzukäuen. Wir waren halt doch nicht ›die Kuh‹. Vielleicht hatte uns ja zu dieser außergewöhnlichen Grasmahlzeit Dannys kleines Parfümfläschchen mit Grasduft animiert, das er für diese LSD-Reise eingesteckt hatte …?

Das war so eine Marotte von ihm, seinen Kameraden bei solchen Wanderungen auch olfaktorische Höhepunkte zu bieten, indem er verschiedenste Parfümfläschchen mitnahm und zum Schnuppern anbot. Mal war es Gras, der Duft einer Gebirgsalm in Fläschchen abgefüllt, mal das unvermeidliche Patschouli der 70er Jahre aus Asien, oder der blumige Duft von Jasmin, der ›Königin der Nacht‹, der auf geheimnisvolle Art die Sinnlichkeit anregte und einen dabei in einen Schleier des Magischen hüllte. Überhaupt haben sich mir die sinnlichen und Geruchs-Erinnerungen an die 70er Jahre mit den Hippie-Mädels und ihrem blumigen Maiglöckchen-Düften für immer in meine Nase eingebrannt …«

Damals – so etwa die Zeit um 1976 – fuhren Danny und Harry in der grün-saftigen Gegend im südlichen Münsterland herum, wo sie eigentlich im Wald zelten wollten. Beim Einparken fanden sie einen weiten Regenbogen vor, dessen Fuß sie erwandern wollten. Als sich das als unmöglich erwies, wen wundert´s, pflügten sie lange durch den regennassen Wald, bis sie endlich wieder vor Dannys Auto standen.

»Was war genau geschehen, Harry …?« kramte Danny in seinen gut sortierten Erinnerungen herum und berichtete: »da wir ja zelten wollten, fuhren wir also meinen blauen VW-Käfer soweit in einen Waldweg hinein und dann auch sichtgeschützt um eine Wald-Ecke, dass man ihn von der Straße absolut nicht ausmachen konnte. Darum fanden wir den auch so schwer wieder, zumal auch noch der Wald in alle Richtungen gleich aus sah. Außerdem waren wir ja auch noch eklatant durch den Regenbogen abgelenkt, dessen Ende wir unbedingt aufsuchen wollten, um die dort zu erwartenden sagenhaften Goldschätze zu bergen.

Jedenfalls liefen wir barfuss im Regen und rochen dabei den unverwechselbaren Geruch von verdunstendem Staub, der immer dann aufsteigt, wenn es im Sommer lange nicht geregnet und sich viel Staub angesammelt hat. Und wenn dann nach einem kräftigen Regenguss wieder die Sonne scheint, dann hat man diesen Geruch von verdunstendem Staub in der Nase.

Und wir liefen weiter in die Richtung zum Fuße des Regenbogens, um wieder mal erkennen zu müssen, dass wir emotional gesteuert einem mystischen, aber sympathischen Irrglauben aufgesessen waren.

Weder erreichten wir jemals den Regenbogen, noch wussten wir auf einmal, wo wir uns befanden bzw. wo sich der gut versteckte Käfer befand. Vergeblich liefen wir die Straßen auf und ab, die im Wald immer gleich aussahen. Wir hatten uns schlicht und einfach verlaufen.

›Ganz ruhig, Harry. Mein Orientierungssinn hat mich bisher selten verlassen‹, so rief ich dann durch einen unwahrscheinlichen Konzentrationsakt meine Rationalität gerade noch rechtzeitig ab. Vermittels einer Karte, die ich mit einem Stöckchen im Staub des Straßenrandes zeichnete, rekonstruierten wir unsere bisherige Wanderroute. So fanden wir tatsächlich wieder zum Auto zurück.«

Allerdings war ihnen inzwischen wegen des kräftigen Münsterländer Landregens die Lust aufs Zelten im triefend nassem Wald vergangen, und sie kehrten zurück nach Datteln. In Harrys Bude fragte Danny ihn dann zum Spaß: »Sollen wir hier in deinem Zimmer das Zelt aufbauen? Ich hoffe, deine Eltern haben nix dagegen, wenn wir die Häringe in den Teppichboden schlagen …?«

Harry entgegnete schlagfertig: »Lass mal das Zelt stecken. Aber ich könnte ja ne Dose Champions aufmachen und die Pilze auf dem Teppichboden verteilen, damit unser Wald-Feeling authentischer wird …!?«

Sport – Spiel – Spannung

Danny kam im Sommer 1971 fünf Monate lang in den zweifelhaften Genuss, bei den Fallschirmjägern der Bundeswehr gestählt zu werden, bevor er als Kriegsdienstverweigerer anerkannt wurde. Durch die wöchentlichen 5 km-Läufe für die Springer-Prüfung war er fit wie ein Turnschuh, als er im Oktober 1971 aus der Bundeswehr auf Grund seiner Anerkennung entlassen wurde.

Er begann dann im Dezember 1971 seinen Zivilen Ersatzdienst, ZDL in einer AWO-Altenwohnstätte in Datteln und wollte sich weiterhin geschmeidig halten. Zuerst hatte er sich eine 5 km-Strecke durch die Felder von Datteln-Hagem abgesteckt. Das Laufen dort war aber langweilig, da er allein unterwegs war, und außerdem bekam seinen Knien das Rennen auf Asphalt überhaupt nicht gut.

Dann machte er 1972 glücklicherweise durch Bodo, einen recht massigen Judo-Kollegen aus seiner Nachbarschaft, die Bekanntschaft zu einer Laufgruppe um Florian, die immer regelmäßig 8 km-Waldläufe durch die Haardt machte.

Als er seinen ersten Waldlauf mitmachte, war bei ihm nach ca. 1,5 km der erste Schwung dahin und er wollte schon aufgeben. Aber Florian meinte: »Wenn der Bodo das schafft, dann schaffst du das auch ...!« Alle gingen dann erst langsam weiter, bis er wieder zu Puste gekommen war, und Danny konnte den Rest der Strecke mithalten.

Beim zweiten Lauf hatte er an der Stelle nach 1,5 km den ›inneren Schweinehund‹ überwunden, war einfach weiter gelaufen, weil er sich da schon alles viel besser eingeteilt hatte.

In den nächsten Monaten bekam er jedes Mal nach Überwindung seines inneren Schweinehundes die zweite Luft, den so genannte ›zweiten Wind‹: er schaffte es also, den toten Punkt zu überwinden.

Florian und Danny machten fünfeinhalb Jahre lang von 1972 bis 1978 einmal pro Woche diese 8 km-Waldläufe in der Haardt. Auch andere Freunde liefen sporadisch mit ihnen, wie Harry und Carlos, Dannys damalige Freundin Tina, Frankie und Biggy, und auch Matthes; aber Florian und Danny waren das Kernteam. Sie waren immer dabei. Sie beide hatten deshalb nach einigen Jahren des gemeinsamen Laufens auch zusammen den ›dritten Wind‹ erlebt. Als sie ihre Laufstrecke gut kannten und immer besser in Form kamen, verbrauchten sie erst den ersten Wind und nahmen dann den zweiten Wind mit. Danach kam bei ca. 5 km eine Stelle mit erhöhter Ausschüttung von Endorphinen, also Glückshormonen. Sie hatten dann ein Stadium erreicht, in dem sie das Gefühl hatten, von nun an immer weiter und immer weiter laufen zu können: das nannten sie für sich den ›dritten Wind‹.

Sie liefen jede Woche freitags zur Einläutung des Wochenendes, egal ob's stürmte, regnete oder schneite; selbst auf Eis und Schnee liefen sie. Bei Regen wurden sie zwar außen nass, aber das war egal, weil sie nach 1 – 2 km sowieso schon von innen nass geschwitzt waren. Die Regennässe machte Danny als früherem Wettkampf-Rückenschwimmer eh nichts aus. Nur bei Glatteis liefen sie etwas vorsichtiger. Sie konnten sich nach einigen Jahren regelmäßigen Waldlaufes sogar während des Laufens unterhalten: über das Leben und die Liebe.

Und da sie ja meistens den ›dritten Wind‹ in sich spürten, drehten sie auf der Schlussgeraden, dem Waldweg zum Parkplatz ›Jammertal‹, immer noch mal richtig auf zu einem sprintähnlichen Endspurt.

Für Danny endete diese wunderschöne und gesunde Episode am 1. Februar 1978, als er seine erste Arbeitsstelle nach dem Studium als Leiter des Abenteuerspielplatzes in Meschede antrat. Deshalb zog er auch nach Meschede um. Und er hatte nun nicht mehr die viele schöne freie Zeit seines Studentenlebens von 1972 bis 1977 zur Verfügung. Aber es stellte sich heraus, dass er als Leiter eines Abenteuerspielplatzes auch so schon die ganze Woche mit den Kindern super aktiv sein musste und deshalb ganz bestimmt keinen Waldlauf mehr als Freizeitausgleich brauchte.

Auch die jungen Wilden aus Datteln übten sich fleißig im freizeitlichen Fußballspielen auf der Wiese hinter der Realschule. Sie hatten Spaß an der körperlichen Ertüchtigung und am Gemeinschaftsgefühl des Mannschaftsballsports Fußball, denn sie spielten auch bei Wind und Wetter, Eis, Regen oder Schnee. Dannys Freunde Harry, Carlos und Achim waren dabei, aber auch Matthes, Sugar-Ede, Lutze, Frankie, Florian und viele andere. Sie hießen Kosmos Datteln, spielten regelmäßig miteinander oder auch auf richtigen Fußballplätzen gegen andere Freizeitmannschaften, jedenfalls so lange, bis sie missmutige Platzwarte verjagten. Wegen ihrer vereinslosen Unorganisiertheit gehörten sie sozusagen zur ersten ›bunten Liga‹ des nördlichen Ruhrgebietes in den 1970er Jahren. Und immer war Danny der Torwart.

Originalton von Dannys Freund Harry, 28.06.2006, dreißig Jahre später: »*Mit dir jubele ich am liebsten. Wir haben zusammen gelebt, erlebt und auf alle Fälle den Fußball zusammen gespielt. Du warst mein Torwart, für mich als Verteidiger das schützenswerteste Motiv meiner Fußballerwelt. Denn ich hatte gelernt, alle gegnerischen Spieler davon abzuhalten, meinen Torwart an der Ausübung seiner Aufgabe zu hindern. Beschützerinstinkt war gefordert, und ich sah, wenn ich meinen Teil machte, dein Können, deinen Anteil an der Aufgabe zu lösen. Danny, du warst echt der beste Torwart, mit dem ich je zusammen gespielt habe. In meiner Horneburger Elf und der der Schulmannschaft waren die Keeper echt schlechter. Hinter der Realschule habe ich gemerkt, was einen guten Torwart ausmacht. Er muss seine Abwehr dirigieren können, ein gutes Stellungsspiel haben, reaktionsschnell sein und selbstbewusst. Das machte riesig Laune, mit dir zu spielen. Wenn ich sah, wie du gesegelt bist, dachte ich mir jedes Mal, wenn der seinen Arsch einsetzt, Harry, musst, kannst du das auch. Die Spiele hinter der Realschule, und auch die gegen andere ›Straßenmannschaften‹, waren meine persönliche Fußball-Lieblingsphase. Im Verein vorher waren Disziplin und taktisches Verhalten das Hohelied gewesen. Später, als ich mit euch spielte, stellte ich fest, dass Fußballspieler Individuen sind und nur gut funktionieren, wenn sie selbst ihren Beitrag zum Spiel festsetzen können.«*

»Hihihihi, danke, lieber Harry«, freute sich Danny über das verspätete Lob seiner frühen Fußballer-Karriere, »dabei war ich doch der Handballtorwart im Fußballtor. Im Fußballtor machte ich den ›Hampelmann‹ wie ein Handball-Torwart. Allerdings half mir sehr dabei: Reaktion ist alles. Und paradoxerweise machte ich im Handball-Tor Flug-Paraden wie ein Fußball-Keeper.«

Daran erinnerte sich Harry während der Handball-WM 2007 in Deutschland: *»das deutsche ›Wintermärchen‹ löst das des Sommers ab. Handball rund um die Uhr. Das berührt doch auch einen alten Handballer wie dich, da bin ich mir sicher. Du warst früher für mich der Henning Fritz im Fußballtor, mein Freund, und ich hoffe, ich habe dir das schon einmal gesagt. Irgendwann einmal, in der Zeit Mitte der 70er Jahre, als wir hinter der Realschule spielten und manchmal auch Matches gegen andere Underdogs wie die aus Cappenberg austrugen, ist es mir aufgegangen. Du warst besser im Tor, als die Keeper es in meiner Horneburger Pflichtspielzeit gewesen waren. Deine Reflexe waren unglaublich, Deinen Wagemut ›im Angesicht des Feindes‹ ahmte ich nach und stürzte mich auch in die Bälle. Und deine Ausflüge á la René Higuita machten uns wie auch die gegnerische Mannschaft malle. Weißt du: die ungarische Nationalelf spielte 1954 den besten Fußball der Welt, aber sie ist nie berühmt geworden. Das nahmen ihnen die Helden von Bern weg. Wir sind auch in keiner ›Hall of Fame‹ für wer weiß was verewigt worden, mein Freund, aber wir haben eine Zeitlang hervorragenden Fußball gespielt. Und am Erfolg ist nicht zuletzt der Torwart beteiligt, siehe Henning Fritz. Vielen Dank mein Freund, dass ich mit dir unvergessliches Fußballerleben teilen konnte.«*

Nach dem Gewinn der Handball-WM 2007 feierten sie und feierten sie und sangen sie. Auch die Sportfreunde Stiller wurden wieder zu einer WM bemüht: in Abwandlung ihres Fußball-WM-Hits ›54 – 74 – 90 – 2006‹ wurde für die Handballer umgedichtet:

»38 – 78 – 2007 …
Ja, so stimmen wir alle ein:
Mit dem Herzen in der Hand,
und mit dem Schnauzer von dem Brand,
werden wir Weltmeister sein …«

Während sich andere an den teilweise obskuren Musikstilen von ABBA, Boney M., Village People, Sweet, Kiss oder gar Gary Glitter erfreuten, pflegten die Freunde in der Dattelner Szene Mitte der 70er Jahre eine merkwürdige Phase mit einer Vorliebe für Southern Rock, wo Gruppen wie die Marshall Tucker Band mit ihrem Cowboy-Rock im Postkutschen-Stil wie in ›Running like the Wind‹, Lynyrd Skynyrd mit ›Sweet Home Alabama‹ oder die Allman Brothers mit ihrem Hit ›Jessica‹ ihren Hillbilly-Rock aus den Bergen der US-amerikanischen Südstaaten zelebrierten. Gemeinsame Reisen gab es bei den Freunden ja häufiger, so auch hier die Hamburg-Tramptour von Carlos und Danny 1977. Dort trafen sie sich bei Dannys Bruder Gerry und seiner damaligen Frau Betty in Hamburg-Altona einen Tag vor dem Marshall Tucker-Konzert mit Achim, Harry und seinem Bruder Sugar-Ede. Und abends ging's dann gemeinsam zum Konzert in der ehrwürdigen Hamburger Musikhalle. Und sie rauchten und tanzten und kotzten sich dazu in Ekstase …

Nach der Pause kamen sie von ihrer Galerie in der Hamburger Musikhalle herunter und mischten sich unten im Gang vor der Bühne unter eine Rocker-Bande in Kutten. Nachdem die Tuckers ihren Hit ›Can't you see‹ kurz vor der Pause gespielt hatten, da schrie doch einer von diesen ›bärigen‹ Gestalten aus der Rocker-Gang: »Ej Jungs, ›Can't you see‹ noch mal, aber schneller und lauter …..!« Geil, was …?

Nach dem Konzert lungerten die Freunde noch draußen hinter der Musikhalle herum, in der Nähe des Künstler-Eingangs, in der Hoffnung, die Musiker zu sehen. Und dann kamen sie da raus, die Hillbillys aus South Carolina, einer nach dem anderen: die Caldwell-Brothers lebten damals noch, der Gitarrist Toy und der Bassist Tommy, der Sänger Doug Gray, der Schlagzeuger Paul Riddle, sowie der inzwischen ebenfalls verstorbene Gitarrist George McCorkle, die gesamte Marshall Tucker Band also. Die Freunde waren gut drauf und suchten das Gespräch mit den Musikern. Die, mit ihren Cowboy-Hüten und Vollbärten, waren auch in aufgeräumter Stimmung und scherzten mit den langhaarigen Freunden aus Datteln. Toy Caldwell was amused und fragte Danny: »Hey man, what a sort of cock you are …!?«, also was für ein komischer Hahn er wäre. Das Gelächter seiner Hillbillys hatte er auf seiner Seite.

Danny und seine Freunde waren danach so aufgeräumt, dass sie noch zur nahe gelegenen Reeperbahn stiefelten. Dort in so einer Kneipe kurz nach dem ›Dom‹ kam es fast noch zu einer Schlägerei, weil Danny über einen schrägen Vogel meinte: »Der sieht ja aus wie nen schlecht gemachter Netzer-Verschnitt …!« Gut, dass der das nicht hörte. Und Carlos zog Danny sofort zur Raison: »Halt bloß die Klappe hier. Die Kerle verstehen bestimmt keinen Spaß.«

»Joh«, dachte sich Danny auch noch Jahrzehnte später, »hat er wohl recht gehabt, der gute alte Carlos. Da hatten wa so'n tollet Konzert erlebt. Datt muss man ja nich noch mit ner Schlägerei auf der Reeperbahn toppen …«

Gleiches Jahr, anderes Thema: »Der Schaufensterdekorateur Harry Kreuzer gegen die Bundesrepublik Deutschland vor dem Verwaltungsgericht Gelsenkirchen«, so hieß der plakative Titel am 24. März 1977, als die vier Freunde aus Datteln zu Harrys dritter KDV-Verhandlung anreisten. Im Gebäude angekommen, erlebten sie zum ersten Mal einen Paternoster, also einen nach vorne offenen Aufzug, der in zwei parallel zueinander laufenden Schächten im ewigen Kreislauf lief, ohne je anzuhalten. Das lud natürlich zu allerlei Schabernack ein, wie unterwegs abspringen etc. Deshalb machten sie auch erst mal ein paar Faxen am Paternoster. Schließlich fuhren sie dann doch hoch zum Verhandlungssaal, wo schon der Vizepräsident des Verwaltungsgerichtes, Dr. Mutigmacher, sowie zwei beisitzende Rentner und zwei ehrenamtliche Beisitzer auf sie warteten. Danny als bereits anerkannter Kriegsdienst-Verweigerer fungierte als Harrys Rechtsbeistand und saß neben ihm. Carlos und Achim waren als Schlachtenbummler im Saal dabei, so dass die vier Freunde vom Dattelner Tetraeder komplett angerückt waren.

Der Vorsitzende mokierte sich über das Fehlen eines Vertreters der Beklagten, der BRD. Aber das nützte ihnen eh nichts: Harry war gut gebrieft und hatte in Danny einen gewieften Rechts-Knappen, der ihm unter die Arme griff. Nachdem eine Stunde lang die Argumente ausgetauscht worden waren, bekam Harry die Anerkennung als KDV in der dritten Verhandlung zugesprochen. Er gewann dabei locker mit 4 : 1 gegen die BRD.

Hinterher feierten sie Harrys Sieg mit einem Besuch im Gelsenkirchener Zoo. Sie machten sich dafür knüppel-stoned. Da sie nicht genügend Eintrittsgeld für vier Erwachsene aufbringen konnten, stiegen sie kurzerhand über den Stacheldrahtzaun in den Zoo ein. Dort landeten sie bei den Wisenten, Büffeln und Mufflons im Außengehege. Das rochen die vier Freunde sofort, dass hier der scharfe Dung von wilden Rindern fabriziert wurde. Diese glotzten sie erstaunt mit großen Kuhaugen an, taten ihnen aber nichts. Angetan hatten sie sich selber ja auch schon genug. Als sie so durch die Zoogänge schlenderten, schaute Danny auf einmal seine total blutenden Hände an. Sie hatten sich schließlich über den Stacheldrahtzaun gehievt und dabei nicht gescheut, in die rostigen Eisenstacheln zu greifen. Dass sie da überhaupt nix von gemerkt hatten, lag an der Betäubung durch das Betäubungsmittel THC, der Wirkstoff im Haschisch.

Aber die Sonne lachte. Sie waren gut drauf. Es war Frühling. Das dachten wohl auch die Elefanten. Und die vier Freunde hätten da fast noch ne Elefantenhochzeit erlebt, als auf einmal ein Dickhäuter mit beschwerlichen, aber lüsternen Bewegungen auf seine Elefantenkuh stieg …

Legalize it, Tetraeder

Harry fabulierte einst in den 70ern: »Lord Byron, der große Mystiker, dichtete sein Poem ›Danny‹, und Schumann vertonte es. Dass dieser Danny sich mal aus dem Gedicht lösen würde, hätten beide wahrscheinlich nicht gedacht. Zur Freude der beiden ist Danny aber mystisch geblieben, vor allen Dingen in jener Zeit, von der ich nun auszugsweise berichten will.

Es war Geburtstag, besser gesagt der Vorabend von Dannys Geburtstag. Im ›Bistro‹, dem damaligen Dattelner U-Schuppen, sollte es Live-Musik geben, jazz-rockiger German-Krampf. Es gab noch nicht die Kultur-Initiative ›Sumpfblüte‹, deshalb war das kulturelle Angebot so dürftig, dass wir alles mitnahmen, was sich irgendeinen kulturellen Touch gab. Da nun jeder Mystiker hin und wieder – wie schon Castaneda – seine Batterie aufladen muss, außerdem die Feier ins Haus stand, lag es nahe, die ganze Angelegenheit mit einem LSD-Trip angemessen zu beleuchten. Die eigentliche Erleuchtung sollte allerdings erst beginnen, wenn die Musik vorbei war und das Auto sicher in der Garage stand. Leider setzte die Wirkung des Halluzinogens allzu früh ein. Wir saßen noch auf den Tischen des Bistros. Die Umgebung begann zu wabbern, von der Musik hörte ich ausschließlich nur noch die Basstöne, die das beginnende Chaos noch undurchsichtiger machten. Danny irrte mit leuchtenden Augen zwischen den Zuhörern umher und bemühte sich, Musik in Körperbewegungen umzusetzen. Ein für Jazz-Rock sehr schwieriges Unterfangen. Als der Pianist zu einem etwas diffusen Solo ansetzte, flüsterte mir ein neben mir stehendes Mädchen, Achim's Ex-Loverin Britta, das Verb ›malträtieren‹ zu. Die mächtige Resonanz, die jenes Wörtchen in mir wachrief, überraschte nicht nur Britta. Lauthals lachend kippte ich fast vom Tisch.

Danny und ich beschlossen, abzubrechen. Ich meine natürlich nur unseren Konzert-Besuch. Es war nicht leicht, den Weg aus der Kneipe heraus zum Auto zu finden. Schließlich gelang es aber doch. Das Auto war Dannys blauer VW-Käfer, den er lustigerweise ›Roter Baron‹ nannte. Äußerst vorsichtig, die Nasen an die Windschutzscheibe des ›Roten Barons‹ gedrückt, schlichen wir den uns entsetzlich weit vorkommenden Weg in den Schürenheck, Dannys Domizil. Unter Lachsalven gelangten wir ins Haus.

Um unsere angekratzten Nerven zu beruhigen, sollte ein Pfeifchen seinen unters BTM-Gesetz fallenden Inhalt in uns ausströmen. Ich machte mich ans Besorgen der nötigen Utensilien. Gar nicht so einfach. Es dauerte fast eine Stunde, bis ich das Rauchgerät, eine schmale lange Bambus-Rohr-Pfeife von Dannys Ex-Seemann-Bruder Gerry aus irgendeinem fernöstlichen Hafen als Souvenir für die Eltern mitgebracht, mit dem mühsam zerbröselten Dope gefüllt hatte.«

»Das, mein Freund Harry«, erinnerte sich Danny auch nach über vierzig Jahren sehr gut, als wäre es gestern gewesen, »das, das waren die beiden Opium-Pfeifen, die Gerry aus Hongkong übers Meer mit nach Hause gebracht hatte, damit sie ein gemütliches Leben an eine Wand genagelt fristen konnten. Nur ab und zu wurden sie heruntergeholt, um fast ihrer Bestimmung zu frönen. Zwar nicht mit Opium, aber mit etwas anderen Rausch-Drogen aus dem Orient, rotem Libanesen oder schwarzem Afghanen …«

»Nun gut«, fuhr Harry fort, »*den zeitlichen Zwischenraum hatten wir mit mehrmaligem Anhören unserer Lieblingsplatte, dem Star-Portrait-Album ›Doors Vol.I‹, sehr gut ausgefüllt. Wir waren uns klar darüber, was der ›Back Door Man‹ so alles mit ›Maggie McGill‹ anstellt. Es war so weit, ein Streichholz näherte sich der Pfeifen-Füllung. Unter Drogeneinfluss hat man bekanntlich einen scharfen Zug am Leibe. Und so kam es, dass nach zwei Minuten das Zimmer in einen mythologischen, griechischen Nebel getaucht war. Das sah nicht gerade unlustig aus.*

Unbeachtet von uns hatte bisher eine Vase mit Orchideen auf dem Tisch vor uns gestanden. Als sich der Nebel nun lichtete, schälten sie sich aus dem Dunst heraus. Es waren eigenartige Blätter an dieser Pflanze, sanftes Braun mit feinen dunkleren Strichen. Je fünf häuften sich an der Stängelspitze und fünf in der Mitte. Im ganzen mochten es drei, vier oder fünf Stängel sein. Im Wabbern der Luft, unterstützt vom Halbdunkel des Raumes, bewegten sich die Blätter wie Finger einer Hand, die langsam und allmählich gestreckt und wieder gekrümmt wurden. Ohne uns gegenseitig darauf hinweisen zu müssen, zog die stetige Bewegung uns in ihren Bann. Wir starrten auf das Auf und Ab, waren gefesselt. Die Zeit, die Umgebung, alles Reale um uns herum versank im Nicht-Sein, wahr waren nur Eindrücke.«

»Boah, Harry, das war großes Kino. Fast wie im richtigen Leben, was? Aber es war ja sogar das richtige Leben«, erinnerte sich Danny Jahrzehnte später mit einem breiten Grinsen im Gesicht, »derselbe Ursprung dieser psychedelische Wahrnehmung der Orchideen führte bei mir zu andersartigen Halluzinations-Assoziationen. Die Blüte erinnerte mich an die Kirmes-Windmühlen, die es für kleine Kinder zu erstehen gibt. Durch einfaches Blasen oder durch Blasrhythmen drehen sich die bunten Mühlenblätter derartig um ihre eigene Achse, dass sie zu einem kreisenden Farbenspektrum werden. Diese meine Orchideenwahrnehmung wurde noch durch bunte kleine runde Lämpchen an den Enden der Windmühlenblätter verschönt, so dass die Orchideenblüte sich wie ein erleuchtetes Miniatur-Riesenrad zu bewegen schien. Ähnliches Leben erstrahlte auch in den grünen Blättern, in denen mir die Wasseradern wie rote Blutbahnen vorkamen, die sich pulsierend und wabernd in den Blättern bewegten. Whow! Harry, hast du das gesehen, wie die Blütenblätter sich bewegen?«

»Ja, tolle mystische Erfahrungen, was Danny!?«

Harry und Danny hexten dann noch weiter im Wohnzimmer herum, wie die Irren. Sie nahmen bei jeder Shit-Dröhnung aus der Opium-Pfeife den eigenartigen Geschmack des hölzernen, etwa 40 cm langen chinesischen Bambus-Rohres wahr, durch das sich das THC aus dem Haschisch als Rauchwölkchen quetschen musste. Und dabei machten sie die Nacht zum Tag …!

»Ja wirklich, diese wunderschönen Halluzinationen waren die Folge meines 24. Trips, den ich genau um 24.00 Uhr, also 00.00 Uhr, zusammen mit Freund Harry beim Bistro-Konzert einnahm, als die Tageswende vom 26. zum 27. September 1975 eingeläutet wurde«, kramte Danny in seiner Erinnerung an seinen 24. Geburtstag, »und das waren dann die ersten Sekunden dieses besagten 24. Geburtstages. Den erlebte ich tatsächlich an sämtlichen 24 Stunden des Tages im allerwachsten Zustande. Und zusätzlich bescherte dieser Geburtstag mir im Laufe des Tages insgesamt 24 Freunde als Besucher!!!!!!!!!!!!!!!!!!!! Aber nix von dieser absonderlichen 24er-Serie war geplant oder vereinbart. Wenn man mal davon absieht, dass als eine allgemeingültige Definition gilt, einen Tag mit 24 Stunden auszustatten. Allerdings erlebte so was ja auch nicht jeder alle Tage, nämlich alle 24 Stunden hintereinander im wachen Zustand zu verbringen. Diese bluesige Geburtstagsreise verbrachte ich von Anfang bis zum Ende mit meinem ›Feder-Compadre‹ Harry, der ja schon den Anfang dieses wunderlichen Erlebnisses ausführlich beschrieben hat. Für mich folgte ein Sonnenaufgang, danach ein wunderschöner Sonnentag mit ekstatischen Freunden, wobei die Musik- und Trommel-Session mit Laufi's Holy-Flip-Freunden besonders stark im Gedächtnis bleibt. Es hatte mich sehr beeinduckt, dass bei Irdie in Herten eine schöne Sammlung von verschiedenen Federn an der Küchenwand hing. Dort war ich mal mit Laufi und seinen Holy Flips zu Besuch. Von diesen Federn bekam ich an diesem Ehrentag eine besonders schöne geschenkt. Und dann folgte noch ein Sonnenuntergang und daraufhin ein warm-lauer Frühherbst-Abend. Die Nacht ließ mich irgendwann mit erfülltem Geist und Körper in den Schlaf sinken. Ich danke euch allen 24 Freunden und Freundinnen dafür …«

Danny bekam im Sommer 1976 von seiner Mutter ein Rezept zum Backen eines Kuchens, weil er zusammen mit Harry Shit-Kuchen backen wollte. Das taten sie dann auch. Der Kuchen war super gelungen; er duftete auch lecker, wie ein Kuchen riechen sollte. Und die beiden verlebten einen lustigen Nachmittag damit. Teilweise hüpften sie dabei sogar auf dem Friedhof herum, weil Harry damals in Datteln am Grünen Weg wohnte, was die unmittelbare Nähe zum Friedhof bedeutete. Was lag da näher, wenn zwei leicht angeturnte Freaks mit einem Grinsen auf dem Gesicht über den benachbarten Friedhof spazieren gingen, der ja eine Oase des Grüns und der andächtige Stille innerhalb ihrer Stadt war.

Gegen Abend gingen sie dann zum Schürenheck in Datteln-Hagem, wo Danny damals bei seinen Eltern wohnte. Seine Mutter fragte ihn, als sie rein kamen: »Na, wie ist der Kuchen gelungen?«

»Gut!«, war Dannys spontane Antwort, »wollt ihr mal probieren?« »Ja klar!«, war die ebenso eindeutige Antwort seiner Mutter Marie, die zusammen mit Vadda Götz und ihren Dattelner Freunden, Alfred und Gilda, in der als Bar umgebauten Terrasse saß. Dort hatten sie schon ein paar Bierchen getrunken und waren gut in Feierlaune. So aßen sie dann alle bis auf Gilda ein Stück vom mitgebrachten Shit-Kuchen, denn die wollte nix Süßes.

Dann lachten sie über Dinge, über die es sonst überhaupt gar nix zu lachen gibt. Alle waren also mächtig angeturnt. Und Harry und Danny waren zufrieden, wie gut der Kuchen schmeckte und wirkte.

Es war auch keinem von den älteren Herrschaften was passiert, außer dass sie noch besser als gewöhnlich drauf waren. Sie waren aber auch sonst immer sehr lustig. Und Lachen soll ja eh so gesund sein.

Dass es auch mal ganz anders mit Shit-Kuchen ausgehen kann, erfuhren sie einige Wochen später. Nach dem gleichen Rezept backten Harry und Danny wieder einen Shit-Kuchen, bloß kam dieses Mal das Haschisch aus Dülmen und war ziemlich reiner schwarzer Afghane. Beim ersten Shit-Kuchen, von dem Dannys Eltern was ab bekamen, war es grüner Marokkaner, der wohl nicht so stark in der Wirkung war. Aber der schwarze Afghane hatte es merklich in sich. Sie waren ein kleine Gesellschaft, die sich bei Harry am Grünen Weg versammelte, um in den Genuss des Kuchens zu kommen. Erst lief auch alles ganz normal, abgesehen davon, dass das Back-Material dieses Mal eine außergewöhnliche Schwere beinhaltete. Jeder aß brav seine Portion Shit-Kuchen und es passierte nichts weiter. Als die Party dann aber zu Ende ging und sie alle nach Hause wollten, geschah das Wundersame. Sie waren sechs Personen, genauer drei Pärchen, die jeweils paarweise in ihre drei Autos stiegen. Danny war einer der drei Fahrer. Er saß hinter dem Lenker und wusste nicht mehr, was er machen sollte. Es ging einfach nicht: er konnte nicht fahren. Das sagte er auch zu der neben ihm sitzenden Tina. So krabbelten sie wieder aus seinem blauen Käfer raus. Und siehe da: auch aus den anderen beiden Autos ihrer kleinen afghanischen Feier pellten sich paarweise die Insassen wieder heraus. Niemand von den sechs war noch fähig, Auto zu fahren. Frank und Biggy mussten sogar die paar Kilometer bis zum Winkel zu Fuß laufen. Für Tina und Danny war es bis zum Südring nicht so weit. Und alle schliefen sie in dieser Nacht tief und fest wie Steine, also ›stoned‹ im wahrsten Sinne des Wortes. Bei Tina und Danny war es glücklicherweise nur der Tiefschlaf vom Hindukusch. Anderen dieser Afghanen-Party wurde es in der Nacht kreislaufmäßig so schlecht, dass sie sogar kotzen mussten, erzählten sie hinterher. Dagegen hatten Harry und Danny ja richtig Glück mit ihrem Kuchen, dem seine Eltern so lustig gefrönt hatten.

Diese ganzen Geschichten mit den Shit-Kuchen passten voll in die damalige Zeitkultur der 70er Jahre mit ihren ›Legalize it‹ – Kampagnen und der Reggae-Musik der dauer-kiffenden Bob Marley mit seinen very very ›Positive Vibrations‹ oder Peter Tosh mit seiner Kiffer-Hymne ›Legalize it, don't critisize it‹. So malten sie sich in Datteln auch auf ner Matrize ihren Yippie-Flyer und zogen das auf dem elterlichen Matrizendrucker vervielfältigt ab, um diese wunderschönen individuellen Flugblätter in Datteln und Umgebung zu verteilen.

Tetraeder, das war und ist: ein Körper mit vier Ecken, die alle gleich weit von einander entfernt sind, mit vier Seitenflächen, die jeweils gleich große gleichseitige Dreiecke sind.

Und so hieß das Symbol für vier Freunde in Datteln. Zum Tetraeder Mitte der 70er Jahre in Datteln gehörten neben Danny und Harry auch noch ihre beiden besten Freunde Carlos und Achim. Sie waren berühmt-berüchtigt in Datteln als elitäre Viererbande, immer zu allerlei Schabernack zu haben, sei es politische Aktionen, sei es Unsinn in Wald, Feld oder urbanen Jagdgründen. Ihr Outfit war den 70er Jahren angemessen: lange Haare, Bärte, Ketten, Flickenjeans und im Winter zottelige Fellmäntel und praktische Springerstiefel. Sie waren der Schwarm der Frauen in Datteln und Umgebung, da sie die geheimnisumwitterten und ungebändigten Abenteurer waren.

Harry wurde mitunter ›Govinda‹ genannt. Das war die Figur des Fährmanns aus Hermann Hesses indischer Dichtung ›Siddhartha‹[8]. Harry hatte braune Fusselhaare und war der linke Verteidiger im Fußball-Team, Bassist im ›Futurum II‹ und Fachmann in Sachen Sarkasmus, weshalb auch eher Skeptiker. Sein ursprünglich erlernter Beruf war der des Schaufensterdekorateurs, danach wurde er erst Schreiner und schloss später erfolgreich sein Geschichts- und Literaturstudium ab.

Dagegen wurde Danny auch als Dannylito bekannt. Er trug eine mittelblonde Matte und einen Vollbart. Als der Kleinste der vier Freunde war er lustigerweise deshalb auch der Torwart. Außerdem bearbeitete er die Konga-Trommeln und war bei der Musikgruppe ›Söppel‹ zuständig für Perkussion, Tanz und Geschrei. Er war immer ein gut gelaunter Natur-Optimist und Pfleger von heimischer Ironie und Wahnsinn. Damals Student, ab 1977 Diplom-Sozialwissenschaftler, wozu später noch Diplome in Sozialarbeit und Sozialpädagogik kamen.

Das definitive Gründungsdatum des Tetraeders war der erste Mai Neunzehnhundertsechsundsiebzig, denn das war eines ihrer stärksten gemeinsamen

Erlebnisse. In Havixbeck bei Münster, wo damals Achim wohnte, wollten sie um 04.00 Uhr morgens aufstehen, um den Sonnenaufgang noch mitzuerleben. Sie hatten aber keine Uhr. Und sie waren vor lauter Lebensfreude erst etwa um 02.00 Uhr nachts eingeschlafen. Doch danach schon um 04.00 Uhr wieder aufzuwachen, war ziemlich schwierig, da es dann noch dunkel war. Sie wussten allerdings, dass die Vögel schon vor Sonnenaufgang anfangen zu piepsen. Sie mussten halt einfach aufpassen, wann sie mit dem Morgengezwitscher begannen. Leicht gesagt, wenn nur 2 Stunden Schlaf dazwischen passte. Aber sie waren voller Optimismus und ohne Sorge. Sie wussten, was sie wollten, und das taten sie auch. Der Tag hatte sie eingeladen, und sie nahmen dankend an.

Irgendwann in dieser kurzen Schlafnacht wurde Danny wach, weil Carlos neben ihm im Traum etwas von seiner Zungenspitze erzählte. Das interessierte Danny. Und er fragte ihn danach, aber Carlos schlief noch. Alles war dunkel, aber die Vögel trällerten schon ihre Morgenarien. Da hörte Danny plötzlich von einer nahe gelegenen Kirche die Kirchturmuhr schlagen: genau 04.00 Uhr.

Sie hatten die Zeit überlistet, und der Morgen hatte sie eingeladen.

»Auffi, auffi, raus aus den Schlafsäcken. Auch wenn's schwer fällt.« Nach einem Pilzfrühstück mit Psilocybin gingen sie los, den merkwürdigen Geschmack der Pilze noch in der Rachenhöhle hin und her kauend. Und Lorenzo, die Sonne, ging am Osthorizont auf, schob alle Wolken von sich. Ein strahlender Tag begann. Später, auf einer Brücke neben einem alten Wasserschloss, das noch verschlafen in der Morgensonne rum stand, feierten Carlos und Danny ihr Freundschaftsbündnis, weil die beiden eigentlich noch den ganzen Erdenball zusammen erleben und bereisen wollten. Govinda-Harry war der Naturpriester und Shiva-Achim begleitete sie auf seiner Querflöte mit wunderschönen fröhlichen Klängen. Carlos und Danny tauschten ihre Freundschaftsamulette in Form von kleinen Globen aus einem Kaugummi-Automaten und waren von da ab Freunde fürs Leben ….

Wie sich dann im wirklichen Leben herausstellte, sollte es für die beiden trotz der Mini-Globen nie zu einer gemeinsamen Erd-Umreisung kommen. Es gereichte ihnen immerhin zu einer tollen Reise zusammen nach Thailand 1988. Der eine, nämlich Carlos, hatte es tatsächlich geschafft, einmal alleine die Erde zu umkreisen. Der andere, Danny, reiste derweil jahrzehntelang kreuz und quer durch die Weltgeschichte.

Zurück zum Münsterland 1976: ihre ›Freundschafts-Flitterwochen‹ im Psilo-Land begannen. Und ein herrlicher Sonnentag schien über das Tetraeder. Sie turnten sich gegenseitig an mit Freundschaft, Vertrauen, Musik, Natur, Sonne, Psilo-Pilzen, Blumen, Hanfpflanzen und Hopfen. Denn am Nachmittag stand ihnen plötzlich an einer Scheune ein Kasten Bier im Weg, der sie einlud, ihn mitzunehmen. Das ließen sie sich nicht zweimal sagen, griffen zu und rannten damit zu einem versteckten Bach-Tal, wo sie sich in der Sonne suhlten. Zwar hatten sie keinen Flaschenöffner dabei, aber Harry einen passenden Schlüssel, womit sie die Bierkannen öffnen konnten. So von vielerlei Rauschelementen angeturnt, erlebten sie den Sonnenuntergang.

Und später am Abend kamen sie in die Wohnung zurück und alles weitete sich zu einer Orgie aus. Das kam so: in der Wohnung unter Achim wohnten einige Mädels. Zu denen ließen sie Zettel an einem Bändel runter, was dazu führte, dass die Mädels sie zu einer Fete in Münster mitnahmen und sie auch dorthin fuhren. Dafür sollten sie auch ihre Badehosen mitbringen. Und dort stellte sich ihnen die zweifelhafte ›Aufgabe‹, einen Münsterländer Swimmingpool einzunorden, was ihnen auch mit viel ›Hallo‹ und ausufernder Bade-Fete gelang.

Zurück in Havixbeck, ging dann auch dieser erlebnisreiche Tag zu Ende. Und sie schliefen mit dem Gefühl sanft ein, ein wunderschönes Geschenk erlebt zu haben: venceremos, hasta la victoria siempre.

Um dem geneigten Leser ein Bild davon zu machen, wie der Zeitgeist in der Spät-Hippie-Ära der 70er Jahre tickte, und was für extreme Ideale in den rebellischen jungen Menschen damals waberten, wird hier eine gemeinsame Geschichte von den Vieren wieder gegeben, die sie am 1. Mai 1976 unter Einfluss von Psilocybin geschrieben hatten: >> *»So oder so, rot wird die Welt …!« Wonniger Montag, nachmittags als wir abfuhren: die internationale Zelle der Südfranzosen, Griechen, Inder & Mexikaner tagt, um gemeinsam einen Tag wie keinen anderen zu feiern, denn wer in diesen grauen, tristen Breiten nicht den großen schrägen Ausflipp bekommen will, muss versuchen, sich von Zeit zu Zeit mit Menschen aus Sonnenländern zusammen zu tun und gierig ihre braun gefärbten Körper mit Musik umfließen lassen und sich selbst in Tiefen fallen lassen, um die phantastische Weite und die unbegrenzten Möglichkeiten dieser Welt zu genießen. Sei dabei, spüre das Organische und Ursprüngliche dieser Welt. Sei selbst organisch, spüre in deinen Zellen die wahnsinnige Botschaft auf, die da lautet: lebe!* << : Whow, starker Tobak, aber really autentico.

Aber auch die Sinneswahrnehmungen waren von der Späthippie-Phase der 70er Jahre beeinflusst: in Carlos' Zimmer hing immer ein blumiger Räucherkerzen-Duft, auch wenn er gar keine Räucherstäbchen angezündet hatte. Bei einem Besuch von Achim stand Danny in dessen Zimmer, ohne ihn zu entdecken. Er wähnte sich dort alleine. Bis er eine Bewegung in Achims dichten dschungelartigen Grünpflanzen ausmachte, wohinter der sich gerade aufgehalten hatte, als Danny in den Raum trat.

Ja, das waren die Tetraeders damals in den 70er Jahren, lange bevor ihnen zu Ehren ein Denkmal auf einer Ruhrgebiets-Halde errichtet wurde, hihihihi. Das Haldenereignis Emscherblick, kurz Tetraeder, ist ein in Form einer dreiseitigen Pyramide erbauter und frei begehbarer Aussichtsturm auf der Halde Beckstraße in Bottrop-Batenbrock. Die Stahl-Konstruktion mit einer Seitenlänge von 60 m ruht auf vier 9 m hohen Betonpfeilern. Die Halde hat eine Prominenz von etwa 90 Metern zum Umgebungsniveau. Der Aussichtsturm wurde als Landmarke der IBA Emscher Park vom Architekten Wolfgang Christ aus Darmstadt entworfen. Das Haldenereignis Emscherblick wurde am Tag der deutschen Einheit, am 3. Oktober 1995, eröffnet. Die dritte Plattform in 38 m Höhe besteht aus einem Ring mit 8 m Durchmesser, welcher eine Neigung von 8° aufweist; sie ist über eine Wendeltreppe zu erreichen. *

Der Leser wundert sich wahrscheinlich, dass die Freunde in den zurückliegenden Kapiteln aus den 1970er Jahren jede Menge Erfahrungen mit halluzinogenen Drogen gemacht hatten. Ja, stimmt, dabei bemühten sie sich allerdings stets um mystische Erfahrungen. Es ging ihnen bei diesen Grenz-Erfahrungen immer um eine Harmonie mit der Natur. Die Experimente mit diversen LSD-Trips, dem Atropin aus dem Stechapfel und dem Psilocybin der Zauberpilze sollten sie zu halluzinogenen und mystischen Erfahrungen führen. Denn Danny studierte ja in jener Zeit Sozialwissenschaften und schrieb gerade an seiner Diplom-Arbeit ›Anthropologie der Praxis‹, wobei er große Bereiche seiner Theorien auch aktuell selbst erlebte, durchlebte, experimentierte und erfuhr. So wusste er durch seine Studien in der einschlägigen Fachliteratur,

---

* *Angaben zum Tetraeder aus Wikipedia*

dass für fast jeden Menschen, der die persönliche Erfahrung einer LSD-Reise gemacht hatte, diese Erlebnisse zu den schönsten, erregendsten, unvergesslichsten, aber auch unbeschreiblichsten seines Lebens gehörten. Allerdings sollte man sich mit solch einer existenziellen Erfahrung nur als reifer und gestandener Erwachsener einlassen, dann könnte man auch einen tollen und positiven LSD-Trip mit inbrünstiger Ehrfurcht erleben.

Das nämlich stand beispielsweise im Gegensatz zu einem Jugendlichen von 16 Jahren, der Flugzeugleim paffte, bis sein Gehirn zu Roggenschrot geworden war. So ein unreifer Mensch wäre viel zu jung dazu, er wäre leichtfertig und ließe einfach seinen Geist treiben. Das könnte dann auch mal rasch in einer Psychiatrie enden.

»Hör zu, Harry, was Dieter Duhm[9] dazu schreibt: ›Auf dem Trip werden tatsächlich unbegreifliche große Dinge erfahren oder können erfahren werden. Die Kraft, die dann jemand in sich fühlt, ist ein ganz neuartiges Erlebnis, dessen Wahrheit keineswegs nur in der Einbildung besteht. Diese Kraft ist real. Wer nur ein einziges Mal einen guten LSD-Trip gehabt hat, der weiß das. Macht doch einmal einen Ringkampf mit einem, der diese Kraft in sich fühlt. Er hat sie tatsächlich. Er hat sie deshalb, weil die Kraftströme und die Muskelbewegungen seines Körpers nicht mehr durcheinander fuhrwerken und sich gegenseitig lähmen, sondern weil sie ruhig, frei und entspannt sind und bereit, ganz in eine Richtung eingesetzt und gebündelt zu werden. Wo keine Angst ist, da sind auch keine Muskelverkrampfungen und keine neurotischen Fehlinventionen von Kraftenergien.‹ Na, mein Freund, kommt dir das bekannt vor? Haben wir das nicht genau so erfahren…!«

Sie waren Jünger des Hochschul-Dozenten Timothy Leary[10] mit seinen LSD-Experimenten in den USA in den 1960er Jahren, von Carlos Castaneda mit seinen ethnologischen Romanen über den mexikanischen Indianer Don Juan, dessen Peyote-Erfahrungen in ›Ein Yaqui-Weg des Wissens‹, und von Aldous Huxley[11] mit seinen frühen Meskalin-Experimenten.

Danny und Harry als große Doors-Fans gingen diesen interessanten Erlebens-Facetten von verschiedenen Seiten auf den Grund: sie lasen die einschlägige Literatur, machten ihre Erfahrungen mit Selbst-Experimenten und hörten natürlich auch die dazu gehörige Musik.

»Sach mal, Danny«, fragte Harry, »weißt du eigentlich, warum sich die Doors den Namen ›Doors‹, also Türen, gegeben haben?«

»Nee, eigentlich nich, sach ma.«

»Der Jim Morrison hatte wohl das Buch von Aldous Huxley ›The doors of perception‹ gelesen, also ›Die Pforten der Wahrnehmung‹. Da war er so beeindruckt von, dass sie sich The Doors nannten.«

»Ah ja, von Aldous Huxley hab ich schon mal von gehört. Der hatte doch Erfahrungen mit Meskalin gemacht, einer halluzinogenen Droge. Darüber schrieb der. Und das schon 1954.«

»*Whow, Danny, genau in meinem Geburtsjahr …. Das ist ja jetzt schon über 20 Jahre her. Zur Feier dieser Duplizität der Ereignisse möchte ich dir auch mal ein entsprechendes Bonmot über einen LSD-Trip von Hans Leuenberger*[12] *vorlesen. Also höre, mein Freund: ›Die Zustände, die man als mystisch bezeichne, seien so vielfältig wie die, die man als normal betrachtete. Allen mystischen Erlebnissen sei gemeinsam, dass sie das Ich-Empfinden auslöschten und das Einssein mit dem Universum erzeugten, das Raum-Zeitgefühl aufhöben. Ferner entstehe ein Gefühl der Achtung, der Verwunderung und Kraftentfaltung, begleitet von Glückseligkeit, Liebe und Ekstase. Diese Erfahrung sei nicht mit Worten zu beschreiben. Die Widersprüche, die unserem Alltag innewohnen, seien aufgehoben. Ein Gefühl der Erleuchtung erkläre uns den Sinn der Natur und unserer Existenz. Er entspringe der lichterfüllten Vision traumhafter Schönheit. Die mystische Erfahrung sei machtvoll und verwandle das Leben eines Menschen, seine Kultur und alles, was ihn umgebe. Der Erleuchtete könne mit dem Verhaltensmodell brechen, das ihm bisher geschadet habe.‹ Na, wie is'set, Amigo Dannylito, fühlst du dich mitunter auch so erleuchtet?«*

Denn tatsächlich, Danny und Harry ging es bei ihren Drogen-Erfahrungen weniger um den Rausch an sich. Sondern sie strebten nach mystischen Erlebnissen, wie es auch die nordamerikanischen Indianer oder Schamanen von Naturvölkern seit Hunderten oder gar Tausenden von Jahren durchführten, sozusagen ethnologische ›Messen‹. Da die beiden Freunde mit herkömmlicher Religion nix ›am Hut‹ hatten, beschränkte sich ihr ›Glaube‹ eher auf einen atavistischen Einklang mit der Natur.

›Hotel Moselblick‹

Viele der Dattelner Freunde planten, die ›Neue Welt‹ in Amerika zu entdecken. Für diese große Reise übten Harry und Danny schon mal im Kleinen. Eine Tramp-Tour durch deutsche Lande zur Mosel hatten sie sich im Winter 1977 vorgenommen. Denn die Geschichte ihrer Freundschaft hatte auch immer mit Abenteuern unterwegs zu tun. Sie trampten gerne und zogen von Datteln aus in die Ferne. Aber die deutschen Flüsse gefielen ihnen, dabei besonders die Mosel, und nicht nur des Weines wegen. Und so entdeckten sie im Februar das kultige ›Hotel Moselblick‹.

Dazu schrieb Harry: »*Mein lieber Danny, sicherlich erinnerst du dich an den Winter 1976/77. Ein typischer Winter: nasskalter Regen noch und noch, Weihnachten in grau. Die Häuser hier im Ruhrpott, die Straßen und der Himmel waren wie sonst auch vollkommen trostlos – wer verließ schon gern die Wohnung? Wir trafen uns zu warmen Getränken, dreiblättrigen Zigaretten und heißen Stunden mit unseren Liebsten. Doch die Motoren liefen schon im Schongang, sachte, sachte. Mochte der kommende Sommer uns richtig aufreiben, jetzt im Winter war Rehabilitation für den Körper angesagt. Wir trafen uns bei Carlos oder bei Achim und knüpften Ideen aneinander, wollten uns im Frühjahr zusammen eine Wohnung suchen und beredeten das. Vorsichtig sprachen wir darüber, doch drängten wir uns nicht. Denn unsere Freundschaft war zu wichtig, als dass wir sie durch gemeinsames Wohnen aufs Spiel setzen durften. Wir hakten es wieder ab. Es war auch nur so eine Idee. Der Winter machte uns allen zu schaffen, wir suchten Wärme.*

Dann kam der Februar, mit etwas längeren Tagen, mit etwas Sonne, und mit Aktionen. Als zaghaft die ersten Krokusse ihre Spitzen durch den winterlich gefrorenen Boden schlugen, sagte Danny eines Tages zu mir: ›Unten im Saarland leben Verwandte von mir, liebliche Berge, wir können sie besuchen.‹ Das war toll. Ich wollte mit und ganz weit aus Datteln flüchten.

Ich schlief über Nacht bei Danny, und frühmorgens brachte uns sein Vater zur Autobahnraststätte Recklinghausen-Hohenhorst. Nieselregen sprühte gegen die Windschutzscheibe. Ich fand es besser, auf der anderen Seite der Scheibe zu sitzen. Am Rinnstein der Raststätte angekommen, blies uns der Wind das Sprühzeug um die Ohren. Wir warteten mit langem Daumen auf den ersten Lift.

Fast bereute ich meine Spontaneität, doch ein LKW hielt und nahm uns auf. Ein Norweger saß am Lenkrad. Ich wunderte mich über seinen Mut, Deutschland im Winter zu durchfahren, freute mich aber trotzdem über seine Anwesenheit. Danny redete mit ihm, oh Wunder. Danny und der fremde Norweger quatschten mit fremden Zungen über Dinge, die ich nicht verstand. Und die beiden lachten, Mann, war das strange. Als für mich die Langeweile immer größer wurde, schaute Danny zu mir hin, wie ich frierend und verständnislos da saß. Er wühlte in seinem Beutel und brachte etwas Rundes, in Geschenkpapier Eingewickeltes zum Vorschein. ›Für kalte Zeiten‹ stand darauf. Dannys Freundin Tina hatte die Umstände unserer Reise im Blick gehabt und kleine Muntermacher säuberlich beschriftet in Papier verpackt. Es war Rum. Nach der zweiten ›kalten Zeit‹ verstand ich Danny und den Norweger noch immer nicht, aber ich konnte wenigstens mitlachen.«

»Ja, sorry, Harry,« warf Danny ein, »das war Dänisch, was ich mit dem Norweger sprach. Denn Dänisch und Norwegisch sind sich sehr ähnlich. Ich hatte doch mal wegen meiner ehemaligen dänischen Freundin Jytte zwei Semester Dänisch an der Ruhr-Uni gelernt. Und da komme ich dann schon mal ans ›Snakken‹, wenn sich die Gelegenheit bietet. Außerdem hat er uns ja auch jedem ne leckere ›Prince Denmark‹ aus seiner Zigarettenschachtel spendiert. Haste gemerkt, wie würzig und stark diese filterlose Dänen-Zigarette schmeckte?«

»Okay, jaa. Okay, ach egal,« antwortete Harry, »Oberhausen-Sterkrade, toter, dreckiger, trostloser und nasser als Datteln, da standen wir nun. Hier ging es nicht nach zehn Minuten ab, nicht wahr, Dannylito. Das war ein Bild, zwei Langhaarige, Danny mit Vollbart und ich stoppelig. Unser Äußeres sah nicht unbedingt nach Schwiegermutter's Liebling aus. Trotzdem brauchten wir einen Lift, dringender denn je. Denn wir wollten endlich da weg.«

»Schafften wir dann auch locker, lieber Harry,« ergänzte Danny, »denn der Start zu unserer winterlichen Tramptour zur Mosel-Saar-Ruwer-Region, zu meinen saarländischen Verwandten, machte erst Mal einen fußball-historischen Schlenker. Wir kamen locker weg von Oberhausen und landeten – nein: strandeten – in Büttgen, der Heimat von Berti Vogts, unserem beliebtesten ›Volks-Terrier‹. Wegen Regen krochen wir nahe der Autobahnauffahrt in eine Art Erdhöhle, die wahrscheinlich von Kindern gebaut war. Dort peppten wir uns mit einem Joint für die weitere Tramptour auf.«

»*Per Anhalter kamen wir bis zur Stadt des Eau de Cologne, mehr war nicht zu reißen,*« erinnerte sich Harry, »*es war Nachmittag und blöd, nass und kalt, eben Februar. Kurzes Blättern im Notizbuch. Danny hatte eine Adresse von Leuten in Bonn-Beuel-Pützchen. Wir fuhren mit der S-Bahn über den Rhein, kamen ans Pützchener Kloster und stiegen aus. Wir liefen eine Weile und kamen zu unscheinbaren Reihenhäusern. Wir machten auf die Klingel keinen Eindruck, denn niemand öffnete. Mir war inzwischen hundeelend, denn ich hatte mich in der Tagesnässe erkältet, mir war kalt und heimatlos zumute. Dann gingen wir die Strasse hinunter und verschwanden in einer Kneipe. Als durchgefrorener Tramper schob ich mir Grogs hinein, langsam aber stetig. Um sechs ging Danny noch mal los, um es der Klingel zu besorgen. Und er hatte Erfolg. Das Mädchen war daheim. Sie quartierte uns mit viel Freund- und Lieblichkeit ein, aß mit uns und verabschiedete sich kurz danach zu einem Seminar. Sie war Internats-Kloster-Schülerin und versprach uns, bald wieder zu kommen. Lange nachdem es dunkel geworden war, kam sie in Begleitung von vier anderen Mädchen zurück. Party-Time zu Ehren der Gäste: Mann Danny, nur für uns. Bowle und Musik, mehr Essen und viel Unterhaltung. Ich soff wie ein Schwamm. Um elf bauten wir einen Joint und 60 % der Mädchen rauchten mit. Anschließend machten sie Mummenschanz, sprangen über den niedrigen Balkon auf den Rasen und trieben Hexenspiele. Wir unterhielten sie derweil mit einer vierhändigen Slide--Guitar. Es war blasphemisch-orgiastisch! Irgendwann vor Morgengrauen gab ich meine Markennummer ab und schlief ein ...*«

»Siehst du, Compadre Harry,« beruhigte Danny ihn am nächsten Morgen, »beim Trampen renkt sich alles wieder ein. Alles wird gut mit uns. Du brauchst nie unnötig zu früh die Flinte ins Korn zu werfen. Es war doch echt eine super Idee, in Bonn-Pützchen Station zu machen. Mit Valentine Kravet, meiner alten Freundin aus Bonn von vor zwei Jahren, hatte ich immer noch reichlich Briefverkehr. Und jetzt landeten wir sogar bei ihr in ihrer Wohnung voller ›Kloster-Katzen‹, benannt nach der katholischen Mädchenschule im putzigen Stadtteil Pützchen.«

»Ja ja, das war schon krass,« erinnerte sich Harry, »am nächsten Morgen machten die Mädels einen Wochenendausflug und überließen uns das Feld. Als ich erwachte, war mein Kopf wirr voller Bowle-Früchte und Nikotin und Hasch. Ich schaute leicht dulle im Hirn aus dem Fenster und sah gegenüber einen alten, farblosen Specht auf dem Ast einer vom Wind gebeutelten Tanne *sitzen. Wer war beschissener dran, heh? Obwohl Klosterschülerinnen hart im Nehmen sind, ließ ich den Kelch an mir vorüber gehen und bedauerte den armen Vogel ob seines Schicksals.*

Nach dem Frühstück spazierten wir gemächlich auf einen Berg hinauf. Wir zwei Gegenwarts-Philosophen schauten auf den ›Langen Eugen‹ und diskutierten von Ferne mit den Politikern da drinne. Die Februar-Sonne kam aus ihrem hintersten Winkel hervor. Bonn war nur ein Witz, und wir schauten darauf hinab. Die Blüte des weltlichen Wirtschaftswachstums lag zu unseren Füßen. Und wir lachten darüber, ein arbeitloser Student und ein studierender Arbeitsloser. Wieder einmal hatten wir die Situation im Griff.

Hunger! Mann, hatte ich einen Hunger. Durch die noch vollkommen blattlosen Wälder liefen wir zurück, kamen zu den Häuserreihen, kletterten über die Balkonbrüstung hinein und gingen dann durch die angelehnte Tür in die Wohnung.«

»Genau, Harry, ich erinnere mich. Valentine hatte uns zwar erlaubt, so lange in ihrer Wohnung zu bleiben, wie wir wollten, aber wir hatten keinen Schlüssel. Wir sollten einfach die Wohnungstür zuziehen, wenn wir abreisen wollten. Deshalb mussten wir statt eines Schlüssels die Balkonbrüstung und die angelehnte Balkontür nehmen, wenn uns mal nach Tages-Unternehmungen war.«

»Jop, wir kochten Reis auf, und in Ermangelung einer Sauce verdünnten wir ein Champignon-Suppen-Päckchen nur mit der Hälfte der angegebenen Flüssigkeit zu einer dickpampigen Masse. Gewürze mussten es nun bringen. Das überließ ich Danny. Und er schüttelte in grandioser tänzerischer Manier die Körner aus verschiedenen Gefäßen in den Brei. Das ging lange gut, zu lange, bis zum Chili-Streuer ... Der hatte überraschenderweise kein Streusieb. Und Flapp, lag ein dicker Berg rotbraunen Pulvers auf der Sauce und ging im brodelnden Kochen unter. Wir aßen danach mit Servierten, ganz vornehm für die damaligen Verhältnisse, doch tupften wir damit nur die Schweißtropfen von unserer Stirn.«

»Joh, Harry, wie das im Rachen brannte, was. Das war wohl schon ein Vorbote der uns ein-zwei Jahre später erwartenden mexikanischen Kost.«

»Später tranken wir dann die restlichen Bowle-Tropfen der vorangegangenen Nacht und stiegen früh ins Bett. Stellvertretend dazu möchte ich dir, lieber Freund Danny, etwas schenken. Es waren wunderschöne Abende, wenn wir mit Erlebnissen des Tages voll gestopft, in unseren Schlafsäcken lagen, das Licht aus war und der Mond ins Fenster hinein schien. Wir redeten lange, die Wärme der *gesprochenen Worte kehrte ins Zimmer ein. Wir bauten Satzgebilde, redeten im Überschwang, ohne dass einer den anderen unterbrach. Wir hörten einfach zu und ließen den Konsens des anderen Wissens in uns einfließen. Die Wörter verloren an Bedeutung und übrig blieben Gefühle, die auf nachtklarer, frischer Luft zum anderen hinübertanzten und einen Code von Liebe brachten. Das Leben war draußen, im Zimmer, in uns, überall pulsierte dieses unaussprechliche Verzücken von Ekstase. Und wir waren mitten drin, sprachen und fühlten das Leben und die Liebe nur einen Meter entfernt in einer Schlafsackhülle verborgen und gleichzeitig offen. Und dafür bürgten Kaskaden von Worten, von Bildern, die in der dunklen Zimmernacht fluoreszierend vor den Augen des Freundes wunderbare Schemen malten, die keine bloßen Schatten mehr, sondern feste, greifbare Gegenstände waren. Manchmal hatte ich sexuelle Gefühle und erregte mich an der Flut der gesprochenen Wörter und lachte über einen deiner gesprochenen Witze wie in einem Orgasmus. Damals glaubte ich an die intellektuelle Sexualität in jedem Menschen, an Orgasmus ohne Körper, Langziehen der Nerven vom Kopfende aus, nicht vom Schwanz. Es explodierte volle Kanne in meinem Kleinhirn und schleuderte mit voller Wucht Atome, Blitze und Orgone in jeden Winkel meines so verdammt langen und trägen Körpers. Die Gespräche hatten die Langsamkeit, die Trägheit und die Beharrlichkeit eines Lavastroms kurz nach einem Vulkanausbruch und töteten und verbrannten alles Nebensächliche des Lebens und formten mich in einer lodernden Flamme vom aufkeimenden Wissen und Verständnis für das Wirkliche, was sich hinter unserem Leben verbirgt. Denn draußen ist mehr, als wir hinter unserem Egoismus vermuten. Wellen von unsagbarem Glück stehen hinter unseren namen- und hirnlosen Schatten. Sie geben uns die Möglichkeit, uns aus dem Dreck unseres Menschseins in die Höhen des wunderbaren Existierens emporzuarbeiten, das uns später auf unserem Sterbebett wahrhaftig sagen lässt:*

Ich habe gelebt.

Diese Betrachtung ist einzig und allein für dich, mein Freund. Sie ist wahr, und ich habe mich bemüht, sie so gefühlvoll zu schreiben, wie unsere Beziehung damals war und heute ist.«

»Mann – Mann – Mann, Harry, what a Wahnsinn! Was für schöne Worte du gefunden hast, um unsere einzig wahre und echte Freundschaft zu beschreiben und ihr gleichzeitig einen goldenen Stern auf dem ›Way Of Eternal Friendship‹ zu verleihen. Ich danke dir, Harry,« sagte Danny sichtlich gerührt.

Nach soviel Philosophieren und Reden und Fühlen ging es dann wieder rein in die Action. Am Sonntag in der Früh fanden sie sich an der Autobahn Richtung Eifel wieder, wo sie ein Sportwagen-bestückter Lebemann auch gleich bis zum Nürburgring mit nahm. Dort wollte er ein paar Runden drehen – mit Jackie Stewart im Kopf. Unterwegs lud er sie jedoch in Altenahr zu einem einzigartigen Glas rotem Ahrwein ein. Das war eine tolle Erfahrung, roten

Ahrwein zu schlorzen und diesen dabei näher kennen gelernt zu haben, nur Eingeweihte konnten das bereits 1977 nachvollziehen. Eigentlich wollten sie direkt an die Mosel. Doch das Trampglück brachte sie über Trier direkt ins Saarland, wo sie bei Onkel Fred und Tante Lioba ein äußerst original Saarländer Quartier fanden. Dannys Verwandte waren herzlich und lebenslustig und ganz auf ihrer Seite, obwohl die beiden Freunde als die langhaarigen Freaks aus der Großstadt total kontrastreich waren zum normalen Durchschnittssaarländer. Auf dem Rückweg brachte sie Onkel Fred sogar mit seinem Fahrrad zur Autobahnauffahrt, damit sie nicht die ganze Zeit ihr Marschgepäck tragen mussten. War das nicht goldig …? Aber zwischendurch geschah ja noch allerlei Mystisches. Sie spielten bei herrlicher Februarsonne in Oma und Opas Garten mit nacktem Oberkörper Fußball. Oder die Geschichte an der deutsch-französischen Grenze. Noch im Winter, und trotzdem schien die Sonne, tollten Harry und Danny im Saarland über die ›grüne‹ Grenze. Dannys Opa wohnte in Saarlouis-Beaumarais, nur ein paar Kilometer von der französischen Grenze entfernt. Sie wanderten also einfach mal ein bisschen über den Teufelsberg, erkundeten die Teufelsburg-Ruine, kletterten über Felsen, durch Schluchten, Wälder und liefen über Wiesen Richtung der vier Sendemasten des Senders Europa auf dem Sauberg, und weiter durch einen Wald, bis sie auf einmal in dem kleinen französischen Ort Villing landeten, ohne vorher bemerkt zu haben, dass sie überhaupt Deutschland verlassen hatten. Sie tranken ein Bier in einer französischen Kneipe und schrieben von diesem ›Auslandsurlaub‹ eine Ansichtskarte an Harrys Bruder Sugar-Ede. Auf ihrem Rückweg freute sich der deutsche Grenzer in seinem einsamen Häuschen doch ehrlich, wegen seiner alltäglichen Langeweile endlich mal zwei solch ›bunte Vögel‹ auseinander nehmen zu können, die da so munter zu Fuß daher getrabt kamen. Erst untersuchte er ihre Umhängetaschen umständlich, wobei er sich lange und staunend mit Dannys buntgehäkeltem Totembeutel und den darin enthaltenden kleinen Plastiktierchen aufhielt und schier nicht glauben konnte, dass ein erwachsener Mann so etwas mit sich rum trug. Dann dachte er endlich, fündig geworden zu sein, als er das rostige Blechdöschen aufschraubte, das sich in einem speziellen Fach der Militär-Umhängetasche, extra an einem Bändel befestigt, befand. Aber die Enttäuschung war ihm aus dem Gesicht zu lesen, als er darin nur einen alten schmierigen Stofflappen fand: ›Was ist das denn?‹ war dann auch seine entsetzte Frage. ›Das ist das Fernglasputztuch,‹

war Dannys erfreute und routinierte Antwort, wohl wissend, dass er gar kein Fernglas mit sich führte. Aber der Fernglasputztuchbehälter gehörte halt zur Ausrüstung eines US-amerikanischen Frühstücksbeutels. Der Grenzer war so sauer darüber, weil er nix Verbotenes bei den beiden fand, dass er ihnen 20,-- DM Bußgeld wegen illegalem Einwandern aufbrummen wollte. Der Mann war wirklich zum Schießen. Sie hätten ja auch wieder locker ›grün‹ um seinen Zoll-Kiosk herum über die Grenze zurückgehen können. Sie weigerten sich jedenfalls schlichtweg, für fehlerhaft ausgeschilderte Grenzen auch noch was zu bezahlen, nur weil sie einen harmlosen Spaziergang gemacht hatten. Glücklicherweise konnten sie die Sache mit dem Zollbeamten so gütlich bequatschen, dass er von diesem Wahnwitz wieder Abstand ließ. Er erfuhr nämlich in dem Gespräch, dass sie bei der in Beaumarais allseits bekannten Familie Lukas übernachteten. ›Ja, warum habt Ihr das denn nicht gleich gesagt? Schöne Grüße.« So ließ er sie unbestraft wieder laufen. Dafür hatte er seiner Familie am Abend bestimmt merkwürdige Dinge zu erzählen gehabt: von zwei Höhlenmenschen und einem Fernglasputztuch …

Auf dem Rückweg vom Saarland nach Westfalen hatten die beiden Freunde wieder solch ein großes Tramp-Glück, dass sie stracks hätten mit nach Kölle fahren können. Aber sie wollten ja unbedingt noch an die Mosel. Tante Lioba hatte Danny Geld geschenkt, womit sie sich Tickets für ein Moselschiff kaufen wollten, um sich die Tour moselabwärts bis Koblenz zum höchsten Genuss werden zu lassen. Deshalb stiegen sie an der Eifelautobahn bei Wittlich aus ihrem ›Lift‹ aus, liefen von dort die 10 km lange ›Long and winding road‹ runter zur Mosel und kamen völlig zerschlagen in Zeltingen an. Dort gab's natürlich noch keine Mosel-Schifffahrt, weil es dafür im Februar noch zu früh war. Deshalb trösteten sie sich mit zwei Weinproben köstlichem ›Zeltinger Himmelreich‹: whow, trockene Riesling-Ware, direkt aus dem Schlauch auf dem Winzer-Hof getrunken. Danach setzten sie sich in den Bus moselabwärts bis Bullay. Als sie in Bullay ankamen, war es schon dunkel. Aber sie fanden trotzdem noch einen Unterschlupf. In einem alten Bahnwärterhäuschen ohne Türen direkt neben dem Eisenbahn-Tunneleingang fanden sie auf Sandsäcken ihr Nachtlager zusammen mit ein paar Mäuschen, die wohl schon eher dort gewohnt hatten. Aber vor der Nacht gingen sie in die Dorfkneipe Goarden. Dort wurde Skat gekloppt, wobei jedes Gespräch verstummte, als die beiden wilden Gesellen den Schankraum betraten. Ihre Nasen wurden vom Duft des köstlichen Schwenkbratens verführt, der aus dem offenen Kamin drang. Den leckeren Braten konnten sie sich aber finanziell leider nicht leisten, da sie den Rest der Reisekasse für die Zugfahrt benötigten. Als Ersatz füllten sie sich zielstrebig mit ›Bullayer Brautrock‹ ab, damit sie auch die Grauen und die Wintertemperaturen der Nacht überstehen konnten. Und das war auch gut so. Es waren nicht die Temperaturen, weil es ja einen relativ milden Februar hatte. Sondern die Eisenbahnzüge bewirkten, dass ihnen dieses ›Hotel Moselblick‹ als ein unvergessenes Erlebnis in Erinnerung blieb. Sie hörten und fühlten es schon vorher aus der Ferne vibrieren; ein dumpfes Grollen; das Stellwerkhäuschen begann zu zittern; die Erde bebte. Und dann kam das stählerne Ungetüm aus dem Tunnel geschossen, als würde es mitten durch ihre Schlafstatt sausen. Aber um dem Schrecken noch die Krone aufzusetzen, ertönte ein gellender Pfiff, der Danny bis heute immer noch in den Ohren hallt. Damit verkündigte der Lokführer, dass er Licht sah nach dem endlosen Tunnel und dass er Bullay vorwarnen wollte. Die beiden jedoch saßen mit stehenden Haaren und einer Gänsehaut in ihren Schlafsäcken und waren froh, als es endlich Morgen wurde.

Mit den Resten von Tinas Überraschungsgeschenken, Maria Kron und Rum-Toffies, machten sie sich ein schnelles Penner-Frühstück und taumelten dann ins Mosel-Tal zum Bullayer Bahnhof. Von dort genossen sie die Mosel vom Inneren eines Zuges aus. Bullay – Cochem – Burg Eltz – Kobern – und kurz vor Koblenz, in Winnigen raus aus dem Zug. Am kleinen Winniger Bahnhof trampten sie auf gut Glück in der Gegend herum, da es eh nur eine Sackgasse war. Und siehe da. Eine alte Oma nahm sie mit zur nächsten Autobahnauffahrt. Sie musste nur noch schnell nach Hause, um ihre Wohnungstür abzuschließen. Über Andernach und Bonn ging's nach Köln-Deutz, wo sie mit Blick auf den Kölner Dom den Rhein überquerten. Dort begann es zu regnen. Und sie beschlossen, den Rest der Strecke nach Hause – statt im Regen weiter zu trampen – lieber mit dem Zug zurückzulegen. Schließlich hatten sie während der übrigen Tramptour trotz Februar meistens nur herrlichstes Urlaubswetter gehabt.

Neue Kontinente

Nachdem Danny 1971 ›On the Road‹ von Jack Kerouac durchgelesen hatte, als er gerade selber unterwegs war, bekam er erst mal nen ziemlichen Blues. Er war traurig, dass er das Buch durch hatte, das ihn so sehr begeistert und persönlich angesprochen hatte. Aber dann fand er heraus, dass es von Jack Kerouac ja auch noch andere Romane gab. ›Gammler, Zen und hohe Berge‹ oder auch ‹The Dharma Bums› handelte von Kerouacs Alter Ego Ray Smith, der durch die USA trampte und dabei Japhy Ryder kennen lernte. Dieser brachte Ray mit dem Buddhismus in Berührung. Auf ihren gemeinsamen Touren in die Berge erfuhren sie immer mehr voneinander. Es kam zu Partys mit Jazz, Sex und Alkohol, sowie zu Gesprächen mit Menschen, die die Welt mit Zen-Weisheiten zu erklären versuchten. Dann brach Japhy nach Asien auf, um dort bei einem Mönch zu lernen. Und Ray nahm Japhys alte Arbeitsstelle als Feuermelder in der Einsamkeit der Berge auf dem Desolation Peak an.

Aber auch ›Engel, Kif und neue Länder‹[13], im Original ›Desolation Angels‹, war für Danny ein lohnenswertes Taschenbuch. Es war zugleich ein faszinierender Schlüsselroman über die Hauptgestalten der ›Beat Generation‹. Darin wurde eine US-amerikanische Jugend beschrieben, die sich inmitten der schlechtesten aller Welten zum glückseligen Leben bekannte. Jack Kerouac's in einer spontanen, scheinbar improvisierten Prosa geschriebener Roman nahm die jungen Menschen auf der ganzen Welt mit auf seine Suche nach einem intensiven, rauscherfüllten Dasein in New York, Mexiko, Tanger, Paris und London. Das machte ihn zum gefeierten Sprecher eines neuen Amerika.

Aber auch unsere beiden deutschen Freunde Harry und Danny wurden durch Kerouac's Romane von diesem abenteuerlichen Reise-Virus angesteckt. In den 1970er Jahren wurden ihre Abenteuer immer wieder von ihren literarischen Vorbildern inspiriert. Wie einst Jack London[14] im eiskalten Alaska wanderten Danny, Harry und Carlos im frühen Morgengrauen vom Dattelner Beisenkamp über die Kanalbrücke des Dortmund-Ems-Kanals rüber zur Ruine von Schloss Löringhoff. Dort gab es ein arges und unwegsames Sumpfgelände. Das wollten die drei Kumpels im Winter 1974 erforschen. Trotz hoher Springerstiefel holten sie sich einen ›Nassen‹. Neben einer halb verfallenen Anglerhütte aus Holzbrettern lernten sie auf einer kleinen Insel im Sumpf – wie literarisch schon von Jack London vorgegeben – das Feuermachen. Das war aber auch notwendig, denn mit ihren nassen Socken hätten sie sich sonst noch den Tod geholt. Sie bekamen das Feuer auch tatsächlich an: wie das ihre Seelen und Körper erfreute! Und es duftete auch angenehm, trotz des sie umgebenen sumpfigen Moder-Geruchs. Sie trockneten ihre nassen Beinkleider und machten es sich derweil mit einer Pfeife gemütlich, während die ersten morgendlichen Sonnenstrahlen langsam die wabernden Sumpfnebel vertrieben.

Im gleichen Jahr trampte Danny mit Matthes kreuz und quer durch Süd-Europa. Sie kamen während der Zypern-Krise trotzdem von Kreta bis nach Istanbul, wo sie beide erstmals asiatischen Boden betraten, als sie mit der Fähre zum asiatischen Stadtteil von Istanbul schipperten. Danny fuhr dann noch alleine mit dem Zug nach Teheran und weiter per Bus, Anhalter und Eisenbahn vom Iran bis nach Afghanistan.*

Auf dem Ahsener Feuerwachturm fühlten sich Danny, Carlos und Harry im Herbst 1976 wie einst Jack Kerouac in seinem Roman ›Gammler, Zen und hohe Berge‹. Bloß mit dem Unterschied, dass bei Keroauc der Feuerwachturm auf einem hohen Berggipfel in den Rocky Mountains lag.

Ein dreiviertel Jahr später reiste Danny mit seiner Freundin Tina, Frankie und Biggy während einer Umrundung der iberischen Halbinsel mal kurz rüber nach Afrika, wo sie bis zur marokkanischen Stadt Tetouan kamen.

Und 1978 schwärmten viele der Dattelner Freunde für den US-amerikanischen Schriftsteller John Steinbeck. Ja, da gab es dann auch den großen Treck von Datteln in ›die neue Welt‹. Der Kontinent Amerika wurde entdeckt, speziell die USA. Kein Wunder, dass es sie alle zuerst nach Kalifornien zog. Dort wiederum auch unbedingt nach Monterey, wo Steinbecks Roman ›Die Straße der Ölsardinen‹[15] spielte. So kann man in der Nähe des großen Meerwasser-Museums auch immer noch eine ›Cannery Row‹ entdecken. Achim und Corinna knatterten dort mit ihrem alten Oldsmobil schon einige Wochen eher entlang, bevor sie sich im Frühherbst mit Danny und Tina in Citrus Heights bei Sacramento trafen. Aber auch die beiden ließen sich John Steinbecks Manifest in Monterey nicht entgehen. Schließlich kamen Harry und Matthes als letzte nach Kalifornien und schlenderten einen Monat später durch die Cannery Row.

Im November gab es die ersten Regenfälle im sonst so verwöhnten sonnigen Southern California. Deshalb wechselten Danny und Tina von den USA rüber nach Mexiko und in die Karibik. Dort verbrachten sie zusammen ein glückliches halbes Jahr mit tropischer Überwinterung. Eigentlich war ein Treffen mit

---

* *Beschrieben im Kapitel ›Vom Goldenen Horn bis Afghanistan‹, aus Manfred Schloßer – ›Straßnroibas‹, Norderstedt 2007*

Harry und Matthes in Mexiko geplant. Aber Harry musste mucho reisekrank vom tropischen Zihuatanejo weg, einer Hafenstadt im Bundesstaat Guerrero an der Pazifikküste Mexikos. Über äußerst abenteuerliche Pfade wurde er von Acapulco via Miami und Moskau frühzeitig heim nach Europa geschafft, so dass Danny und Tina schließlich nur Matthes allein in Oaxaca, Mexiko, trafen, um dann mit ihm einige Wochen zu Dritt durch Mexiko, USA und die karibische Insel-Welt zu reisen. Das hätte eigentlich mit Harry zusammen noch mehr Spaß bringen sollen, mais c'est la vie …

So blieb dann die wahnsinnige Sizilien-Reise der einzige große Auslands-Trip, den Danny und Harry zusammen in den 1970er Jahren erlebten. Denn dieses unübertroffene Meisterstück erlebte die Tetraeder-Travelling-Company zweifelsohne während ihrer zweiwöchigen Reise im Mai 1977, als sie durch Carlos‹ Bekanntschaft mit dem Dortmunder Eisverkäufer Francesco Cerutti zwei Fiats nach Sizilien bringen sollten, gegen Spesen, freien Aufenthalt in Ceruttis Haus in Pozallo und cash ausbezahlten Rückfahrt-Tickets.

Diese Auto-Überführung kam dadurch zustande, weil Karoline, kurz Karo, die Mutter von Carlos‹ Freundin Carlotta, Briefträgerin war. Durch diese Arbeit lernte Karo den Dortmunder Eisdielen-Inhaber Salvatore Cerutti kennen. Der Sizilianer hatte einen Job für die vier Freunde: Autos nach Sizilien überführen. Carlos und Danny in einem Fiat, Harry und Achim im zweiten Fiat. Und ab ging die Post am 1. Mai nach Sicilia: vier Tage, drei Nächte, oder wie der Italiener so schön sagt: ›vier Tackte, drei Nackte‹. Dieser sagenumwobene Trip der vier Freunde Carlos, Harry, Achim und Danny erinnerte sehr an das klassische ›On the Road‹ von Jack Kerouac. ›Beat, beat, beat‹ hieß darin der vorherrschende Rhythmus. Und jetzt ›Schlag auf Schlag‹ sollten zwei geheimnisumwitterte Schmuggel-Fiats mit italienischen Nummernschildern nach Sizilien gebracht werden.[16]

Da ihr Autoschieber-Obermafioso Francesco Cerutti erst zwei Tage später erwartet wurde, konnten sie sich noch ein wenig auf Sizilien umsehen. Sie düsten kreuz und quer durch den Süden der Insel und wechselten dabei häufig die Wagen-Besetzungen. Eines Abends wollten Harry und Danny gerne am Meeresstrand übernachten. Sie wachten in ihrem Wagen allein an einem einsamen Sandstrand irgendwo zwischen Marina di Ragusa und Siemeri auf, geweckt von den heißen Morgenstrahlen der Sonne. Als Danny sich ein wenig in seinem bequemen Liegesitz aufrichtete, um eine Ameise zu beobachten, die sich gerade an ihre am Vortag gepflückten Kakteenableger ranmachte, fiel sein Blick auf ein anderes Auto. Darin saßen drei Sizilianer, die sie an diesem einsamen Strand wohl schon eine geraume Zeit beobachtet hatten. Langsam anfahrend kamen die Sizilianer auf Danny und Harry zugerollt, so dass es Danny schon ganz unheimlich wurde. Kurz vor ihrem Schmuggelauto hielten die Sizilianer. Und aus dem geheimnisvollen Auto pellten sich drei Typen, denen man so einiges zutrauen konnte. Denn jeder von ihnen hatte ein niedliches ›Pusterohr‹ am Gürtel hängen. Den beiden Freunden rutschte das Herz ein bisschen tiefer in den Schlafsack: »Jetzt sind wir dran.«

Auch Dannys freundlicher Willkommensgruß ›Benvenuti a Sicilia‹ schien sie nicht auf sie anzutörnen. Die vermutlichen Mafiosi stapften mit ihren dicken Sohlen nur näher, umkreisten sie, klopften aufs Autodach mit prüfenden Pranken, begutachteten sie und ihr Gefährt und das Nummerschild. Dann lehnte sich einer von ihnen bedrohlich mit seinem kräftigen schwarzen Schnauzer zum Fenster herein. Eine richtige Controletti-Truppe dieser einheimisch-folkloristischen Wirtschafts-Organisation ›mafiosi sicilano‹. Da man in solchen Situationen besser seinen heroisch-arischen Vaterlandsstolz gänzlich vergisst, verhielten sich die beiden Freunde auch betont kollegial und gaben bereitwillig Auskunft und ließen dabei einfließen, dass bei ihnen sowieso nichts abzuziehen war: »Weil wir armes Student, nix viel Geld und nächste Tage wieder zurück nach Allemania.« Harry ließ dann noch wie nebenbei verlauten, dass sie einen Freund in Pozallo hätten und sie dort erwartet würden, so dass die Mafiosi sie nicht so einfach verschwinden lassen konnten. Einer von denen gab dann ein abschließendes Resümee: »Hier nix gutes Platz«, wobei die Freunde ihm auch spontan zustimmten. Wahrscheinlich störten sie die Mafiosi bei der Abwicklung ihrer Schmuggelaktionen mit den von Afrika kommenden Schiffen. Sie hatten auch in der Nacht vor der Küste einige Schiffe hin- und herkreuzen gesehen.

Na, jedenfalls ließen die Mafiosi dann ihre Pusterohre stecken, nachdem sie erkannt hatten, dass die beiden jungen Deutschen morgens um 8.00 Uhr wohl kaum das richtige Objekt zum Auflockern waren und dass sie mit der Beute vielleicht noch nicht einmal ihr Frühstück bezahlen konnten. So zogen sie wieder ab. Und die beiden jungen Allemanis verließen sofort fluchtartig diesen mafiaverseuchten Strand. Nix wie weg hier. Und dann tauchte auch schon Pozallo auf: ›Benvenuto a Pozallo‹. Denn heute wusste Danny natürlich, dass ›Benvenuti‹ eigentlich ›Benvenuto‹ hätte heißen müssen, und deshalb wahrscheinlich die Mafiosi am Strand so komisch geguckt hatten …

Die Zugkarten für die lange Rücktour durch Italien bis zur Grenze kauften sie abends vor der Heimreise am Bahnhof Pozallo. Danny fragte den Fahrkartenverkäufer: »Wie lange fährt denn der Zug bis nach Deutschland?« Der konnte wohl ein bisschen Deutsch, zeigte ihnen seine linke Hand mit allen fünf ausgestreckten Fingern und kommentierte dazu: »Funf: drei Nackte, zwei Tackte«, also: »Fünf: drei Nächte, zwei Tage«.

In Rom trennten sich die Wege der Freunde. Carlos und Danny nahmen den Nachtzug bis nach Chiasso an der schweizerisch-italienischen Grenze, um von dort aus nach Hause zu trampen. Harry und Achim dagegen nahmen den West-Zug nach Turin, um sich durch die französischen Alpen nach Lyon und zu Achims französischer Freundin Catherine durchzuschlagen.

Da sie alle arme Studenten, Schüler oder Arbeitslose waren und deshalb wenig Geld hatten, machten sie's wie die vier Musketiere: ›einer für alle, alle für einen‹. Sie warfen nämlich alle ihre restliche Kohle auf einen Haufen und teilten den Betrag durch zwei. Die eine Hälfte der Moneten ging mit Carlos und Danny Richtung Norden zur Schweiz, durch Liechtenstein nach Deutschland; die andere Hälfte mit Harry und Achim nach Nordwesten und Frankreich.

So schaffte es Harry, der mit 10,-- DM vor der Sizilien-Reise in Deutschland gestartet war, dass er auf einmal in Rom mehr Geld als vorher in der Tasche hatte. Wunderbaa …: sie hatte sich doch gelohnt, die Reise – so oder so – für alle.

II. Abenteuer und Reisen – die wilden 80er Jahre

Hauptsache labern

Zwischen dem gegenseitigen Entdecken 1971 bis zu den intensivsten Freundschaftserlebnissen der kulturkritischen Nächte lagen Hass, Ignoranz, Skepsis und Erstaunen. Alles wurde von der Feder gekitzelt, die als das großzügigste Geschenk jener Zeit galt, diese Feder, wie auch Federball, Frisbee, Freunde, Vertrauen, Freude und Ekstase. Schließlich mündete ihre Beziehung in der äußerst dichten Atmosphäre ihrer gemeinsamen Trampreise 1977, als Harry seine ewige Ode an die Freundschaft verkündete …: ›eternal amigos‹.

Die außergewöhnliche Zeit ab 1977 bis zum Ende der 1980er Jahre war eine Spanne intensivster Freundschaft. Sie stand im Zeichen großer Reisen, aber auch von Literatur. Der Rodriguez-Küstennebel-Verlag wurde in Datteln von Harry, Sugar-Ede und Rollo gegründet, später ohne Rollo, dafür mit Jojo, und teilweise mit Dannys Unterstützung als freier Mitarbeiter. Vier verschiedene Bücher mit fünf Auflagen und zahlreiche Kulturveranstaltungen brachte der RKV hervor, bevor er Konkurs anmeldete, weil der einzige Umsatz sich auf die jährlichen Steuerforderungen des Finanzamtes Recklinghausen belief.

Und natürlich die Musik. 1979 war das große Jahr für Gittarist Carlos, Querflötist Achim, Sänger Sugar-Ede und Trommler Danny, die zusammen mit Sänger Sven, Bassist Benny, Saxophonist Ecki, Drummer Timmy und Sängerin Thea die Dattelner Kult-Band ›Söppel‹ bildeten, als sie ihren sagenumwobenen Auftritt ›Live im Zirkuszelt‹ hatten. Bei einem anderen Gig in Castrop-Rauxel sogar auch mit Percussionist Harry.

Und mit den Frauen der beiden Freunde ging es auf und ab. Harry hatte seine Doro, die einen langen Atem mit ihm brauchte. Danny dagegen hatte sich in jener Zeit auf einen unfreiwilligen Dreijahres-Plan einstellen müssen: drei Jahre mit der lebenslustigen dunkelblonden Tina, mit der er ein halbes Jahr durch Amerika reiste, drei Jahre mit der rassigen schwarzhaarigen Lydia, mit der Danny Marokko entdeckte, drei Jahre mit der brünetten allein erziehenden Kirsten und Töchterchen Justine und drei Jahre mit der ebenfalls allein erziehenden Rheinländerin Julie waren damals seine wichtigsten Beziehungen. Danny lernte in den 80ern Babys wickeln, voll geschissene Windeln wechseln und nachts schlaftrunken für Justine ›Tatau‹, also Kakao, zu machen. Und es waren zärtliche Zeiten, da junge Mütter gewohnt waren, zärtlich mit kleinen Lebewesen umzugehen. Ja, ja, die Frauen – sie hatten viel mit der Entwicklung der beiden Freunde, der ›um die Dreißig- bis Vierzigjährigen‹, zu tun gehabt. Sie rundeten ihr Bild ab vom schönen Leben, Glück, Liebe und Partnerschaft. Aber sie machten ihnen doch auch manchmal die Hölle heiß mit all den Enttäuschungen, Frustrationen, die eine versiegende Liebe so mit sich bringen konnte. Harry und Doro hatten sich gefunden, verloren, wieder gefunden. Durch Doro wurde Harry ein besserer Mensch mit Warmherzigkeit und liebevolleren Umgangsformen als seine ätzende Härte, die er vorher manchmal drauf hatte.

»Dafür ein großes Dankeschön an dich, liebe Doro. Du hast meinem besten Freund sehr sehr geholfen! Schön, dass Ihr euch wieder liebt!« freute sich Danny über die Wiedervereinigung seines Freundes Harry mit seiner Doro.

Bei Dannys Frauen-Beziehungen blieb es ein auf und ab. Während seiner zweiten berufliche Stellung als Jugendzentrums-Leiter in Hagen-Hohenlimburg ab August 1979 und danach als Leiter des Jugendinformations-Zentrums Hagen-Volkspark ab September 1986 erlebte er erst das Ende der Beziehung zu seiner Tina in ihrer gemeinsamen Wohnung in Dortmund, dann die neue Liebe zu Lydia, die aber auch drei Jahre später wieder Geschichte geworden war. Dann hatte er in den Jahren von 1983 bis 1986 mit Kirsten und ihrer kleine Tochter Justine eine liebvolle, zärtliche, fast schon familiäre Zeit, ohne dass sie zusammen wohnten. Diese Periode der Beziehungs-Ruhe nach vielen Jahren der inneren Unruhe und nach Freiheitsstreben, weiten Reisen und Power-Leben hatte für Danny zu einer Lebensweise von innerer Ausgeglichenheit geführt. Doch das Ende nach drei Jahren hatte ihn wieder in den neuen, oder alten, Power-Mann, den Jäger mit dem gewissen Flackern im Augenwinkel und zu einem absoluten Sieger-Typen werden lassen. Danny bretterte wieder jede Nacht rastlos wie ein Desperado durchs Ruhrgebiet.

Da war Danny natürlich voll in seinem Element, als es mit Harry im Februar 1983 auf nach Norwegen ging. Denn sie hatten noch einen alten Kumpel aus

Datteln, den Osko, der schon seit Jahrzehnten in Norwegen wohnte. Den besuchten sie in den 80er Jahren zweimal, einmal 1983 im Winter und einmal 1985 im Sommer. Das war immer eine lange Autoreise. Vor allem weil Danny im Winter 1983 noch am Vorabend ein Live-Konzert in Hagen-Dahl mit seiner Jazz-Combo Vogelfrei hatte. Die Mitschnitte des Konzerts hörten sie sich dann noch bei ihm in seiner Wohnung zusammen mit den Musikern an und hatten dadurch ordentlich zu feiern. So wurde es 03.00 Uhr morgens, als Danny und Harry endlich ins Bett kamen. Aber am gleichen Morgen um 10.00 Uhr ging's schon los. Sie wollten zu Osko und seiner norwegischen Freundin Berit in Godheim bei Spydeberg. Erst mal von Hagen hoch nach Hamburg, kurzer Stopp bei Dannys Sister BärBel, dann weiter nach Flensburg. Da dachten sie, jetzt hätten sie es gleich geschafft, sie bräuchten nur noch durch Dänemark zu fahren. Erst flogen alte Erinnerungen an Dannys Tramptouren zu seiner damaligen dänischen Freundin Jytte in den 70er Jahren an ihm vorbei: Aabenraa, Haderslev, Kolding und Vejle. Aber Jütland zog sich, und es war schon Abend geworden. Sie hatten die Nachtfähre gebucht, von Frederikshavn, Denmark, nach Larvik, Norge. Da half nur noch, durch Dänemark durch zu brettern. Eigentlich war dort auf den Autobahnen eine Höchstgeschwindigkeit von nur 100 km/h erlaubt. Aber Danny hatte sich zu einem punktuellen Kompromiss von 150 km/h durchgerungen: »unskyld, mor Denmark, far kramer sjæl, also: Tschuldigung, Mutter Dänemark und Vater Kramer-Seele. Soll nicht wieder vorkommen. Aber wir müssen uns mal ausnahmsweise beeilen, um den spätesten Verlade-Termin um 21.15 Uhr am Fähr-Terminal in Frederikshavn noch zu schaffen.« Das klappte dann gerade noch, indem Danny düste wie ein Rennfahrer: Bretter – Bretter – Bretter, ab und zu mal ne Autobahn, Landstraßen, Umgehungsstraßen, Städte wie Horsens, Aarhus, Randers, Aalborg und endlich Frederikshavn. Puuuaaahhhhh, geschafft …!

Nachts auf der Peter-Wessel-Fähre gepennt, im tiefsten norwegischen Winter morgens angekommen. Godheim gefunden, was nur ein kleines Kaff mit ein paar Häusern war. Osko hatte als Erkennungszeichen eine norwegische Flagge an der Straße aufgestellt: hatten sie wunderbar gefunden. Auch Flausche-Kater Nilsson begrüßte die Deutschen mit ›Schnurrr-schnurrr-schnurrr‹. Bloß Osko und Berit waren nicht da, obwohl ein Auto vor der Tür stand und das Licht draußen am Haus brannte. Danny und Harry hatten sie endlich gefunden, aber sie waren nicht zu Hause. »Kein Problem,« dachten sich die beiden Freunde und fuhren zurück zum Ort Spydeberg. Dort spielten sie auf dem Kirchplatz ein bisschen Fußball, um sich warm zu halten. Als das Norweger-Pärchen später nach Hause kam, erzählten sie, dass das Auto den drei Musikern von ›Baksmell‹ gehörte. Die pennten in ihrem Proberaum im Schuppen, hatten die beiden Fremden zwar gehört, aber vor lauter Muffe besser keinen Mucks gemacht, die Döspaddel. Na ja, da gab's dann nach so langer Trennung und zum Wiedersehen viel zu erzählen: ›Hauptsache labern‹. Dabei schön in der Sonne gesessen, obwohl es – 5 ° C und dick Schnee hatte. Booooaaahh, das war astrein. Dann gemeinsam was futtern, norwegischer Labskaus: tusen takk, Berit, das war aber lecker! Dazu ordentlich norwegisches Ringnes Pilsener, selbst gemachten Kirschwein und Grog gegen die Kälte, dann wieder ›Hauptsache labern‹. Das war so ein lieblicher Begriff. Den hatte Osko mal einfach so raus gehauen, und das wurde ihnen zu einem geflügelten Wort. Es bezog sich darauf, irgendetwas zu sagen, obwohl es gar nicht nötig wäre, nur damit überhaupt was gesagt wurde: ›Hauptsache labern‹

Abends im Bett lasen sie noch ein bisschen oder erzählten sich was. Dummerweise hatte Danny zu der Zeit keine feste Freundin und machte zu Hause in Hagen mal mit der oder mit jener rum. Das gab allerlei Kurzweil und Abwechslung im Bett, bloß keine Stetigkeit. Na ja, jedenfalls hatte er ne Menge Erotisches zu berichten. Bloß blöd, dass Harry da gerade eine kleine Beziehungs-Krise mit seiner Doro hatte. Und noch blöder, dass er sich dabei auch noch Dannys Frauen-Geschichten anhören musste. Leider erfuhr Danny das mit der Krise erst viel viel später: »Mensch, Harry. Warum haste denn nicht nen Ton gesacht …!? Da hätten wa doch drüber sprechen können. Und ich hätte mich mit meinen Schilderungen zurückhalten können …!«

»Ja ja, ›Hauptsache labern‹, was …!?«

Dann am nächsten Morgen erst mal Frühstück: Smörrebröd mit Hapaa, Ananas-Creme, und Römme drauf, so ne Art norwegischer Quark. Für den würzigen Kenner gab's ›Gammel ost‹, alter brauner Käse: bbbrrrr..! Dann erst mal die erste Tages-Expedition: bei fetten Minusgraden zum Klo übern Hof, direkt am Schuppen dran. Damit einem der Arsch beim Scheißen nicht am Plumpsklo festfror, hatte Osko eine kleine Elektro-Heizung im Klo-Häuschen angebracht. Dafür hatte er auch praktischerweise die öffentliche Stromleitung vor seinem Zähler angezapft, der Windhund. Und danach aber ging's ab auf die Langlauf-Skier, mal in der Loipe, mal querfeldein: hhhuuuiiii …! Sie fühlten sich dabei wie Roald Amundsen und Robert Scott auf dem Weg zum Südpol. Da gab's natürlich hinterher wieder jede Menge ›Hauptsache labern‹.

Einen Abend, nach dem Fiske-Boller-Essen, machten sie einen auf Rock-Musiker im Studio-Schuppen. Mächtig breit wie sie waren, klappte es nur nach einigen Schwierigkeiten endlich doch noch mit der Technik. Dann aber – ab die Post: Osko bediente die E-Gitarre, Danny tobte an den Drums und machte Geschrei. Harry überzeugte die anderen mit seinem eigenen Mick Jagger-Gesang und Rhythmus-Gitarre, sodass er schnell als ›Harry Jagger‹ durch ging. Die Mucke ging echt gut ab, eine dreistündigen Session bis spät in die Nacht, und die Jungs waren wieder unschlagbar. Danach gab's wieder ordentlich ›Hauptsache labern‹ und jede Menge zu kichern dabei.

Einen Tag machten sie mit Osko einen Ausflug nach Oslo, in die Hauptstadt. Ein bisken Sightseeing, was: Bygdoy, wo das Balsa-Holz-Floss ›Kontiki‹ und das Papyrus-Boot ›Ra II‹ von Thor Heyerdahl[17] rum standen. Echt irre, diese Teile zu sehen, nachdem sie schon alle Bücher von dem norwegischen Abenteurer gelesen hatten. Natürlich auch hoch zum Holmenkolmen, der berühmten Ski-Sprungschanze. Super Ausblick. Und dann zurück in den Großstadt-Dschungel: boooaaahh, da trafen sie im Schlosspark doch echt die abgefuckteste Bande der ganzen Erde. Die drei Freunde mengten sich nur für einige Sekunden unter diese Tunichtgute. Aber genauso schnell suchten sie auch wieder das Weite. Mann – Mann – Mann, diese aussätzigen Typen dort waren so was von kaputt. Die mussten sich gegenseitig stützen, damit sie nicht vom Park die Treppe auf die Kong Johann's Gatan runterpurzelten. Da konnten sie sich nur noch mit ein paar ›Röde Pölser‹, roten Würstchen, aufmuntern.

Und dann am letzten gemeinsamen Abend mit Osko wurde noch mal gesoffen und geraucht, bis sich die Balken bogen. Osko spendierte ›Koks‹, das war Rum mit Würfelzucker. An Oskos Koks-Drinks erinnerte sich Danny, als er im Juni 2015 über die Autobahn fuhr und dabei einen LKW mit der geheimnisvollen Reklame-Aufschrift ›koksen ist achtziger‹ überholte. »Aha, aha, aha,« dachte Danny, »was haben wir denn hier? Wofür machen die denn Werbung? Fürs Koksen, also Heizen im Koks-Ofen? Oder sind die Süchtigen mit den triefenden Nasen gemeint? Oder tatsächlich das Koksen a la Osko, wie wir in Norwegen der 80er Jahre …?« Da kam der Danny schon mal ins Grübeln. So stark, dass er das hinterher im Internet einfach mal bei Google eingab. Und siehe da, was konnte er über ein gewisses ›Hamburger Koka-Getränk mit rotzfrechen Slogans und mehr

Koffein‹ lesen: »*Als jemand, der nachts schon mal Stunden im Laufschritt unterwegs ist und allein deshalb Koffein als höchst hilfreiche Droge schätzen gelernt hat, ist mir Lollo's-Koka schon deshalb aufgefallen, weil sie angeblich besonders viel Koffein enthält. Der Slogan ›Koksen ist Achtziger‹ zielt natürlich gegen Coca Cola. Nicht nur wegen des sprachlichen Zusammenhangs Coca – Kokain, sondern auch, weil Coca Cola Gerüchten zufolge Ende des 19. Jahrhunderts Kokain enthalten haben soll, was das Unternehmen allerdings durchweg abstritt. Nun ist also mit Lollo Koka ein neuer Hersteller unterwegs, der ein junges, hippes Publikum anspricht. Denn mit 25 mg Kokain, pardon Koffein, liegen die Werte von Lollo Koka 2,5 mal höher als bei Coca Cola und Pepsi sowie gleich hoch wie bei Afri Cola.*«[18]

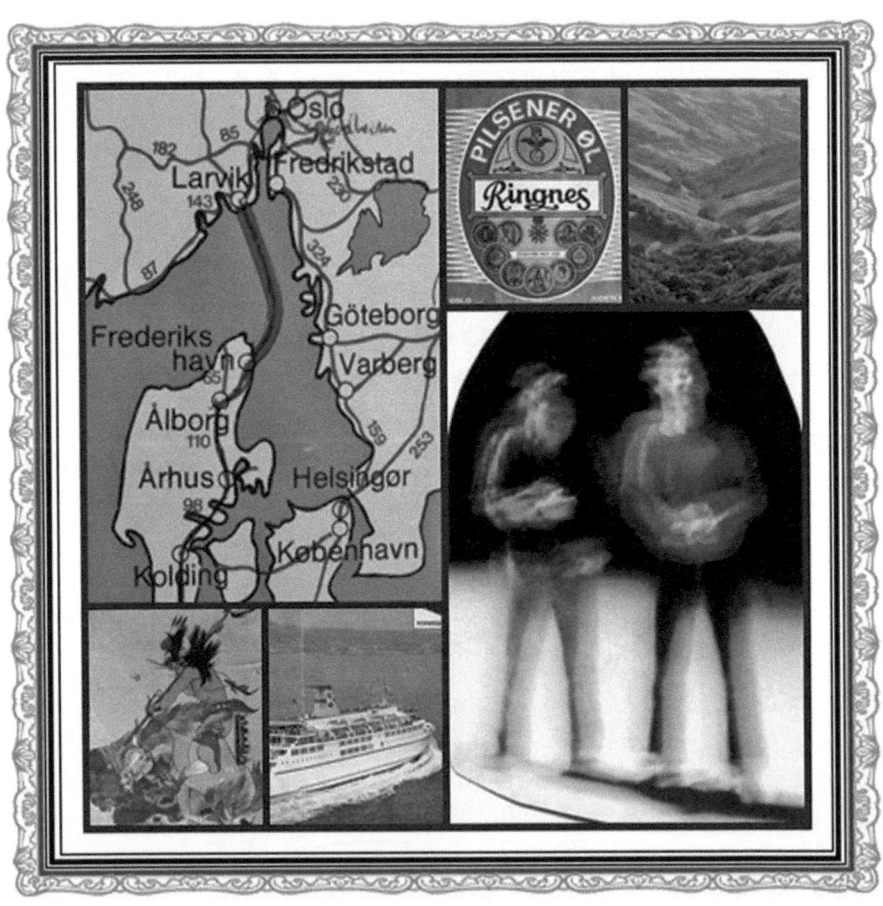

Nachdem Berit die drei deutschen alten Kumpels aus Datteln tagelang bei ihrer Lieblings-Beschäftigung ›Hauptsache labern‹ beobachtet hatte, prägte sie für die Jungens den fundamentalen Begriff des ›Kicher-Klub der 12-jährigen‹.

Und Osko toppte den Besuch mit seiner Special-Night-Show: »So, Jungs, jetzt kommt mal mit raus, auf'n Hof. Heute Nacht gibt's den Höhepunkt eurer Reise.« Und Osko führte die beiden erstaunten Freunde raus in den Schnee, zwischen dem Haupthaus und dem Schuppen. Dort knipste er die Tausend-Watt-Lampe an, was er ihnen schon die ganze Woche vorher angedroht hatte. Sie standen im wahrsten Sinne des Wortes staunend im gleißenden Licht. Es war taghell wie unter einem Flutlichtmast. Boah, datt strahlte wie der Stern zu Bethlehem: die Freunde waren echt geblendet …! Aber das machte der gute Osko auch nur deshalb für die beiden, weil er sowieso den ganzen Strom, den er verbrauchte, von der Hauptstromleitung abzapfte und an seinem Stromzähler vorbei leitete, der kleine Strom-Gauner, wonnich …!

Sex and Drugs beim MCD oben drauf

Eines Frühlings Mitte der 80er Jahre hatten die beiden Freunde Harry und Danny in Anlehnung an die ›On the road‹-Geschichten von Jack Kerouac die Vision: »Wir werden mit meinem Passat-Kombi quer durch Deutschland brettern, von Ort zu Ort düsen, und niemand wird uns aufhalten können, bis auf das Auto vielleicht, durch eine Panne. Aber dann werde ich den MCD[*] anrufen; und dann will ich Leistung sehen. Die sollen uns von Ort zu Ort schleppen oder sich sonst was einfallen lassen. Wir wollen es machen, und wir werden es machen.«

Als grandiose Vorbereitung für diesen Trip las Danny Jack Kerouac's ›Unterwegs‹ gleich noch mal. Harry schenkte ihm dazu noch ›Big Sur‹ [19] von Kerouac, um sein Feeling zu toppen. Danny stellte die King Crimson-Kassette ›Heart Beat‹ in der Bord-Anlage auf laut und dröhnend, worin es um Kerouac, Neal Cassady und die Beat-Generation ging, und dann waren sie Heart-Beat-mäßig unterwegs. On the road von Bückeburg nach Kassel, immer die B 83 an der Weser flussaufwärts, entlang der ›Deutschen Märchenstraße‹, durchfuhren die schönen Weserstädtchen Schaumburg, Hameln, Höxter und Hanno-

---

[*] *MCD = Mobil Club Deutschland*

versch-Münden. Sie waren unterwegs, die Sonne schien warm mit ihren ersten Frühlingsstrahlen, und sie waren durch die wärmende dichte Atmosphäre rattig scharf geworden. Die beiden Freunde schworen sich auf ein epochales Tagebuch ihrer geheimen Gelüste ein. Sie wollten es genauso machen wie Henry Miller in ›Wendekreis des Krebses‹[20]. Dieser Roman war im Stil undatierter Tagebucheinträge geschrieben, in denen sich eindeutige sexuelle Schilderungen mit philosophischen Überlegungen abwechselten. Der Roman erregte kurz nach seinem Erscheinen großes Aufsehen und einen Skandal, da viele der sexuellen Darstellungen als rein pornografisch angesehen wurden. Das Buch war in der Bundesrepublik eine Zeit lang indiziert, es durfte also nicht öffentlich angeboten werden.

Oder gar wie Charles Bukowski in ›Der Mann mit der Ledertasche‹[21]. Henry Chinaski, Bukowskis literarisches Alter Ego, begann in den 1950er Jahren bei der Post als Aushilfsbriefträger, später als Briefsortierer zu jobben. Obwohl ihm seine Vorgesetzten das Leben schwer machten, ließ sich Chinaski nicht unterkriegen. Neben der Arbeit bestand sein Alltag vor allem aus exzessivem Alkoholkonsum und wechselnden Liebschaften.

Die beiden Freunde wollten im Überschwang ihres Selbstbewusstseins ihre Vorbilder wie Miller und Bukowski mit ihrer eigenen erotischen Phantasie-Reise literarisch übertreffen, denn sie wähnten sich sogar noch besser als sie.

»*Was für ein Gefühl, Danny? Wir düsen über die Deutsche Märchenstraße und drängen vorwärts. Was die Herren Schriftsteller können, das können wir schon lange, was ...!? Wir machen es genauso, wir reisen von einer Frau zur nächsten, auf der Suche nach verrückten Abenteuern, eines märchenhafter als das andere,*« begeisterte sich Harry mit leidenschaftlichem Glühen im Gesicht. »*Wie viele Tage habe ich mit dir, Danny, schon verbracht, wie viele Reisen, große oder kleine, haben wir beide schon erlebt; die größeren, längeren, kann ich ja noch zählen, aber die unzählig vielen Tages- oder Wochenend-Reisen bekomme ich einfach nicht mehr hin. Und nun mit dem MCD durch Deutschland.*«

Mächtig angetörnt von guten Gefühlen zu verreisen, von Freiheit und idiotischer Jugendromantik, fuhren sie durch die schönen Wälder des Teutoburger Waldes, als sie am ersten Camping-Platz der helle Wahnsinn packte. Bei diesen ganzen abgestellten Wohnwagen muss doch in irgendeinem ein holdes Camping-Weib nur auf sie warten, dass sie sie mit ihrer ungestümen

Liebe beglücken könnten. Ihr System war höllisch einfach. Aus Dannys eigener Zeltplatz-Kindheit wusste er, dass oft am Montag der Mann den Camping-Platz verließ, um für eine Woche zur Arbeit zu fahren. Währenddessen wartete im Caravan seine Angetraute einsam auf das nächste Wochenende oder aber war froh, eine Woche vor ihm Ruhe zu haben. Also postierten die beiden sich vor dem Camp-Ground, um zu beobachten, ob ein Auto mit nur einem Fahrer seinen Wohnwagen verließ. Aber schnell mussten sie feststellen, dass entweder die Saison am 1. April noch zu früh war oder sie zu spät aufgestanden waren. Jedenfalls tat sich in der von ihnen erwarteten Hinsicht überhaupt nix. Kein Auto verließ den Camping-Platz, weder mit einem Fahrer noch überhaupt irgendeiner. Kein Wunder: der Montagmorgen war bereits auf 15.00 Uhr fortgeschritten. Da bekam Danny die geniale Idee. Sie lungerten beim nahe gelegenen Bäcker am Gebäcktresen herum, um so herauszufinden, was die Damen an Kuchen kauften. Und es klappte auch. Diese eine mit den weißen Jeans um den strammen Po und dem scharlachroten Sweatshirt um die beachtliche Oberweite kaufte tatsächlich nur ein Gebäck-Teilchen. Und das war ihr Zeichen. Sie folgten ihr unauffällig. Und siehe da. Sie ging zum Camping-Platz, näherte sich ihrem Caravan, nicht ohne sich vorher zu vergewissern, ob die beiden ihr auch tatsächlich immer noch folgten. Denn sie hatte natürlich ihre Verfolger bemerkt. Und tatsächlich ließ sie sie auch bereitwillig und kommentarlos mit in ihr Dominizil aus Klapptürchen und Polsterbezügen. Sie duldete es sogar, dass Harry in der vorderen Sitzabteilung bleiben durfte, während sie hinter Danny den rosa Brokat-Vorhang zuzog und er sie sich endlich genauer anschauen konnte. Sie mochte etwa 25 Jahre alt sein, hatte hellblondes, altmodisch gestyltes, mittellanges Haar um ein breites, von einer randlosen Brille eingefasstes Gesicht. Das hatte was von der gesunden sympathischen Natürlichkeit, die sie bei den Reklame-Girls für landwirtschaftliche Produkte zu schätzen wussten. Und was sie so alles unter ihren rot-weißen Textilien verbarg, das brachte Dannys Blut endgültig zum Köcheln. Das war eine Üppigkeit, die sich da vor ihm in ihrem weißen Spitzen-Höschen und dem durchsichtigen BH ausbreitete, dass ihm um die knappen Stretchteilchen Angst und Bange wurde. Es schien ihr sichtlich zu gefallen, was in seinen Händen wogte und zärtlich mit den sensiblen Fingerspitzen ihre Lustzonen entlang glitt. Dabei koste er abwechselnd ihre Rundungen, die wahnsinnig erotische Konkavrundung ihrer engen Taille, die schönen weichen Brüste und ihren runden Po. Das gefiel ihnen beiden wohl. Er spielte mit ihren Brustwarzen, die sich immer wieder verhärteten und umfasste ihre Brüste mit beiden Händen fest, was sie anscheinend sehr gerne hatte, da sie seine Hände mit den ihren ganz fest auf ihre Brüste drückte. Toll war das für ihn und für sie und für sie beide. Dann rieb sie sich gierig an ihm, und er streichelte sie an ihrer zentralen erogenen Zone. Ihre großen Brüste hoben und senkten sich schneller, genauso wie sie endlich ihren gemeinsamen Rhythmus fanden, sich gänzlich ineinander keilten und rieben, und Sex-Gerüche sich auf den Wohnwagen-Polstern ausbreiteten. Ihr beider Stöhnen hatte sich mittlerweile zu einer erregten Diskussion hochgeschraubt. Denn Dannys Erregung war nicht mehr zu bremsen. Tiefe wilde Stöße der grellen geilen Lust trieben ihn zu seinem Höhepunkt, dem sie ihren üppigen Körper entgegen bog, ihn aber immer noch mit ihren strammen Schenkeln umklammerte und ihrem jetzt glitschigen Lustgärtchen konvulvische Zuckungen entlockte. Sie blieben noch eine Zeitlang eng umschlungen, bis die Entspannung sich genug entspannt hatte. Danny schälte sich wieder in seine Kleidung, ließ die beglückte Camping-Lady mit einem feschen ›Adios‹ auf ihren Polstern wollüstig rekelnd zurück ….

… denn sie wollten weiter, weiter nach Süden, weiter bis ans Meer, frei nach Hannes Wader. Und so stürmten sie wie einst Jack Kerouac und Neal Cassady weiter auf die Straße, neuen und überraschenden Abenteuern entgegen.

»*Als wir unterwegs nach Bückeburg wieder im Auto saßen,*« erinnerte sich Harry, »*nervte mich die ganze Fahrt über Dannys selbstzufriedenes Grinsen auf dem Gesicht und seine erst langsam abnehmende Ausbeulung der Hose zwischen seinen Schenkeln. Ich hatte mir seine (Zitat)* ›*grelle geile Lust.*‹ *im Vorraum des Wohnwagens anhören müssen. Allerdings hatte ich einfach gar nichts davon gehabt.*«

Da stotterte plötzlich der Motor vom Passat. Und Danny hatte gerade noch Zeit, rechts an die Straßenböschung zu rollen. Das Auto sagte überhaupt nix mehr. »Wo sind wir? Wo gibt's ein Telefon? Wo ist der MCD?« ging es Danny blitzschnell durch den Kopf, »jetzt ist der Fall der Fälle eingetreten. Der MCD muss her.« Also machte er sich auf die Suche nach einer Telefonzelle, um den Pannendienst anzurufen. Harry blieb alleine im Auto. Danny musste lange suchen, und dann erfuhr er auch noch, dass der nächste MCD-Wagen ziemlich weit weg rumkurvte. Deshalb müssten sie wohl wegen der Pannenhilfe ein wenig Geduld haben. Na prima; gut, dass sie Zeit hatten …

Der MCD-Mann stellte fest, dass es nur eine Zündkerze war, die eine vorübergehende Depression hatte. Mit etwas Zärtlichkeit und Liebe arbeitete sie wieder wie gewohnt. Und der Motor surrte wieder wie vorher. Doch diese ganze Aktion dauerte mehrere Stunden, bis Danny endlich mal ein Telefon im Wiehen-Gebirge fand und schließlich der Motorclub-Wagen bei ihnen war.

Aber in der Zwischenzeit war Harry trotzdem nicht tatenlos gewesen, als auch er ein Kapitel Sinneslust aus seiner Phantasie aufschlug: »*Weil es an Sonnenstrahlen nicht mangelte, setzte ich mich draußen auf den vorderen Kotflügel und besah mir das umliegende Land. Das fiel vom Höhenzug aus seicht ab und in eine Ebene hinein. Diesseits der Berge war nur hecken-, baum- und sträucherloses, kulturgenutztes Ackerland zu sehen. Ich ging einige Meter weiter zum Waldrand, setzte mich auf eine Bank, streckte die Beine weit aus und genoss diesen ersten warmen Frühlingstag. Die Sonne schien mir warm und zärtlich auf die Hoden. Und nach einiger Zeit beschloss ich, dieses Gefühl zu intensivieren. Ich steckte die Hand in die Hose und begann, meinen Hafer stechen zu lassen. Ich trieb es schön langsam mit mir, ließ mir Zeit, die Wellen des heißen, pulsierenden Blutes in meinem Stecken auf- und abwogen zu lassen. Ich hatte die übrige abseits gelegene Welt allzu sehr außer Acht gelassen, denn plötzlich hörte ich ein lautes metallisches Klirren. Somit fühlte ich mich der Situation ausgeliefert, ›dabei‹ beobachtet worden zu sein. Ich riss meine Augen auf und zog gleichzeitig meine böse, böse Hand wieder aus der Hose. Aus der Sichtdeckung des Autos heraus trat eine junge Frau, die mich Überraschtem jedoch lächelnd musterte und sich dabei langsam der Bank näherte. So hatte ich Zeit, sie eine kurze Weile zu betrachten. Sie hatte ein auffallend hübsches Gesicht, mittelbraune, halblange Haare, einen jungen Körper mit kleinen Brüsten und einem niedlichen Arsch. Darüber trug sie Kleidungszeugs aus diesen zarten, hellen Pastelltönen. So was hatte mich schon den ganzen Tag angemacht, wenn Danny und ich durch Ortschaften fuhren. Sie lächelte mich an, erreichte die Bank und setzte sich neben mich. Ich hoffte, sie hätte mich nicht bei meiner Selbstliebe gesehen. Doch ein Blick von mir in ihre Augen ließ mich diese, irgendwie auch blödsinnige, Hoffnung wieder aufgeben. Ihr Zeigefinger legte sich auf meinen Mund. Sie schüttelte leicht den Kopf und sah mich dabei immer noch unverwandt an. Himmel, jetzt endlich begriff ich. Sie hatte mich beobachtet, war dabei in Stimmung gekommen und wollte nun den Frühling auf ihre Art begrüßen. Ich fragte sie, ob sie stumm wäre oder vielleicht einfach nur ein riesiges, roman-*

tisches Geheimnis hätte. Hier lachte sie kurz laut auf und verschloss meinen Mund dann mit einem riesigen Kuss, steckte ihre Zunge in meinen Mund und kam damit auf ihr eigentliches Anliegen zurück. Jetzt kam es mir auch nicht mehr auf eine Antwort an. Ich ließ meine Hände über ihren Körper gleiten, zog seine Konturen nach, ließ meine Hand in ihren Reisverschluss verschwinden und tauchte mit zwei Fingern in ihr Höschen ein. Ihr Püschel war feucht, ihre Schamlippen glitschig. Das konnte unmöglich vom Fahrradsattel herstammen, den ich vorhin hinter dem Auto hatte sehen können. ›Lass uns uns ausziehen,‹ sagte ich. Sie stand auf, schlüpfte aus der Hose und streifte ihr Höschen ab. Ich benötigte auch nicht lange und setzte mich gleich wieder auf die Bank. Sie hockte sich mit gespreizten Schenkeln über mich. ›Willst du den Pulli nicht ausziehen?‹ Sie schüttelte wieder den Kopf. Es war ein dünn gestrickter Pullover mit Schaf-Motiven und eine alte, Wolle strickende Frau darauf. Meinetwegen, sollte sie ihn anbehalten. Obwohl ich gerne nackte Brüste sehe. Sie sollten beim Streicheln nicht unter einem Pulli verborgen sein. Mit meinen Fingern schob ich ihre Schamlippen auseinander, brachte meinen Stecken in Position und hob mein Becken ein Stück an. Sie ließ sich auf mich sinken. Mein Stecken verschwand in ihr, und ihr Püschel berührte mein Schamhaar. Dann begann der Ritt. Erst im leichten Trab, dann übergehend in den Galopp. Und zum Schluss, als es uns beiden kam, der Saft schon in meinem Stängel aufstieg, ritt sie die Attacke wie ein kurhessischer Ulan. Zusammengesackt hockte sie nun auf mir, ihren Kopf auf meiner Schulter und hechelte an meinem Ohr. So muss sich der Sieger des deutschen Derbys von Hamburg fühlen, kam es mir in den Sinn: glücklich und fertig. Doch schien es mir, als hätte es dieses Jahr zwei Erstplatzierte gegeben.

Später dann sah ich sie mit wehenden Haaren auf ihrem Fahrrad sitzen und unten in der Ebene verschwinden. Kleiner und kleiner wurde sie, bis ich sie überhaupt nicht mehr sah. Einige Zeit später kam Danny mit dem MCD-Abschleppwagen. Und wir konnten nach kurzem Reparatur-Check weiter zu unseren Freunden Tina und Holger ins Schaumburgische fahren. Und dort wartete am nächsten Morgen eine Überraschung auf mich. In den ›Schaumburger Nachrichten‹ fand ich auf der Lokalseite zufällig eine Fotografie von einem Mädchen – es war sie. ›Heidi Steuben, 25, Dekorateurin, gewann beim Wettbewerb einer bekannten Modezeitung den Preis von 1000,-- DM. Heidi gewann das Geld mit einem selbst gestrickten Pullover, der Schafe und eine alte ...‹ Unglaublich, was ...!? Das glaubt mir niemand,« schmunzelte Harry in sich hinein.

Weiter ging es für die beiden Freunde von Bückeburg Richtung Kassel über die B 83. In Höxter gab es schnuckelige Fachwerkhäuschen auf der Märchenstraße zu sehen. Die Sonne schien wieder, und die Mädchen führten luftige Kleidung spazieren. Es gab viel zu gucken, bis Dannys persönliches Märchen begann: ›Krach – Schepper, Wumm‹. Und er in die Barrikaden fuhr. Zuviel geguckt nach der blonden Höxteranerin. Nun mussten sie abermals den MCD anrufen. Denn vorne rechts war der Passat so zerdötscht, dass sie damit nicht mehr weiterfahren konnten. Und siehe da. Man wollte ihnen jemand schicken. In der Wartezeit mitten in Höxter traf ihn eine weitere Überraschung. Die blonde Lady kam noch mal daher. Dieses Mal sprach Danny sie an und erzählte ihr, dass sie der Grund für den Unfall war, weil er sich so lange nach ihr umgedreht hatte, dass er es scheppern ließ. Das fand sie ziemlich spaßig, und sie kamen ins Gespräch. Dabei bemerkte er rasch, dass sie diesen eigenartigen, ihm so vertrauten Akzent im Deutschen sprach, der aus Hubschrauber ›Huubsrauber‹ machte, was sich irgendwie niedlich anhörte. Sie war nämlich eine Dänin und hieß Byrthe, ›og vi snakkeret lidt dansk‹. Lustigerweise wollte diese Byrthe gerade mit dem Zug nach Kassel fahren. Und der zuverlässige MCD schickte ihnen tatsächlich einen Abschlepp-LKW, der seinen Passat auf die Ladefläche zog, und sie dann nach Kassel zu ihrem Freund Matthes bringen wollte.

Also wurde es tatsächlich zur Wirklichkeit: ›Mit dem MCD durch Deutschland‹. Sie taten dann einfach so, als wenn Byrthe schon die ganze Zeit bei ihnen gewesen wäre. Der MCD-Fahrer meinte nur dazu, dass sie allerdings nicht zu Viert bei ihm vorne sitzen könnten. Deshalb erklärte Danny sich dazu bereit, hinten auf der Ladefläche in seinem Auto das Weserbergland zu bestaunen. Byrthe kam mit zu ihm hoch, um noch ein wenig Dänisch zu snakken. Der MCD-Driver meinte allerdings, sie sollten sich ducken, weil es eigentlich verboten ist, jemand auf der Ladefläche zu transportieren. Derweil schaute sich Harry stellvertretend für sie alle neben dem MCD-Fahrer all die schönen Ortschaften, Landschaften und Weserschönheiten auf Fahrrädern an und summte dabei den bezeichnenden Django Edwards-Klassiker ›If I Was A Bicycle-Seat …‹. Harry träumte davon, der Fahrradsitz zu sein, worauf ein strammer gelb umhüllter Mädchenpopo rum rutschte.

Byrthe und Danny dagegen kamen ins Erzählen und waren es bald leid, sich immer zu ducken. Deshalb schlug er den Rücksitz zurück und bereitete ihnen eine bequeme Doppelliege aus Schlafsäcken und Decken. Byrthe entpuppte sich nicht nur als eine sympathische witzige Erzählerin, sondern sie sah auch sehr toll aus und war von unkompliziertem Wesen. Früher hatte sie als Stewardess bei der skandinavischen Airline SAS gearbeitet, was für sie und ihre damaligen Kolleginnen bezeichnenderweise als Abkürzung für ›Sex After Service‹ stand. Als sie hörte, dass sie sowohl Wein als auch Marihuana an Bord seines Passats transportierten, ›klingelte‹ sie nach dem Bord-Service. Ganz cool schmuggelte diese Frau mit ihrem offenen Wesen die Dialektik des Dionysischen und des Apollinischen in den Alltag unseres Traumpaares oben auf dem Abschleppwagen. Danny öffnete die Flasche, und sie konnten sich sogar im Auto betrinken, da er ja mittlerweile einen eigenen Fahrer für sich arbeiten ließ. Byrthe schlug vor, er sollte mal was bauen, während sie selbst schöne Musik in der Bordanlage aussuchte. Ihre Wahl fiel auf die Talking Heads, die sie mit ›Burning Down The House‹ ganz schön zum Vorglühen brachte. Schließlich waren sie so stoned, dass sich – die Sonne und das Ruckeln der Landstraße taten ihr Übriges – rasch ihre Lippen fanden und die Zungen eine erotische Unterhaltung begannen. Ein Schauer lief durch Dannys Körper. Und dann schmeckte Byrthe seine marihuana-rauchige Zunge in ihrem Mund. Sie spürte seine zärtlichen Hände an ihrer Brust. Keuchend zog sie ihn aus und dann weiter in ihr gemütliches Liegesitz-Lager. Ausgelassen wälzten sie sich eng umschlungen zwischen Rucksäcken, Reservekanister und Taschen herum: Love on the road. Bei Byrthes Anblick mit ihren tollen Rundungen und herrlichem Busen entwickelte sich bei ihm eine ungeheure, geballte, fiebrige, zyklopische harte Männlichkeit, die auch sie mit sichtlichem Interesse bemerkte. Auf ihrer ungewöhnlichen Reise legte das Schiff ihrer Leidenschaft unter vollen Segeln ab – mit Seufzern, Knurren und den kleinen abenteuerlichen Lauten der Lust. Byrthe gefiel es ausgezeichnet, wie er es ihr so toll besorgte, dass sie ihren erlösenden Orgasmus kommen spürte. Ihr kam es mit lautem Stöhnen und Schreien zwischen zwei Musikstücken von David Byrne, als er erst ›Girlfriend Is Better‹ und danach der ganzen Situation angemessen ›What A Day That Was‹ von der LP ›Stop Making Sense‹ sang. Eine ganze Weile ließ sie ihre Wellen glücklich durch ihren Körper zucken und wabern, dass es nur so eine Freude war, sie zu spüren. Angetrieben von den Strömen ihrer aufgeladenen Körper gingen sie auf eine Odyssee der Sinnenfreude. Sie entdeckten verborgene Kontinente, nebelverhangene Gebirge, amazonische

Flüsse, Kluften, Höhlen, Vulkane und Savannen. Sie überquerten Ozeane, kreuzten vor dem Passat, hissten das Großsegel, refften das Fogg, legten in sandige Buchten an und wieder ab. Sie gelangten an den Rand der Welt und wieder zurück. [22] Da von keiner Seite eine Störung zu erwarten war, konnten sie ihr Liebesspiel recht lange ausdehnen und spielten munter weiter.

Völlig durchnässt fiel Danny entleert und glücklich auf seine nackte Dänin. Es duftete intensiv nach Sex. Dann alberten sie wieder ein bisschen herum, schmusten, küssten und entspannten sich mit Wein und Herumkollern. Sie lagen in der bequemen Löffelchen-Stellung aneinander geschmiegt. Ab und zu lugte mal einer von ihnen ins sonnenüberflutete Weserbergland: auch schön. Und sie knutschten noch ein wenig, bevor sie sich von der Sonne trocknen ließen.*

Bald war auch die zweistündige Tour mit dem MCD nach Kassel beendet. Byrthe und Danny waren bereits wieder angekleidet, als sein Auto vor Matthes Haus vom Abschleppwagen herunter gelassen wurde. Harry und Danny verabschiedeten sich vorerst vom MCD-Mann und verabredeten mit ihm für die nächsten Tage weitere Touren, zu denen er sie mit seinem Abschleppwagen hinbringen würde. Und dann auch noch ›Tschüß‹ oder ›Farewell‹, und ›Har det godt, Byrthe‹, die Danny wohl wegen ihrer tollen Reise nie vergessen würde.

Kassel hieß für die beiden, ihren alten fast verloren gegangenen Freund Matthes wieder entdeckt zu haben: das bedeutete lange Spaziergänge in den Kasseler Parks, Frisbee-Spielen in den Fulda-Auen und Lustwandeln im weitflächigen Wilhelmshöhen-Park mit Wasserfällen, Irrgarten und dem Herkules-Denkmal. Dazu gehörte die dortige alternative Sozio-Kultur, die New Wave-Disco ›Jello‹ und Matthes' Szene von Paradiesvögeln, Punkern, Homosexuellen und Anarchos. Das waren aber auch abendliche Zerstreuungen wie Saufen und Kif-

---

* *Jahre später gab Danny seiner Freundin Julie, die ebenfalls recht offen war, diese geheimen Tagebücher zu lesen. Sie erzählte ihm später, dass sie diese Geschichten im Liegestuhl auf ihrem warmen Balkon zu lesen begann. Aber um so länger und geiler diese Story wurde, um so heißer und unruhiger wurde sie. Schließlich konnte sie sich nicht mehr beherrschen, schnappte sich das Tagebuch, legte sich damit in ihr Bett und begann, sich lustvoll zu streicheln. Umso ekstatischer es in Dannys Story zu ging, umso wilder wurde Julie und besorgte es sich schließlich lustvoll und entspannend. Wenn das kein Lob für seine Schreibe war, da sogar eine feministische und emanzipierte Frau solch eine Story zur Lustanleitung benutzt hatte.*

fen. Als Matthes wegen einer Selbsthilfe-Gruppe anderweitig unterwegs war, wollten sich Harry und Danny den ›Schneemann‹-Film von Peter Brinkmann mit Marius Müller-Westernhagen anschauen, da sie beide das Buch von Jörg Fauser[23] kannten und schätzten. Aber sie schluderten zu lange bei Matthes herum, sodass sie zu spät dran waren. Zu Fuß unterwegs fragten sie zwei junge Frauen nach dem Königsplatz, weil dort im Bongo-Kino der ›Schneemann‹ laufen sollte. Die kleinere der beiden mit schwarz-gefärbten Strubbelhaaren und reichlich Mascara und schwarzer Augenbemalung um ihre dunkelbraunen Augen meinte keck: »Folgt uns. Wir gehen fast bis dorthin.« Das taten sie denn auch. Die beiden New Wave-gestylten Ladies sahen ziemlich schrill aus in ihren zerrissenen schwarzen Netzstrumpfhosen. Die lange schlanke hatte eine weiße Irokesen-Bürste, die asymmetrisch eingerahmt war von lila gefärbten Stoppelhaaren an der rechten Kopfseite und mit schwarzen Zotteln links am Kopf. Darunter hatte sie beim Augen-Make-up was Glitzerndes mit aufgetragen und ziemlich tief in den Farbkasten gegriffen. Glücklicherweise hatten beide Frauen auf Metallverzierungen im Gesicht verzichtet, bis auf die obligatorischen Ohrgehänge. Die gab's dafür reichlich – ein halbes Dutzend kleine Ringe und nen Sticker rechts, und was langes mit glitzernden Steinen und Federn links. Hauptsache asymmetrisch. Dafür waren sie allerdings beide mit ihren modernen kurzen schwarzen Lederröckchen lecker zurecht gemacht und ganz nett anzusehen. Kurz vor dem Königsplatz wechselten sie auf ihren mit Eisenringen verzierten Kampf-Stilettos die Straßenseite und verschwanden in einem Seiteneingang. Der lag direkt neben einem Sex-Kino. Den beiden Freunden winkte von der gegenüberliegenden Straßenseite reichlich nacktes Fleisch und riesige Brüste von den Reklame-Tafeln zu. Deshalb meinte Danny auch zu Harry: »Hör mal, falls der ›Schneemann‹ schon ausverkauft sein sollte, dann gehen wir hierhin wieder zurück, klar Mann..!?« Und tatsächlich: für den ›Schneemann‹ gab es wegen der fortgeschrittenen Zeit schon keine Karten mehr.

Kurz entschlossen kehrten die beiden zum Sex-Kino zurück. Die hatten da drei Filme mit ziemlich dämlichen Titeln zur Auswahl: ›Love Injection‹, ›Liebe 80‹ und ›Pussycat Syndrom‹. Nach kurzer Beratung entschieden sie sich für ›Pussycat Syndrom‹, weil das ihre Bedürfnisse wohl noch am ehesten zu treffen schien.

»Harry, ich war noch nie in solch einem Sex-Kino. Hilf mir. Was soll ich machen?« »Mensch, Danny, ich auch nicht. Lassen wir's einfach fließen.«

So torkelten sie etwas unsicher in den Vorführraum und setzten sich ohne groß zu überlegen in die letzte Reihe, wo in der Mitte noch zwei Plätze frei waren. Das ganze Kino war sehr klein, und die gut gepolsterten Sitze hatten große Rücklehnen. Der Zuschauerraum ging steil nach unten, sodass man außer der Leinwand und seinen Nachbarn in seiner Reihe nichts anderes sah. Also war es sehr intim. So konnten sie in Ruhe ihre ›Recherchen‹ in Sachen Eros und Sinneslust in literarische Phantasie umwandeln. Sie saßen kaum, als es auf der Leinwand ohne große Einleitung gleich zur Sache ging. Eine großformatige riesige etwa drei Meter breite Muschi schien sie zu verschlucken wollen. Das war alles andere als erotisch. Harry und Danny schauten sich betroffen an. Aber irgendwie wurden ihnen mit der Zeit doch noch zwei mächtige Erektionen beschert, da das Leinwand-Paar mit brunftigen Methoden immer und immer wieder übereinander herfiel. Es war halt Sex. Klar, sie waren in einem Porno-Kino gelandet. Alle sonstigen Ansprüche von wegen guter Dialoge, rasanter Film-Musik, erfrischender Komik oder gar interessanten filmischen Aufnahmen konnten sie vergessen. Hier zählte nur eins. Und das wurde ihnen überdeutlich serviert: Sex, Sex, Sex …!!!

Und dann plötzlich wie ein Geschenk des Himmels, vielleicht juckten ja auch den Engeln die Mösen, oder die himmlischen Pimmels …!?

Na, jedenfalls wurde ihnen dieses Himmelsgeschenk live serviert. Denn die beiden Personen rechts und links neben Harry und Danny entpuppten sich als die beiden New Wave-Ladies, die ihnen den Weg gewiesen und mit ihren kurzen Röckchen schon Geheimnisvolles angedeutet hatten. Das Kino war praktischerweise mit immer nur vier Sitzen pro Reihe ausgestattet. Jedenfalls schien sie der Film auch entsprechend angemacht zu haben, links die Schwarzhaarige neben Danny mit der wilden schwarz-wie-die-Nacht-Augen-Kriegsbemalung und rechts die Irokesin an Harry. Die beiden Freunde mochten es, als plötzlich weibliche Hände zärtlich über ihre sehr gespannten Hosenlatze streichelten. Dannys Schwanz wurde immer härter und interessierter. Als er seiner kecken New Wave-Lady unter den kurzen Rock fasste, öffnete sie einladend weit ihre Schenkel. Er musste unwillkürlich schmunzeln, als er an den Begriff ›*weit offene Biber*‹ in einem *Kurt Vonnegut*-Roman[24] dachte. In ihrem Höschen war es jedenfalls schon ganz schön feucht. Gleichzeitig öffnete sie ihm endlich seine Jeans und ließ ihn endlich frei. Schnell und geschickt streifte sie erst seinen Slip herunter. Dann spielte sie schön und lustvoll das Auf- und Abspiel an seiner prallen Eichel, während er mit seinem Zeigefinger ihren Venushügel streichelte und ihre geile Klitoris zum wachsen brachte. Sie hätte es ihm fast schon petting-mäßig besorgt, doch da ließ sie kurzerhand sein Glied los, zog ihr Höschen aus und setzte sich auf ihn. Das Pussycat-Syndrom steigerte sich zur Lust-Orgie. Die Pussy seiner schwarz-struppigen Lady rieb sich lüstern an seinem Unterleib. Auf der Leinwand ritt gerade eine großbusige Nackte mit wildem Stöhnen auf einem haarigen Partner. Neben Danny hatte sich die lange schlanke New Wave-Lady rittlings auf Harry gesetzt. Die ganze Welt schien zu reiten. Und die kleine Kecke besorgte es Danny, indem sie ihn zuritt. Sie hoppelte und bäumte sich und kreiste ihr Becken, während sie sich an Dannys Eiern festhielt, damit er sie nicht abwerfen konnte. Er sah über ihre Schultern hinweg auf der Leinwand riesige Brüste blinken und wirbeln. Das brachte ihn auf eine viel näher liegende Idee. Er tastete sich mit seinen Fingern unter ihrer schrillen schwarz-weiß karierten Ska-Bluse tiefer in ihren schwarzen Spitzen-BH hinein, streichelte und knetete ihren Busen und ihre hart gewordenen Brustwarzen. »Ah, ah, ah, ah, AAAAAHHHH …!!!« Ihr aller Geschrei und Gewimmer wanderte durch die ganze hintere Reihe und stöhnte den ewig-geilen Refrain der beiden Leinwand-Helden synchron mit. Denn jetzt war es soweit. Es kam ihm, und es kam ihr, und es kam Harry, und es kam der Irokesin, und ah und ah und aaaahhhhh und hechel-hechel-stöhn-freu-Lust-toll ….! Und sie fielen sich erschöpft in ihre Arme. Nach einiger Zeit der post-koiteralen Kontemplation kleideten sie sich wortlos wieder an und setzten sich artig in ihre tiefen Sessel. Schließlich freuten sie sich, dass es das Leinwandpaar auch geschafft hatte. Die Aufschrift ›ENDE‹ auf dem prallen Po der ›Heldin‹ hieß sie, diese Stätte zu verlassen.[*]

Draußen auf der Straße rieben sich die beiden Freunde ungläubig die Augen. Hatten sie das alles nur geträumt? Doch da sah Danny eine bunte Flaumfeder auf Harrys Schulter, zupfte sie ab und gab sie ihm. »Hihihihi, die hatte doch meine Irokesin in ihrem Ohrschmuck. Hah! Schau mal, Danny, was ich da für dich habe …«, mit diesen Worten pflückte er Danny aus seiner mittelblonden Mähne eine kleine schwarze Feder. »Jop, same-same with me. Die kenn ich.

---

[*] *Dazu sei gesagt, dass Mitte der 80er Jahre in Deutschland AIDS noch nahezu unbekannt war. Deshalb konnten damals erwachsene Männer und Frauen genussvoll ihren gemeinsamen Sex genießen, sofern sie es auch einvernehmlich und gerne miteinander trieben.*

Die war vorhin noch bei der kleinen Strubbeligen im Ohrring ...« Da waren die beiden Freunde aber platt, dass ihnen gut zehn Jahre nach ihrem Kennenlernen in der Hippiezeit mal wieder jemand eine Feder geschenkt hatte.

Harry erinnerte sich später während eines Gesprächs mit Danny: »*an einem anderen Abend saßen wir doch mal mit Matthes inmitten von aufgeschlagenen Taschenbüchern und Lexika. Matthes' Diplomarbeit schwelte im Sammeln von kruden Gedanken. Joh, wir drei waren schon eine bemerkenswerte Truppe: du Sozialwissenschaftler und angehender Sozialarbeiter; Matthes fast vollendeter Sozial-Wesir, und schließlich ich, unausgebildeter und völlig unwissender Sozial-Diasporianer.*«

»Halt, halt,« unterbrach ihn Danny, »klar, ich hatte mein Diplom schon seit 1977, und Matthes machte seins gerade. Aber auch du, mein Freund Harry, warte, warte noch ein Weilchen, dann wirst du uns alle überraschen: mit deinen Universitäts-Abschlüssen in Geschichte und Literaturwissenschaften. So was fällt ja bei Gott nicht vom Himmel, oder ...!?«

»*Ja, ja, damals in Kassel, da hab ich doch recht schnell bei der Diskussion über Beweggründe der Auflösung wesentlicher Teile der italienischen Sozialpsychiatrie mein löcheriges ›Sozialhandtuch‹ geworfen und lieber Matthes gefragt: ›Wo hast du deinen Fernseher? Heute gibt's DFB-Pokal. Ich würde mir das gerne anschauen.‹ Der antwortete dann ja auch bereitwillig: ›Drüben bei Babsi. Sie wohnt gegenüber. Sie hat selbst keinen und so habe ich ihr meinen geliehen. Denn sie wollte sich einen Film ansehen. Ich gehe mal eben und hole ihn dir‹.*«

»Harry, wie ist das denn eigentlich in Kassel mit dieser Babsi ausgegangen?« fragte ihn Danny. »*Ja, Danny, das war so ....*« berichtete Harry zögerlich. Aber dann übergab er Danny einfach sein geheimes Skript: »*Schau mal, Danny, das habe ich damals über diesen Ausbruch von Sinnestaumel aufs Papier gebracht.*«

»Na, dann gib mal her. Da bin ich ja mal gespannt,« mit diesen Worten griff sich Danny die beiden Blätter und begann zu lesen: »*Weil es mir in der Wohnung zu warm geworden war, ging ich derweil heraus auf den Balkon. Auf der anderen Straßenseite sah ich Matthes eben in das Haus gegenüber gehen. In diesem Haus, ein Stockwerk tiefer als Matthes' Wohnung, sah ich ein Mädchen, das ich morgens schon auf der Straße gesehen hatte und das mir angenehm aufgefallen war. Denn sie war verteufelt gut gebaut, und in meiner gegenwärtigen riemigen Frühlings-Laune gefiel es mir, einen langen Blick auf ihren sich unter einer weißen Hose abzeichnender Hintern mit einer deutlichen S-S-L zu werfen, also einer sichtbaren Slip-Linie. Damit war der Tag eigentlich schon gerettet. Vom Balkon aus sah ich dieses Mädchen beschäftigt in ihrer hell erleuchteten Küche umhergehen. Sie war echt eine Kanone. Groß gewachsen, herrliche Proportionen. Ihr blondes Haar trug sie kurz geschnitten. Ihr Gesicht war, soweit ich es ausmachen konnte, ebenmäßig und mit einer wunderschönen Nase versehen. Ich mag Nasen. Für kurze Zeit verschwand sie aus der Küche und kam mit Matthes zurück. Matthes redete auf sie ein. Sie lachte. Beide lachten. Dann verschwand Matthes. Einige Minuten vergingen, dann sah ich ihn unten aus der Haustür kommen und die Straße kreuzen. An der Hausecke stand der MCD-Mann. Er winkte mir zu. Ich mochte ihn nicht besonders. Warum stand er an der Ecke herum? Kassel hatte mehr zu bieten. Ich war sicher, dass er den vorbei fahrenden Autos nachglotzte. Autos waren sein Lebensinhalt. Wahrscheinlich wartete er darauf, dass eines von ihnen eine Panne hatte und er sich großtuerisch in Szene setzen konnte. Trotzdem winkte ich zurück, schließlich tat er seinen Job, vierundzwanzig Stunden am Tag. Matthes kam zurück: ›Babsi wollte auch Fußball sehen, keinen Film. Sie fragt, ob ...‹ Den Rest hörte ich schon nicht mehr, weil ich die Treppe herunterstürzte und zum Haus gegenüber stürzte. Ich läutete im dritten Stockwerk und lief die Treppen hoch. Von innen rief eine Frauenstimme: ›es ist offen‹, und ich drehte den Türgriff. Da stand sie, werkelte immer noch in der Küche und blickte auf das auf dem Kühlschrank stehenden TV-Portable. Selten hat mich Fußball so wenig interessiert wie an jenem Abend. Ich quasselte pausenlos herum und versuchte, mich interessant zu machen. Bei der Auswahl zwischen mir und dem Spiel ›Saarbrücken gegen Hannover‹ hatte ich natürlich beste Chancen. Sie lachte. Sie lachte oft. Sie lachte viel. Ich war der Aal. Lachen ist die feinste Art der menschlichen Annäherung. Wir lachten immer mehr. Dann für einen kurzen Moment setzte das Lachen aus. Sie machte den Fernseher aus und ihre Musikanlage an. Dort erklang gerade ›Sunspots‹ von Julian Cope. Wir schauten uns in die Augen. Immer tiefer. Ich sagte: ›Lass uns was machen.‹ ›Du Ferkel,‹ antwortete sie. Ich umarmte sie, soweit das auf zwei Stühlen überhaupt möglich ist, und zog sie zu mir rüber. Sie knöpfte mir das Hemd auf, begann an meinen Brustwarzen zu suckeln und fusselte mir dabei mit ihren unwahrscheinlich blonden Haaren im Gesicht herum. Julian Cope sang: ›Holy, holy, holy holy love‹. Ich hob Babsi vom Stuhl auf und trug sie ins Schlafzimmer. Sie biss mir in die Wange, als ich sie aus ihrer Hose zu pellen versuchte. Es war immer noch die weiße Hose, die sie am Morgen getragen hatte. Sie half mir, denn ich war zu fickerig und versuchte schon während des Ausziehens, meinen Dödel an ihr zu reiben. Als wir ihr Höschen herunter hatten, drängte sie meinen Kopf zwischen ihre Schenkel. Sie hatte einen wahnsinnig behaarten Püschel. Bei der ersten Berührung hatte ich gleich den Mund voller Haare. Die wischte ich an ihrem Betttuch ab und fuhr weiter mit der Zunge ihre Schamlippen entlang, zärtlich und nicht eindringend. Sie stöhnte und kicherte. Mir kam es fast. Deshalb konzentrierte ich mich auf die Musik von John Otway, die im Hintergrund lief: Er sang ›She was the girl behind the revolution, Angel, the girl behind the angry water.‹ Dann kam es ihr. Sie quetschte mir fast den Kopf zwischen ihren Beinen ab. Ich fühlte mich wie der Weiße Hai. Ich drückte mein pitschnasses Gesicht auf ihren Mund. Und sie öffnete sich, und ich schob meinen Pecker in ihre Pussy. Ihre Zunge schob sich in meinen Mund und begann zu spielen. Währenddessen klatschten unsere Bäuche immer heftiger aufeinander. Ich juchzte und schrie und brachte mich immer mehr außer Atem. Als mein Saft in mir hoch wallte und sich dann in meinem Kopf und ihre Muschi ergoss, japste ich wie ein kotzender Panda-Bär. Und mein Herz klappte fast aus der Brust heraus. Ich konnte nicht mehr. Ich kam einfach nicht mehr hoch und blieb auf ihr liegen. So nickerten wir ein. Spät nachts wachte ich auf. Ich lag neben ihr und betrachtete sie. Sie war wirklich wunderschön. Das war eine Nacht, die hätte eigentlich länger ausgebaut werden müssen. Aber ich wollte sie nicht mehr wecken. Es war vorbei. Leise zog ich mich an und schloss die Wohnungstür hinter mir. Als ich die Treppen herunterstieg, musste ich mich am Geländer festhalten. Unten an der Ecke stand noch immer der MCD-Mann. Er ließ mich in seinem LKW schlafen. Sachte deckte er eine Decke über mich. Der Mann hatte einen Sinn für Pannen. Ich lag noch lange wach in jener Nacht.«*

Der letzte Morgen in Kassel brach für die drei Freunde an. Unten auf der Straße wartete schon verabredungsgemäß der MCD-Mann mit seinem Abschleppwagen, um sie zum Zelten zu fahren. Er lud Dannys Auto hinten drauf und fragte nach den Wünschen: »Na ja, halt Zelten. Fahren Sie schon mal los, wir werden schon was finden.« So fuhr er sie Richtung Osten ins Kurhessische. Nahe der DDR-Grenze im Naturpark Hoher Meißner fanden sie die ideale Wiese mit Blick über das ganze Tal, auf den Hohen Meißner und auf die DDR. Hier ließ er Dannys defekten Boliden herunter, und sie bestellten ihn für den nächsten Tag gegen Mittag wieder zum Abholen. Im nahe gelegenen Bad Sooden-Allendorf aßen sie im ›Stern‹ gut, lecker und reichhaltig balkanesisch, waren gut gesättigt und gingen dann zu Fuß zu ihrem Zelt zurück. Es wurde eine irre Nacht mit Vollmond, Lagerfeuer, Marihuana, Wein, Haschisch und guter Musik aus dem Auto-Kassettenrecorder. Bei der Simple Minds-LP ›Sister Feelings Call‹ mit ihren simplen rhythmischen Trommeln überkam sie auf ihrer Vollmond-beschienenen Lichtung das totale Indianer-Feeling. Sie waren eher eine Art moderner Stadt-Indianer, aber immerhin unternehmungslustig genug, so etwas überhaupt zu machen, statt eine Woche Mallorca zu buchen. Sonne hatten sie auch so die ganze Zeit. Und dann noch dieses irre Gefühl. Sie waren unheimlich gut drauf an diesem Abend im Kurhessischen. In jener Nacht sahen sie auf einmal nicht weit von sich eine Gruppe Rotwild. Geweihträger tänzelten mit ihren schweren Läufen um die läufigen Hinterleiber der Hirschkühe. Das ließen die sich nicht zweimal röhren. Diesen ›Film‹ wollten sich die drei Freunde gerne näher ansehen. Dafür warfen sie sich ihre alten Fellmäntel über, stülpten sich Elch- oder Rentiergeweihe auf den Kopf und näherten sich langsam, aber aufgeregt der Rotwildgruppe. Die Hirschkühe waren allerdings nur an ihren Hirschen interessiert. Sie fühlten sich durch das stundenlange Geröhre inzwischen ungeheuer bereit, weich, flauschig und samtig. Sie waren läufig und zu einigem bereit. Eine von ihnen ließ ihren Hirsch auf sie drauf steigen. Danny sah sich mit seinem Rentiergeweih auf dem Kopf und auf dem Boden hockend die ganze Paarung von einer ungewohnten Perspektive an, die bisher noch in keinem Naturführer so beschrieben worden war, wie sich eine rotfellige Kuh mit einem prächtigem Hirschen vergnügte …

Am nächsten Tag kamen zwei Herren in einem Kombi mit einem Düsseldorfer Kennzeichen auf ihre Lichtung gefahren, taten fast so wie Zivil-Polizisten, waren aber die Pächter dieses Waldes, und meinten: »Ihr habt da aber was Schwieriges gemacht, Zelten auf unserem Grund und Boden. Das ist nicht so gut, weil das Rotwild auf dieser Lichtung immer ihre Hochzeitsnächte feiert.«
»Ach was!?« dachte Danny. Noch bevor sie aber über den Sex der Hirsche weiter fachsimpeln konnten, kam auch schon ihr treuer MCD-Fahrer und lud den Passat vor den staunenden Augen der Pächter auf seinen Abschleppwagen. Und ab ging die Post mit dem MCD. Auf dem Rückweg nach Kassel gab ihnen der MCD-Mann sogar noch die neuesten Reisetipps für die hessische

Gegend, bevor sie Matthes in seiner Wohnung absetzten. Noch am gleichen Tag brachte Danny erst Harry vermittels des freundlichen MCD-Services nach Datteln, bevor er selber von ihm zurück nach Hagen gebracht wurde, wo ihn der MCD-Fahrer endgültig ablud. So hatte der MCD sich also endlich bezahlt gemacht, indem er Danny und seinen Freunden eine tolle Deutschland-Tournee verschaffte.

Tennis, Schläger & Kanonen

Wieder mal ›on the road‹ mit Harry. Während ihrer Reise 1985 zu ihrem norwegischen Kumpel Osko geschah zur gleichen Zeit an anderer Stelle Historisches. Denn der damals 17-jährige Boris Becker schaffte die Sportsensation, als er als erster Deutscher überhaupt das Tennisturnier von Wimbledon gewann. Osko war eigentlich ein echter gebürtiger Dattelner, der durch norwegische Verwandtschaft schon seit Jahrzehnten in Norwegen lebte. Er hatte eine dermaßen starke Überidentifikation für Norwegen vollzogen, dass er sogar das umstrittene norwegische Walfangprogramm verteidigte, der Depp.

Vor der Abreise ging es bei Danny erneut hoch her, wie auch schon vor zwei Jahren im Winter 1983. Er hatte mit seinem Jugendzentrum Hagen-Hohenlimburg und noch zwei anderen städtischen Jugendzentren als Sommer-Aktion eine Nachtwanderung durch die Hohenlimburger Wälder geplant. Die führten sie rasch entschlossen durch. Danach gab es zum Frühstück noch ein gemeinsames Grillen auf einem Waldsportplatz oberhalb von Hohenlimburg. Als er alles erledigt hatte, fuhr Danny sofort los. Er hatte noch kein Auge zugemacht. So schaffte er es auch gerade mit letzter Kraft, sein Auto unfallfrei bis Wechte bei Lengerich zu bugsieren, wo damals Harry mit seiner Doro auf einem Kotten wohnte. Dann übernahm Harry das Steuer und Danny konnte auf dem Beifahrersitz endlich schlafen.

Sie fuhren über Hamburg, durch Dänemark bis Frederikshavn, von wo sie die Nachtfähre über das Kattegat zum schwedischen Göteborg gerade noch schafften. In Hamburg machten sie Station bei Harrys Bruder Sugar-Ede, der dort damals mit Carlos zusammen wohnte. Dummerweise vergaßen sie in der Wohnung von Sugar-Ede und Carlos, wo sie das gewonnene Halbfinalspiel von Boris Becker miterlebten, ihre sämtlichen für Norwegen gebunkerten Alkoholvorräte. So mussten sie diese kurz vor der dänischen Grenze an der letzten ›Alkohol-Tanke‹ vor Skandinavien wieder auffüllen. Für jeden eine Flasche Rum und je eine Flasche Wein, halt soviel, wie es erlaubt war, einzuführen; und noch zusätzlich eine Palette Dosenbier. Bei der Zollkontrolle zeigte sich dann jedoch der schwedische Staat von seiner besten Seite. Sozialutopie a la Sjöwall/Wahlhöö [25]: ›Big brother is watching you‹ und hatte alles unter Kontrolle. Volle zwei Stunden wurden sie untersucht, in Zollgarage Nr.1 von vier Personen, mit allen Schikanen, wie nackig ausziehen oder die Wagentür-Verkleidung öffnen. Aber diese speziellen schwedischen Zolldeppen suchten wohl nur nach Drogen. Allerdings vergeblich, weil sie so was nicht dabei hatten. Dabei übersahen die Zöllner glatt, dass die beiden Freunde im Kofferraum 24 Dosen Bier zuviel eingepackt hatten, jedenfalls laut Einfuhrbestimmungen. Harry erlebte die Controletti-Session allerdings schon ziemlich angesüppelt, weil er sich notgedrungernermaßen im ›Kampftrinken‹ übte. In der Wartezeit vor Zollgarage Nr.1 zog er sich eine Dose Bier nach der anderen rein, um die ›Schmuggelware‹ zu reduzieren, und um eventuell dadurch das Strafmaß zu verringern. Er kam auf fünf Dosen, der Arme. Gut, dass Danny an dem Tag nur der Fahrer war und deshalb nix zu trinken brauchte.

So wurden sie in Göteborg beim schwedischen Zoll zwar umfangreich untersucht, aber der mitgeführte Alkohol blieb von den Zöllnern unerwähnt. Mit einem ›Gute Fahrt‹-Wunsch ließ man die beiden ziehen. Na ja, dieses Ergebnis war ihnen das Erlebnis echt wert.

Später holten Harry und Danny die ›gestohlene Nachtruhe‹ an einem waldigen und ruhigen Straßenrand Richtung Norwegen nach, indem sie die Sitzbankrücklehnen runter kurbelten und ein wenig in ihren Schlafsäcken dösten.

Danach Norwegen, immer auf der Suche nach der ›Norwegerin schlechthin‹. Und dann kamen sie endlich bei Osko im südnorwegischen Städtchen Aas an. Der wartete aber schon auf sie, so dass sie von dort aus stante pede im Konvoi zum Gudbransdal aufbrachen. Osko mit seiner Frau Berit und dem gemeinsamen Sohn Sigurd in ihrem Lada, und Harry und Danny in dessen Passat. Schließlich schafften sie auch die letzte Etappe, und nach rund 1600 km waren sie endlich in den beiden Hütten im Mysuseter Fjell innerhalb des Rondane-Nationalparks bei Otta angekommen. Das lag auf halber Strecke zwischen Trondheim und Lillehammer. Erst mussten sie mit Osko ihre mitgebrachten Alkoholvorräte leer trinken, dann konnten sie endlich schlafen, schlafen, schlafen.

Am zweiten Tag waren sie dann im Nationalpark schon längst mit der Natur eins. Mit ›Tennis, Schläger und Kanonen‹ hatte ihr norwegischer Zyklus seinen Namen gefunden, als Harry, Osko und Danny bis in die späte Nacht Sportturniere durchführten. Wobei es da in Norwegen mitten im Sommer immer noch taghell war. Es begann mit einem Wettschießen. Mit Oskos Luftgewehr schossen sie auf Steinchen, leere Bierdosen, Schafscheiße und schließlich, als Höhepunkt, auf den kleinen roten Weindrehverschluss. Nicht Kratzer oder Dellen zählten, sondern nur der astreine Durchschuss mittendrin. Und Danny wurde Schützenkönig, wobei sich sicherlich seine ehemalige Schießausbildung bei den Wildeshauser Fallschirmjägern bezahlt machte, obwohl er damals schon Kriegsdienstverweigerer war. Zusammen mit der richtigen Dosis Alkohol eine unangreifbare Festung: als neuer Schützenkönig wählte Danny Berit zu seiner Schützenkönigin für das Schützenfest am nächsten Abend.

Die zweite Disziplin war natürlich von Boris Beckers frischem Wimbledon-Turniersieg im Tennis beeinflusst. In Ermangelung von Tennisschlägern griffen sie zu den hauseigenen Badminton-Rackets. Sie nannten das Turnier die ›Rondane Open‹, und Harry wurde im Endspiel gegen Danny ›Badminton-Wimbledonsieger‹ im Rondane Open.

Mit ›Tennis, Schläger & Kanonen‹ wurden die beiden ein unschlagbares Team wie einst in den 60er Jahren die beiden Schlingels in der gleichnamigen TV-Krimi-Serie. Kombiniert mit ihrem alles überwältigendem Charme sollten die Norwegerinnen ruhig kommen.

Am nächsten Tag, dem Tag des großen Schützenfestes, machten sie zunächst einen Ausflug in die Berge und standen dabei mitten im Hochsommer sogar auf Schnee. Um das Schützenfest abends gehörig feiern zu können, leisteten sie sich sogar ausnahmsweise eine ganze Kiste Bier für 200 Norwegische Kronen, was in etwa 65,-- DM entsprach. Erst ging auch alles gut. Berit wurde Kniffel-Königin. Aber Osko warf noch selbstgebrannten Wodka und Whisky in die Runde, und zuviel Alkohol ließ das Schützenfest nach einer langen hellen Nacht etwa um 07.00 Uhr morgens kippen: Danny war gerade zu Bett gegangen, als sich ein Drama anbahnte.

Berit war ziemlich betrunken und meinte, sich etwas in Harry verliebt zu haben, und wollte deshalb mit ihm Liebe machen. Osko hatte vorher sogar beiden mächtig zugeredet, ›es‹ miteinander zu treiben, weil man das in Norwegen alles nicht so fanatisch eng sehen würde: und er und Berit schon gar nicht.

Aber dann passierte ja noch nicht einmal was. Harry und Berit hatten nur miteinander geredet, saßen zwar dicht beieinander, hatten aber höchstens ein wenig gekuschelt.

Plötzlich stieg Osko der Alkohol mit Macht in die Birne, und er führte sein persönliches Drama auf. Er wütete, schrie, klopfte und tobte um die Gesindehütte herum, wohin sich die verschreckten Harry und Berit zu Danny zurückgezogen hatten: »Du bist durch, du bist durch, durch, durch – unten durch, Harry! Du kommst hier nicht lebend raus!«

Und genau so plötzlich kam dieser dahin geworfene Mordgedanke ins Spiel, den sie ja alle durch die Thriller aus TV und Kino in- und auswendig kannten: Alkohol – Eifersucht – Unberechenbarkeit – Mordlust – Angst ...

Nach kurzer Beratung packten Harry und Danny ihre Sachen und wollten nur noch weg. Ein besoffener Irrer jagte ihnen ›Angst und Schrecken im Fjell‹ ein.

Da Osko sie ausdrücklich rausgeworfen hatte, sahen sie keinerlei Anlass, diese dramatische Berggegend weiterhin als Aufenthalt zu wählen. Sie konnten allerdings nicht so einfach wegfahren, weil Berit mit ihnen kam. Außerdem befand sich der Schlüssel der Schranke, hinter der Dannys Auto innerhalb des Nationalparks stand, im Haupthaus, in dem sich Osko inzwischen verrammelt hatte.

Da Danny selber ja nicht der Grund für Oskos dramatischem Aufruhr war, versuchte er es mit gutem und mehrmaligem Zureden. Aber Osko öffnete weder die Tür vom Haupthaus, noch sagte er überhaupt etwas.

So mussten sie mit dem Problem der Schranke selber fertig werden. Sie zu umfahren ging nicht, da links und rechts tiefe Gräben waren. Das Schloss zu knacken, schafften sie ebenfalls nicht, da es zu groß war. So versuchten sie, die Pfähle einfach umzulegen. Das klappte zwar, aber es nützte nix, weil sie dann trotzdem nicht über die Schranke hinweg fahren konnten. Und gar einen der beiden Pfähle zur Seite zu zerren, ging auch nicht, weil sie unten jeweils in riesige Betonklötze eingelassen waren. Laut Berit hatte einen anderen Schlüssel nur der Nationalpark-Ranger, aber der war leider nicht aufzufinden. So schien die einzige Lösung zu sein: Warten, warten, warten, aber worauf ...? Da hatte Harry seinen großen Auftritt. Er entdeckte nämlich, dass man die Schranke auseinander nehmen konnte. Und Danny hatte das richtige Werkzeug dafür an Bord, einen Fünfzehner-Schlüssel und diverse Zangen. »Boah, ich sach euch: es klappte tatsächlich. Die ganze Schranken-Installation auseinander geschraubt, durch gefahren und wieder zusammen geschraubt. Das Hindernis hatten wir durch gute Teamarbeit überwunden.«

Danach blieb ihnen nur noch das Problem ›Berit‹. Sie hatte zwar keine Angst vor Osko und brauchte wohl – nach ihren eigenen Worten – auch keine Angst vor ihm zu haben. Aber sie saß noch immer in Dannys Auto und fuhr mit ihnen weg. Aber nach ein paar Kilometern hielt Danny an und redete ›Tacheles‹ mit Berit: »Schau Berit, wenn du jetzt mit uns abhaust, dann wird es für eure Beziehung total schlimm. Willst du das riskieren? Also, wir würden dich auch bis nach Hause in Süd-Norwegen mitnehmen, wenn du das möchtest. Wie sieht es aus? Oder wollt Ihr euch sowieso trennen? Wenn nicht, dann bleibst du besser hier, weil es so eh schon schlimm genug ist ...« Berit überlegte kurz, dachte intensiv an ihren kleinen Sohn Sigurd, stieg aus dem Auto und rannte zurück ...

... und die beiden düsten ohne Berit los. Wieder mal völlig ohne Schlaf, dazu beide betrunken. Harry fuhr zuerst, da er der Dramen-Auslöser war; und beide waren sie sehr beklommen von dem Erlebten. Sie fuhren und fuhren, bloß weg, erst Harry, später Danny – bereits ernüchtert – ohne Frühstück, ohne Zähneputzen, aufs Geratewohl nach Süden. Sie fuhren durchs wunderschöne Gudbransdal, ohne jeden Sinn für diese Schönheit. Dann schlief Harry neben Danny ein, und der machte wieder einen auf ›on the road‹. Wie Jack Kerouac in ›Unterwegs‹ spürte er den ›Heart-Beat‹: fahren; an einer Fernfahrerraststätte ausgiebig waschen und Zähne putzen; fahren; weiter fahren ....

Auf dem Rückweg ihrer Norwegen-Tour wollten sie sowieso Ann-Kathrin besuchen, die ihr Sozialarbeits-Praktikum in einem Frauenhaus in Askim machte. Sie wohnte deshalb mit ihrem Sohn den Sommer über bei ihren Eltern im südnorwegischen Spydeberg. Für Ann-Kathrin war Danny wegen seiner Dänisch-Kenntnisse übrigens ein halbes Jahr an der Fachhochschule Hagen ihr Tutor, da Dänisch und Norwegisch fast ähnliche Sprachen sind. Deshalb rief Danny von unterwegs bei seiner norwegischen Kommilitonin Ann-Kathrin an, aber sie war nicht da.

Später rief er noch mal bei ihr an, weil sie ja viel eher als erwartet zurück nach Südnorwegen kamen. Danny erreichte sie, und sie hatte sogar frei an dem Tag: was für eine große Freude; weiter fahren; anhalten; etwas essen, was sie morgens gekauft hatten; fahren, fahren, weiter gen Süden; vorbei an Lillehammer, wo später die olympischen Winterspiele 1994 stattfinden würden; entlang des Laagen-Flusses; am Mjösja-See entlang; fahren – fahren – fahren ...

»Glaubt mir, Norwegen ist verdammt lang. Von Kirkenes im hohen Norden bis Oslo im Süden ist es nämlich genau so weit wie von Oslo nach Mailand.«

Bis kurz vor Hamar schaffte Danny es dann gerade eben, dann musste auch er endlich schlafen. Irgendwann wachten sie beide auf. Den ganzen Tag schien die Sonne. Sie fuhren durch die wunderschöne und friedliche Landschaft von Südnorwegen zwischen Lilleström und Askim, mit guter Musik aus dem Bordrecorder. Und schon bald würden sie bei Ann-Kathrin in Spydeberg sein und endlich entspannen. Ihre Laune stieg langsam wieder – bei der Aussicht auf ein paar ruhige, friedliche und relaxte Tage ohne Stress. Und die bekamen sie dann auch. Sie erlebten die Gastfreundschaft einer ›normalen‹ Familie in Spydeberg. Wieder Spydeberg, dort landeten sie doch schon im Winter 1983. Aber damals hatte es dicken norwegischen Schnee, heuer luftiger nordischer Sommer. Sie durften sich wie zu Hause fühlen: ›hyggelig‹, also gemütlich, wie der Däne sagt. Sie wohnten bei Ann-Kathrins Familie, und frühstückten ungestört und schliefen lange. Und zwischendurch spielten die beiden mit dem sechsjährigem Sohn Fin Badminton oder Fußball ...

Als sie dann später wieder zurück in Deutschland waren, hatten sie sich wieder einigermaßen erholt von ›Angst und Schrecken im Fjell‹. Boah, sie hatten allerdings in neun Tagen 3500 km abgerissen. Das entsprach einem Schnitt von 400 km/pro Tag. Das wiederum war für norwegische Verhältnisse schon ganz schön gut, weil man dort auf Grund der Straßenverhältnisse vielleicht auf ein Tagespensum von nur ca. 500 km kam.

Monate später, als Harry gerade bei Danny zu Besuch in Hagen war, riefen sie in Norwegen an. Und was war? Bei Osko und Berit schien wieder alles in bester Ordnung zu sein, als wäre nie was geschehen. Zu seinem durchgeknallten Auftritt in Norwegen meinte Osko am Telefon nur lakonisch: »Wer abhaut, hat verloren.«

Echt, dieser Arsch!

The B-51

Man schrieb das Jahre 1986. Es war spannend wie die Geschichte der Kometen Halley und Omega. Was würde Danny in der nächsten Zeit das Leben an Überraschungen bringen? Auf jeden Fall ging es Ostern 1986 mit Harry wieder back on the road again. ›Mosel – Saar – Ruwer‹, zweiter Teil. Die Rambos unter den westfälischen Underground-Schriftstellern waren wieder unterwegs. Danny floss über vor Selbstbewusstsein: »Leute, schließt eure Töchter ein! Dies ist die letzte Warnung! Sie könnten euch hinterher nicht mehr glauben!«

Danny und Harry hatten sich dieses Mal was Besonderes vorgenommen. Sie wollten frohen Mutes wieder auf die Straße gehen, um die legendäre ›Route 51‹, von Recklinghausen nach Saarlouis, abzugrasen, abzurasen. Sie wollten sich berauschen an all den schönen Städten, Landschaften, Mädchen, Straßen, Weinflaschen, Joints, Frühstücken, Betten, Essen, Trinken, Atmen, Pissen, Scheißen, Fühlen, Seufzen, Glück und Freundschaft erleben ...

Und so erlebte das Harry: »*51 – Bundesstraße der Fröhlichkeit. Rrrrriinnngg! Unausgeschlafen schlage ich mit der Hand nach dem Wecker, werfe ihn um, suche mit der Hand nach ihm, Rrriinngg, weiter klingelt's. Dann erwische ich das Mistding, schlage auf den Knopf. Ring! Morgenmuffelig angetrunken schlage ich die Augen auf, das Gehirn arbeitet langsam. Ring! Wie in einer englischen David Niven-Komödie stelle ich jetzt endlich fest, dass das ›Ring‹ nicht aus dem Wecker schallt, sondern von der Türklingel. Ein kurzer Blick aufs Zifferblatt der Uhr bringt mir die fast schon alltägliche Wahrheit des Verschlafens nahe. Danny drückt die Türklingel zur verabredeten Zeit, 10.00 Uhr, und ich habe verschlafen. Rasches Frühstück, ein langer Blick in Doros Augen, ein Kuss, Sugar-Edes Hand und eine Umarmung – und dann hinein in den Beifahrersitz dieses unwahrscheinlichen Autos. Ohmstraße, Friedrich-Ebert-Straße, Westring, Oer-Erkenschwick, Recklinghausen, Möbel-Atorf-Kreuzung: B 51. Wir sind drauf. So oder so, wir haben wieder eine bedeutende Land- und Lebensmarke erreicht: Danny und ich, fahrend wie immer, die Wörter sprudeln von unseren Lippen, die Hände berühren sich, vom Rekorder tönt ›There's no rope as long as time‹* (von der LP ›America for Beginners‹ der englischen Band Latin Quarter, der Autor). *Bochum wird erreicht, Dannys Universitätsstadt, die Mutter seines Diploms. Er hat wenigstens eins.«*

»Keine Sorge, Harry, du wirst ja noch grandios nachlegen, erst das Abitur auf dem Westfalen-Kolleg in Mettingen, später an der Uni Osnabrück deine Diplom-Abschlüsse in Geschichte und Literaturwissenschaften .... was will er mehr? Warte, warte noch ein Weilchen, dann kommt es auch zu dir ...«

»*Dann fahren wir weiter ins bergige Land, Hattingen, Wermelskirchen, Stadt der Verkehrsfunk-Nachrichten ›Schloss Burg Wermelskirchen, Stau, vier Kilometer‹ und schließlich, von einer der letzten Hügelkuppen, der grandiose Blick auf die mittelrheinische Tiefebene, die jetzt im Moment im sonnendurchfluteten Licht ihre riesige, dunstige Metropole zeigt. Köln erstreckt sich fast bis zum Horizont, der Dom lässt sich ahnen durch dieses Luft genannte Etwas, das sich mittlerweile über allen größeren Städten der Republik wölbt. Wir huschen Spuren wechselnd durch die Straßen der Innenstadt. Im allgemeinen sind diese abstoßend hässlich, zeigen sich aber heuer von ihrer schönen Seite. Der Wagen wird von Danny sicher gelenkt und von mir auf dem Beifahrersitz kartographisch geführt. Wir fahren durch die Ghettos der Türken oder Italiener, wo unsere ausländischen Mitbewohner Geschäft an Geschäft Handel treiben, kaufmännischen Neigungen orientalischer Form nachgehen und die Häuserzeilen somit bunt und abwechslungsreich sind, ohne dass es die viel gerühmte ordnende deutsche Hand gestaltet hat. Na ja, als Studier- bzw. Wohnort ist Köln für mich auf alle Fälle indiskutabel. Und monumental wirkt die alte Römerklitsche heutzutage auch nur noch, wenn man auf der ›51‹ das Gelände unter den WDR-Türmen passiert.*«

Von Köln weiter durch die Eifel, verließen sie kurz die B 51, um historisch wertvoll an der Ahr roten Ahr-Wein zu tanken. Danach das Moseldorf Bullay. Denn im Februar 1977 tranken sie ja einst den Roten von der Ahr und schliefen dann in Bullay im kultigen und berüchtigten ›Hotel Moselblick‹ bei offenen Türen. Immer wieder zog es Harry und Danny zum Weindorf Bullay, dem Tor zur Mittelmosel. Dort hatten sie 1977 ausgerechnet den 76er Jahrhundertwein genossen, vom ›Zeltinger Himmelreich‹ genascht und dann noch den ›Bullayer Brautrock‹ entdeckt, einen anderen trockenen Riesling. Sie erinnerten sich bei ihrer ›historischen‹ Weinprobe in Bullay gerne an die vergangenen Abenteuer im verlassenen Bahnwärterhäuschen mit Moselblick, direktem Bundesbahnanschluss und inklusive Hausmäuse: hihihi. Das reichte ihnen allemal Ostern 1986 bei ihrer Moseltour zu einem zünftigen Wein-Einkaufs-Stopp in Bullay. Ja wirklich, mit ihrem Auto durch die Gegend düsen und mit dem Freunde große Freude erleben, das war ihre Welt. Sie zogen immer wieder gerne aus von

Datteln bis zur lieblichen Mosel mit ihren weit mäandernden Schleifen und den Riesling spendenden Weinhängen. So rasten sie auch dieses Mal betrunken und stoned rechts-moselig flussaufwärts durch leere Dorfstraßen. Trunken vor Moselsonne und Lebensfreude, obwohl erst Ende März, also Frühlingsanfang. Bei der nächsten Weinprobe in Wehlen an der Mittelmosel erlagen sie dem ›Lockruf des Weines‹ (Original-Ton des Weinschätzers Harry) und verkosteten auf dem länglichen Weinbrett nacheinander: 1983er Wehlener Sonnenuhr, 1984er Graacher Himmelreich, 1985er Zeltinger Sonnenuhr und schließlich 1985er Wehlerner Nonnenberg. So beschwingt ging's weiter durchs sonnige Mosel-Tal über Bernkastel-Kues bis nach Trier, zurück zur B 51. In Trier übernachteten sie bei Bettina und Ralle, direkt an der Mosel. Die hatte Danny während des gemeinsamen Studiums an der Fachhochschule Hagen kennen gelernt, wo er inzwischen seinen Abschluss als Diplom-Sozialarbeiter geschafft hatte. Auch als Bettina nach ihrem Studium wieder zurück nach Trier zu ihrem Ralle zog, war der Kontakt zwischen ihnen nicht abgebrochen. So bembelten sie mit den beiden die halbe Nacht in einer Kneipe mit Richtern, Säufern, Schwätzern und Schweigern und sahen die Musiker von ›Lusthansa‹ wieder. Anfang der 80er Jahre, als sich die Neue Deutsche Welle-Gruppen gerne lustige Namen gaben, da kamen diese mal aus Trier zu einem Konzert nach Hagen, wo Danny sie live erlebte. Die NDW-Gruppe ›Lusthansa‹ sorgte mit ihrem Hit ›Nix Neues in Poona‹ für Furore. Die hatten Schwung, die hatten Pep, die waren witzig, die waren kritisch, und – vor allem – die waren tanzbar …:

> *»Lieber Bier in Trier,*
> *als Bluna in Poona,*
> *nix Neues in Poona ….«*

Abends in der Trierer Altstadt tranken die beiden Freunde erstmals trockenen guten Elbling und torkelten nachts zufrieden über die Mosel-Brücke heim zu Bettinas Haus in der Aachener Straße. Am nächsten Morgen weiter, entlang der B 51 und der Saar, bis ins Saarland, wo Dannys Mutter Marie und damit sein halbes Blut herstammte. Zwei Nächte hielten sie sich in Maries Geburtsort Saarlouis auf, in halb-heimischen saarländischen Gefilden. Sie ließen sich voll schwätze und voll laufe und voll esse. Bis sie am Ostermontag in aller Frühe rüber nach Pirmasens im eng benachbarten Rheinland-Pfalz aufbrachen, dem

Geburtsort von Hugo Ball. Denn dort sollte am Ostermontag, dem 31.03.1986 der letzte Tag der Hugo-Ball-Ausstellung sein:

– 1886 bis 1986 – 100 Jahre Hugo Ball –

Der Vater des Dadaismus war eigentlich in Pirmasens eher verpönt. Und da machten sie so ein Brimborium um ihn. Jedenfalls fanden die beiden Freunde und heimlichen Dada-Bewunderer die Ausstellungshalle mit Hilfe eines jungen Saarländers.

»Hey, Typ da,« sprach Danny durch die runter gekurbelte Auto-Scheibe einen jungen Mann auf dem Bürgersteig an, »wo ist denn hier das Museum mit der Hugo-Ball-Ausstellung?«

»Gemorje, buwe, isch hann von Hugo Ball noch nett geheert. Aber in Pirmasens kenn isch misch a bißje aus, obwohl isch aus Neinkeije komm.«

»Na, das heert ma gudd, dass du Saarländer bischt. Un dann a noch Neunkirche, das kenn eich a, es Borussia Neunkirchen, gedda.«

»Jo, so isses. Aber ihr woolt jo zum Museum. Isch laafe a in die Richtung. Hoole ma misch a Stickche mit, dann zeih isch eisch das.«

»Klar, steig ein. Loh ma loh, da leit eppes,« versuchte sich Danny im Saarländischen, das er von seiner Mutter aus Saarlouis kannte. Lachend stieg der Typ ein: »Ei jo, isch bin übrigens der Motte.«

»Tachchen ,Motte, eich bin de Danny, un der annere, is de Harry,« fuhr Danny fort, »dau hascht weerklisch noch nie was von Hugo Ball gehert. Er war de Vadder vom Dadaismus und gebor isser in Permasenz.«

»Aha, so so,« meinte Motte, der lustige Saarländer, »Guddasprech, joh – ma keent saahn, enner der sich gege es bestehende Wertesystem mit sai Worte geweert hat, wenn isch rischtig leihe. Is schon lang her seit der Schul, … äh, pass uf, do vorn ande Ampel links, un dann die nägscht Stroos rechts, do hinne.«

»Ja, da haste super gut aufgepasst in'ne Schul, Motte. Guckes: Hugo Ball, geboren am 22. Februar 1886 in Pirmasens; gestorben am 14. September 1927 in Sant'Abbondio-Gentilino in der Schweiz,« las Harry aus dem Veranstaltungs-Kalender vor, *»er war ein deutscher Autor und Biograf. Außerdem war er einer der Mitgründer der Dada-Bewegung und ein Pionier des Lautgedichts. Und Dadaismus war im Wesentlichen eine Revolte gegen die Kunst von Seiten der Künstler selbst, die die Gesellschaft ihrer Zeit und deren Wertesystem ab-*

lehnten. Traditionelle Kunstformen wurden deshalb satirisch und übertrieben verwendet.«

»Ei jo, wenn isch das so heehre, fallts ma nommo in, buwe. Un do vorne isses a schon, es große Haus, do links. Awei, sahn isch mo. Viel Spass beim Hugo gucke, un ma sieht sich.«

Sie verabschiedeten sich vom freundlichen Motte, parkten das Auto und gingen zum Museum. Hugo Ball bedeutete den beiden Freunden ein Stückchen gemeinsamer Vergangenheit. Denn die Dattelner Kult-Rockgruppe Söppel verfremdete 1979 beim Konzert ›Live im Zirkus-Zelt‹ einen dadaistischen Text von Hugo Ball: ›Fuschka toballoball zicki zitopp‹. Sie führten ihn mit Bauchtanz und schwülstiger türkischer Harems-Musik auf und nannten ihr Musikstück ›Türkenbomber‹.

Zu ihrer Freude hatte das Museum in Pirmasens trotz des traditionellen ›Montags haben Museen geschlossen‹ überraschend geöffnet. So schauten sich die beiden Dada an. Und Harry bekam von Danny ausnahmsweise mal keine Feder, sondern direkt dort in Pimasens ein Hugo-Ball-Ausstellungs-Plakat geschenkt. Und das hängt immer noch in seiner Wohnung, erst in Wechte bei Tecklenburg, dann in Osnabrück. Hugo Ball blieb am Ball …!

The Last Drive ins Saarland

»Nachdem ich beim Badminton-Spielen mit dem Fuß umgeknickt und mir den Knöchel verstaucht hatte,« erinnerte sich Danny, »sah es zunächst eher schlecht aus für unsere Deutschland-Tour 1987.« Doch sein Freund Harry erklärte sich bereit, die ganze Tour vom Ruhrgebiet ins Saarland und zurück alleine zu fahren, um Dannys verletzten Knöchel zu schonen. Und so geschah es: Harry chauffierte sie beide bei dieser letzten großen Tour des ollen Passats. Die Wanne-Kassel-Mosel-Saar-Tour im Mai hieß ›The last drive‹ … in his old Passat. Denn nach dieser gemeinsamen Tour hatte sich Danny vorgenommen, seinen Wagen Harry zu schenken. Es war wieder eine Fahrt von Gewässer zu Gewässer: von Hagen an der Volme nach Datteln an der Lippe, dort Harry abgeholt, weiter nach Wanne-Eickel am Rhein-Herne-Kanal, wo sie den Polterabend von Dannys Cousin feierten, dem Sohn seines Patenonkels Edwin.

So machten sie sich also im Mai 1987 auf zum ‚last drive‘ mit Dannys zehn

Jahre alten Passat Kombi. Von Wanne-Eickel fuhren sie nach Kassel zu Matthes, ihrem gemeinsamen Freund aus der Dattel(n)-Oase. Zusammen machten die drei Freunde wild entschlossen abends und nachts Kassel unsicher. Harry prostete den anderen mit einem Kulmbacher Bier zu: »Prost und Gesundheit, liebe Freunde. Das Bier hier, dieses Kulmbacher Mönchshof, das schmeckt mir echt lecker und butterig. Ich habe nämlich schon immer hopfenherbes Bier verabscheut. Mönchshof gibt's in den Biermärkten des Ruhrgebiets nicht zu kaufen, weshalb ich immer gerne hier zum Matthes fahre.« Nicht ahnend, dass Danny fast 30 Jahre später wegen einer Lesung in Kulmbach 2015 genau dieses Mönchshof-Bier genießen würde. Drei Abende lang trank Danny Kulmbacher Bier, wo er doch sonst nur Wein verköstigte. Bevor sie damals nach Kassel kamen, hatten sie schon eine ›Rapsodie in Yellow‹ getankt, weil sie von Wanne-Eickel bis Kassel an der Aue in Rapsfeldern schwammen und vor soviel ›Yellow‹ nahezu ausflippten. Sie fragten dann auch in Kassel sofort die erste Passantin nach der sagenumwobenen In-Disco ›Yello‹:?, obwohl es erst mitten am Tag war. »Aber das hat doch noch zu!!!« schrie diese Danny auch prompt an.

Während ihres Bummels durch Kassel hörten sie plötzlich in der Fußgängerzone die bekannten Klänge von ›If you come to San Francisco, be sure that you wear flowers in your hair ….‹ Sie kamen näher und staunten nicht schlecht, auf einer Bühne umsonst und draußen den guten alten Scott McKenzie live zu erleben. Sie hörten ihm eine zeitlang zu und spazierten dann noch entspannter in dem nahe gelegenen und weitläufigen Park der Wilhelmshöhe herum. Matthes war natürlich gespannt zu hören, was es Neues aus Datteln gab. So berichteten Harry und Danny ihm abwechselnd von ihrem verhängnisvollen und glücklicherweise nicht letzten Pilzerlebnis in den Ahsener Wäldern. Speckpilz oder auch Kahler Krempling hieß der Bösewicht. »Mann, Mann, Mann. Da habt ihr beiden ja Glück gehabt, dass ihr dem unverdienten frühen Pilztod von der Schüppe gesprungen seid …!« meinte Matthes erleichtert.

Kassel – das hieß Matthes, unvergesslicher Matthes, der Harry und Danny 13 Jahre vorher zusammengebracht hatte. Kassel waren aber 1987 wegen Dannys bandagierten Fußes nicht die endlosen Spaziergänge an der Wilhelmshöhe mit seinen Wasserfällen und Parkanlagen, wie sie es zwei Jahre vorher so gerne gemacht hatten. Sondern was Einfaches, halt das Kasseler Stadtfest mit umsonst und draußen-Konzerten. Dort erlebten sie doch tatsächlich Life-Musik aus der guten alten Hippie-Zeit: Neben Scott McKenzie, den sie ja schon vorher am Tag gehört hatten, sangen auch dessen Freunde The Mamas and the Papas, die die drei Freunde mit ihrem Hit ›Monday, Monday‹ erfreuten.

Da es am nächsten Tag regnete, hatten Harry und Danny die wundervolle Idee: »Komm, wir hauen ab aus dem tropf-regennassen Kassel und fahren zum Zelten an die Mosel.« Denn sie hatten die Sachen zum Zelten dabei. Gesagt – getan, durchs schöne Hessenland ins Moseltal gefahren, wo die Sonne wieder schien. Deutsches Eck bei Koblenz, wo Mosel und Rhein sich trafen. Sie fanden in Hatzenport einen Zeltplatz auf einer Moselinsel. Und am nächsten Tag weiter flussaufwärts, ›the long and winding road along the Mosel‹. Sie fühlten sich gut, sehr gut. Nach einem göttlichen Abendessen mit leckerem Schwenkbraten, dazu trockenem Mosel-Weißwein und noch trockenerem Rauch kamen die ›midnight confessions‹, die herzallerliebsten Mitternachtsgespräche im Auto mit Musikanlage. Mit Tschaikowskis ›1. Klavierkonzert in b-Moll‹ im Ohr und dem Kopf voller Frauen wie Madonna, Whitney Houston, Chrissie Hynde, Ina Deter, Nena, France Gall und Wencke Myhrre …

Weiter entlang der Mosel flussaufwärts, Frühstück in Bruttig-Fankel, Frühstücken und Leben wie Gott in Rheinland-Pfalz. Und zu Himmelfahrt 1987 hielten sie in Bullay, um im Brautrockkeller eine zünftige Weinprobe zu veranstalten. Von dort aus weiter bis nach Trier, und schließlich führte sie die B 51 wieder ins Saarland, entlang der Saar nach Saarlouis-Lisdorf. Dort startete am 30. Mai 1987 im Gasthaus Breininger das lang geplante Familientreffen. Voller Saal, 120 Personen, alle Saarländer Verwandten von Danny, Onkel und Tanten, Cousinen und Cousins und Angeheiratete waren da, natürlich auch Sister BärBel mit Freund Balu. Und Danny führte seinen Compadre Harry damit endgültig in die Familie ein. Es wurde geschmaust und getrunken, geredet und zur selbst gemachten Musik der Tanzkapelle ›Die Zwei‹ getanzt. Das Sippentreffen entpuppte sich als beschwingter Abend. Der Leiter dieser Tanz-Combo war Cousin-Schwager Georgie am Schlagzeug. Danny unterstützte diese Band teilweise bei lateinamerikanischen Stücken mit dynamischen Bongotrommel-Rhythmen. Damit ›gehörte‹ er zu den Musikern, denn die hatten eh alle Getränke frei. Das bedeutete Freiwein für ihn und Frei-Bier für Harry. Von da an machte das Trommeln noch mehr Spaß. Zwischendurch tanzte Danny trotz Humpel-Fuß wie ein junger Gott mit allen seinen Tanten. Und Harry bewegte bei der Polonaise durch den ganzen Saal mit dem gemeinsam laut geschmetterten ›Westerwald-Lied‹ endlich auch das unbeweglich trotzige Herz von Onkel Rüdi, so dass schließlich nur noch eine Urgroßtante im Rollstuhl sitzen blieb. Aber selbst die wurde laut klatschend und kreischend durch den Tanzsaal gezerrt. Ja, die Saarländer und ihre Feten: die konnten feiern. Am nächsten Tag fuhren die beiden Freunde zurück in ihre westfälische Heimat.

Es war insofern Dannys letzte Fahrt mit seinem guten alten VW Passat Kombi, der ihm sechs lange Jahre die Treue gehalten hatte, als er nach dieser Saarland-Tour ein neues altes abgelegtes Auto von seinem Vater Götz günstig erwerben konnte. Sein weißer Passat Kombi hatte mit ihm allerlei mitgemacht in diesen Jahren. Er hatte inzwischen als Ersatzteile eine goldene Fahrertür, einen roten rechten Kotflügel vorne und eine grasgrüne Heckklappe bekommen. Aber der Clou des ›last drive‹ war der, dass Danny nach dieser Saarland-Tour eben diesen weißen Passat Kombi seinem Freund Harry schenkte. Denn wer hätte ihn mehr verdient, als er, der mit ihm und dem zuverlässigen weißen Kombi zusammen im Winter 1983 nach Norwegen, im Frühling 1985 entlang der Weser von Bückeburg bis nach Hessen und im Sommer 1985 wieder nach Norwegen bis hoch ins Gebirge gefahren war. Außerdem hatte er als Westfalenkolleg-Schüler natürlich auch nicht soviel Geld und konnte solch ein Geschenk gut gebrauchen. Zu diesem ‚last drive‹ hatte Danny vorher eine Audio-Kassette aufgenommen, die auch ‚The last drive‹ hieß. Sie begann mit dem genialen Stück von Eric Burdon aus den 80er Jahren ‚The last drive‹ und wurde von verschiedenen Songs vervollständigt, die alle mit Autos, Autoreisen und -Touren zu tun hatten. Diese Kassette hörten sie dauernd auf der Fahrt, und sie blieb selbstverständlich auch als Geschenk für Harry mit im Auto: ›The last drive‹.

Der belgische Erwin aus Grimbergen bei Brüssel

Es war wieder Frühling, Mai 1988, Harry und Danny mussten wieder auf die Straße, ihre Nase in den Wind halten, und in Dinge, die sie nix angingen …

Harry kam nach Hagen. Und noch am gleichen Nachmittag düsten sie los. Im Slalom durch sämtliche NRW-Verkehrs-Staus, schlängelten sie sich ohne Stopp durchs Ruhrgebiet, Holland, Nord-Belgien und campten in der ersten

Nacht in Lille bei Turnhout. Allerdings fuhren sie bestimmt gefühlte zwei Stunden in der Gegend herum, auf der Suche nach einem Camping-Platz aus Dannys altem Camping-Führer: Camping ›De Lilse Bergen‹ im Wald an einem kleinen See. Gute Idee, die nordbelgische Landschaft auszuprobieren. Dazu gute Gefühle, französischen Wein, belgisches Bier, nen guten Zigarillo und ab ins Zeltbett, den Schlaf der Gerechten.

Am nächsten Morgen fuhren sie weiter bis nach Brüssel, durch die Industriegebiete von Nord-Brüssel, wieder auf der Suche nach einem bestimmten Camping-Platz. Aber sie konnte nix erschüttern. Mit der Nase eines Detektivs fanden sie ihn, den absolut kleinen süßen Camping-Platz Heemschut in Grimbergen. Ein kleiner ländlicher Ort am Nordrand von Brüssel, wo sie sich am schweren Duft der dortigen Frühlingsblumen erfreuen. Locker das Zelt in der Sonne aufgebaut, dann mit Bus und U-Bahn in die Brüsseler City.

Doch welch Überraschung: auch Brüssel war nur ein Dorf, ›Europas Haupt-Dorf‹. Überall tolle alte Häuser und Plätze, trotzdem eine ruhige entspannte Atmosphäre. Keine Hektik und kaum Menschen. Irgendwie hatten sie erwartet, dass da jede Menge Touris rum rannten. Wahrscheinlich waren die alle am Meer, bei den Lemmingen, rein ins Wasser und Ufer zu …!? So hatten sie Brüssel für sich: schlendern, französischen Weißwein und belgisches Bier süffeln, belgische Pommes, wieder Durst, wieder trinken. Weiter schlendern, viele Plätze, alte schöne Häuser aus der reichen Brabantischen Zeit, Oude Bruxelles. Ab und zu mal was auf Französisch ordern, weg von den Hauptstraßen, hin in die kleinen unbedeutenden und abgewrackten Seiten-Gässchen. Dort fanden sie diese sympathische Kneipe ›Au Petit Sympa‹, nur zwei Stühle draußen, nur für sie, gegenüber einem Schutt-Container, jede Menge schräges Volk, viele Maghrebiner. Das liebten sie, das kleine, das andere, das unbedeutende und sympathische Brüssel. Sie hatten das richtige Feeling dabei, wenn sie beim Griechen Pommes aßen, französisch brabbelten und sich dabei im Spiegel vor einem Südsee-Poster beobachteten. Oder wenn sie nachts in einem 24-Stunden-Shop beim ›Schwarzen‹ ein Krabben-Baguette im Stehen knabberten und danach in der ›Sunset Corner‹ den letzten trockenen Weißwein und noch ein belgisches Jupilu-Bier mit einem stilechten Zigarillo genossen. Schließlich schaukelten sie müde und erschlagen mit dem letzten Bus wieder raus nach Grimbergen, schlurften zum Zelt und ließen sich dort auf ihrer Bank nieder, die den ganzen Tag auf sie gewartet hatte.

Eben noch ne Flasche Weißwein zum Schlafengehen reinkippen, und dann: schlafen, schlafen, schlafen, ausschlafen, genießen, bis im Zelt nebenan der ›Kicher-Club der Zwölfjährigen‹, featering ›die Doofen‹, erwachte, kicherte und die beiden Freunde aus dem Schlaf riss. Na dann, halt aufstehen, duschen und in der Morgensonne ein schönes Frühstück mit französischen Käse, Milch, Kakao: hhhmm.

Welch geniale Idee hatten die Belgier 1958 für die Weltausstellung: das Atomium, dieses silbern glitzernde Wahrzeichen, zu bauen. Das hielt Belgien trotz aller polit-ökonomischer Streitigkeiten zwischen Flamen und Wallonen zusammen – unter einem universellen Zeichen. Zwei Volksstämme, die reichen protestantischen Flamen hatten mit der Macht des Geldes auch die Macht in der Politik inne, siehe Leo Tindemanns als Präsident, gegenüber den proletarischen Katholiken aus den südbelgischen Industrie-Städten Walloniens, viel Arbeit, aber wenig Macht. Der klassische Konflikt, aus dem auch schon IRA-Träume und -Albträume entstanden waren. Aber noch hielt das Atomium, dieses drollige Universal-Schraubenschlüssel-Spielzeug aus 18 m-Kugeln und 102 Meter hohen Stangen, die beiden Völker im belgischen Staat zusammen. Die beiden konnten also auf ihrer Decke auf der Wiese am Atomium weiter entspannen, mit ihren Büchern, Karten, Schreib-Utensilien, Bällen, Keulen und Frisbees, auch wenn in der Ferne das Gewehr-Feuer einer UZI ballerte. Hoffentlich war es kein fanatischer Polit-Heckenschütze, sondern nur ein im Grunde harmloser Großstadt-Amok-Läufer …!?
 Aber als genauso gefährlich entpuppte sich abends eine Überdosis vom ›belgischen Erwin‹ und seinem belgischen Starkbier. Den hatten sie in einer Kneipe kennen gelernt. Mit Erwin saufen war einerseits recht lustig und informativ, da sie so einiges über Flamen mitbekamen. Zum Beispiel war der Mechelner SK gerade frischer Europapokalsieger der Pokalsieger geworden. Oder wie das mit dem belgischen Bier so ging, dabei speziell das ›Grimberger Optimo Bruno‹. Aber andererseits konnte Erwin auch sehr anstrengend sein, zumal sich Danny gerade draußen auf einem Kneipenstuhl von einem Zigarillo-Kreislauf-Flash erholte. Aber als dann der dusselige flämische Wirt mit dem dort vorherrschenden Wallonen-Hass auch noch drängte, schneller zu trinken. Boah: das schmeckte erst total lecker, dunkles Bier, mit ordentlich Schaum drauf, fast wie irisches Guinness. Aber dann, aber dann, da haute es

den Danny um: Mann-o-Mann, war das stark. Und am nächsten Tag war das Ergebnis ein dicker Kopf, weil das aufgedrängte Grimbergen-Optimo zwischen den diversen Gläsern Weiß-Wein ziemlich rein gehauen und Dannys armen Körper durcheinander gebracht hatte. »Wohl denen,« dachte Danny, »die einen schönen Camping-Platz zwischen schattigen Laubbäumen, nem Bänkchen auf ner saftigen Wiese zum ›in der Sonne Frühstücken‹ hatten. Da können wir uns erst mal gesamt-körperlich entspannen …«

Und dann die Bauhaus-Ausstellung auf dem Brüsseler Kunstberg: »die war sau-gut«, meinte nicht nur der gelernte Schreiner Harry. Er war von der Kombination Schreinerei/Architektur innerhalb der Bauhaus-Ausstellung im Museum moderner Kunst schwer angetan.

Sie belohnten sich durch ein ausgezeichnetes chinesisches Essen im ›Kota Radja‹, wozu Danny seinen Freund Harry einlud. Danach machten sie es fast wie immer. Sie mieden die touristischen Plätze und schlenderten durch Seitengässchen, verlassene Plätze, immer wieder Parks und maghrebinische Gassen.

Aber wie gesagt: nur ›fast‹. Die Ausnahme bildete ihre Rückkehr nach Grimbergen. Einmal das ›Wie‹ war schon ungewöhnlich genug, da sie erstmalig seit ihrer 1977er-Moseltour wieder getrampt waren, und zwar von Brüssel nach Grimbergen mit netten Boys and Girls. Na, jedenfalls lauerte dann noch dort in Grimbergen der unheimliche Erwin auf die beiden. Aber durch einen lang gezogenen Spurt und geschicktes Straßen-Seite-Wechseln kamen sie gar nicht erst in der Nähe der Kneipe mit dem gefährlichen Erwin und seinem noch gefährlicherem belgischen Stark-Bier.

« Au revoir, Salute – Proost, a votre santée …, Belgier aller Länder vereinigt euch! «

Der Mann aus Hagen

… wurde zu einem geflügelten Wort in Osnabrück. Und zwar etwa ab Ende der 1980er Jahre.

Nachdem Danny 1980 nach Hagen gezogen war, besuchte er Harry öfters, zunächst in Datteln-Ahsen und Tecklenburg-Wechte, später dann in Osnabrück.

Immer wieder Besuche, Besuche, Besuche: die Entfernung von 120 bis 150 km tat ihrer Freundschaft keinen Abbruch und wurde durch einen soliden VW-Passat-Kombi-Motor spielend überbrückt. Der schnurrte verhalten leise, wenn er gemütlich fuhr. Oder er war spritzig und röhrend wie ne Rakete, wenn's schneller gehen sollte. Danny war ja in den 1980er Jahren in zwei Phasen ohne feste Partnerin. Dann ›machte‹ er den Desparado, bretterte oft nächtelang durchs Ruhrgebiet, auf der Suche nach der ewigen Liebe: ›cherchez la femme‹. So war er es gewohnt, mit seinem Gefährt durch die Nacht zu düsen, unstetig einer aktuellen Flamme hinterher, oder stetig, um den Freund zu besuchen. So fuhren sie ihre Freundschaft seit Jahren durchs Münsterland, durchs Sauerland, durchs östliche Ruhrgebiet, durch Westfalen. Hin und her, her und hin. Und immer wieder war die Freude groß, wenn einer beim anderen ankam. So war Hagen schon zu Harrys dritter Heimat geworden. Wie für Danny das nördliche Münsterland zwischen Tecklenburg und Osnabrück ...

Und diese Besuche geschahen meist nachts, quasi nach Dannys Feierabend. Er schloss als Jugendzentrums-Leiter ja seine Einrichtung erst um 22.00 Uhr. Dazu kam dann noch, gut eineinhalb Stunden über die Autobahn nach Osnabrück zu brettern. So begannen die eigentlichen Besuche meist erst ziemlich spät, um Mitternacht herum. Und immer, wenn Danny aus Hagen zu Besuch in Osnabrück weilte, wurde es so spät, sehr, sehr spät, bis tief in die Nacht: gerockt, gekifft, gesoffen und gelabert, bis die Zungen qualmten ...

... so dass Harry in Osnabrück am nächsten Tag nur noch angeschlagen seinen Beschäftigungen nachgehen konnte.

Anfangs entschuldigte er sich damit, er hätte in der letzten Nacht Besuch von einem Freund aus Hagen gehabt.

Später wussten seine Arbeitskollegen schon bei seinem Anblick: »Aha, war der Mann aus Hagen wieder da ...!?«

Und das nicht nur zur Sommerzeit,
nein, auch im Winter, wenn es schneit ...

Denn es gab da ja dieses Wintermärchen in Tecklenburg-Wechte in Verbindung mit dem Mufta-Park, einem Camping- und Ferienpark in der Nähe von Tecklenburg-Leeden am Rande des Teutoburger Waldes. Er war am Waldesrand ziemlich schwer zu finden, obwohl er gefühlt nur etwa 250 Meter östlich der Autobahn-Raststätte ›Tecklenburger Land‹ lag. Und Harry und seine Doro wohnten dort in der Nähe auf ihrem Kotten in Wechte von 1982 bis 1987. Einen Winter Mitte der 80er Jahre liefen Danny und Harry zu Fuß hoch von Wechte zum Weihnachtsmarkt in Tecklenburg. Der lange und kurvenreiche Aufstieg war lustig, hatten sie sich doch wieder viel zu erzählen. Zurück jedoch nahm sie glücklicherweise ein lokaler Bekannter von Harry mit, den sie dort oben am Glühwein-Stand trafen. Das war schon ein schönes Stück Zufall, denn es war inzwischen kalt geworden, und sie hatten sich beim Fußmarsch hoch zum Teutoburger Wald ziemlich verausgabt. Dazu kam noch die zwar wärmende, aber auch extrem schläfrig machende Wirkung des Glühweines.

In einem späteren Winter zur Silvester-Zeit hatten Dannys Eltern Götz und Maria im Mufta-Park in Tecklenburg-Leeden so eine Art Weihnachts-Familientreffen arrangiert. Sie machten dort mit ihrem Wohnwagen bestimmt zehnmal eine sogenannte Winter-Rallye mit, die vom Camping-Club Münster veranstaltet wurde. Und bei diesem Treffen kam Danny mit seinem Freund Harry zu den Kowalskis zu Besuch, und Dannys Bruder Gerry kam mit seiner Frau aus Hamburg angereist. Obwohl Danny ›Schneestern‹-erprobt war, da er nämlich schon mehrmals im Schnee gezeltet hatte, verzichtete er im Mufta-Park darauf, in seinem Zelt zu übernachten.

> *»Denn es gab reichlich Schnee*
> *und war eise-kalt,*
> *hui, so war's im Winter*
> *da im Teutoburger Wald.«*

Da der Mufta-Park und Harrys Kotten nicht weit auseinander lagen, besuchte Danny seinen Freund in Wechte. Und von dort aus kamen die beiden Freunde zu Dannys Eltern. Davon berichtete Harry drei Jahrzehnte später: »*Ach ja, der Mufta. Ich denke nicht, Danny, dass du damals auf dem Campingplatz geschlafen hast. Nein, nein, wir sind später wieder zu unserem Haus in Wechte zurück gefahren. Ich meine, dass du den Besuch bei deinen Eltern mit einem bei mir verknüpft hattest. Aber ich erinnere mich auch daran, dass dein Bruder in Begleitung dort war, die haben an der Raststätte Tecklenburger Land in einem Hotel geschlafen. Und es wurde gebechert, ohne Frage. Doch wie sind wir dann nur nach Wechte zurück gekommen? Keine Ahnung …«*

Joj-joh, es gab da im Winter bei Dannys Eltern tatsächlich auch immer reichlich Grog, was den Besuch rasch beschwingter machte. Dieser Mufta Camping-Platz war sehr schön, denn die Sanitärgebäude, das Restaurant und der Supermarkt wurden im Stil von Fachwerkhäusern errichtet. Das sah wirklich klasse aus. Auch die Freizeiteinrichtungen auf dem Platz waren erwähnenswert. Es gab damals zum Beispiel eine Winter-Rodelbahn, die im Sommer als Skaterbahn oder Erlebnisstrecke für BMX-Räder umgebaut wurde. Zum Abschluss der Winter-Rallye veranstalteten die übrig gebliebenen Camper jeweils am 1. Januar eine ›Schüttelsuppe‹. Die wurde so genannt, weil alle Camper ihre restlichen Konserven-Dosen, also Gulasch, Würstchen, Gemüse, aber auch Kartoffeln und Nudeln in eine überdimensionale Gulasch-Kanone des Campingplatz-Inhabers rein schütteten. Ab 11.00 Uhr wurde der Riesentopf erhitzt. Und dann fing die Gaudi an. Jeder schüttete, was die Wohnwagen-Küche so hergab. Da hieß es rühren, rühren, rühren, und zu Mittag war der Riesen-Eintopf fertig. Lecker-lecker, und das erdverbundene Camping-Volk war sehr zufrieden mit seiner ersten Mahlzeit im neuen Jahr.

Und es war so kalt, so kalt,
da verschenkte niemand Federn,
sondern eher Eisblumen innen am Fenster ....

III. Unterwegs – durch die 1990er Jahre

Groningen und die neue Fruchtbarkeit

Auch in den 90er Jahren ging die fruchtbare Freundschaft von Harry und Danny schamlos weiter und vermehrte sich gar noch. Denn Harry und seine Doro bekamen 1989 einen Sohn, ihren Renzo, kurz Zo. Ein paar Jahre später im Sommer 1993 kam auch noch Töchterchen Lena dazu. Auch ihre anderen Freunde wie Sugar-Ede und Carlos bekamen in jener Zeit je zwei Kinder. Dagegen hatte Danny keinen eigenen Nachwuchs. Aber er hatte ja in der Zeit von 1983 bis 1991 drei Freundinnen hintereinander gehabt, die alle allein erziehende Mütter waren und deren kleine Töchter er Ersatz-bevatern durfte. Von daher wusste er einigermaßen, was Kinder auf- und erziehen bedeutete. Und somit war ihm klar, dass Harry plötzlich andere Sorgen hatte, als aktiv Freundschaft zu leben.

Um so mehr freute er sich, dass er und Harry trotzdem immer wieder und gerne schafften, mal wenigstens nach Holland zu fahren. Meist war der erste Zwischenstopp das grenznahe Enschede, wo der wabernde Coffee-Shop ›Sahara‹ lauerte. Von dort aus ging's 1990 nach Groningen.

»*Unmöglich war es,*« schilderte Harry seine Situation, »*in den ersten Monaten nach Zos Geburt klare Gedanken fassen zu können oder gar die beliebte Frühjahrs-Tour mit Danny wieder aufzunehmen. Aber dann klappte es doch. Spätnachmittags am 23. Mai 1990 war unser Begegnungs-Ort der Hauptbahnhof in Münster. Noch etwas lesetrunken von Egon Friedells ›Kulturgeschichte der Neuzeit‹* [26] *schaute ich bei der Einfahrt in den Bahnhof aus dem Fenster. Danny und Carlos saßen grinsend auf einer Bank auf dem Bahnsteig. Sie blickten zum Zug und pfiffen und riefen, als sie mein Gesicht am Fenster entdeckten. In meinem Herzen und im Bauch rührte es sich gewaltig. Mit Danny und Carlos konnte ich die nächsten Tage verbringen. Nach 15 Monaten Wehklagen eines Babys konzentrierte Lust von zwei Freunden an meiner Person. Carlos wollte die ›Austreibung des Teufels Junggeselle‹ mit uns begehen. Danny wünschte mich für die Entdeckung des friesländischen Groningens an seiner Seite. Und so erging es uns dann: der Aquavit trübte am nächsten Tag unser Zusammensein wie weiland bei Martin Beck die Ankunft in Malmö*[27]*.* Danny legte eine wohlverdiente Schaffenspause ein und meditierte noch weitere 12 Stunden über Sternenbilder wie den Großen und den Kleinen Wagen. Derweil tapezierten Carlos und ich, Karlas rustikale Schwester und ihr Bäckers-Freund den Keller in Vreden. Aber abends saßen wir Vier auf dem Balkon, denn Karla war dazugekommen. Wir tranken nur sehr verhalten Bier und hörten dem gänsehaut-erzeugenden Gesang des Ziegenmelkers aus den benachbarten, vom Nebel der Nacht verhangenen Feldern zu. Danny und ich schliefen dann in einem Raum. Und wieder musste ich feststellen, dass mir sein Schnarchen nicht auf den Nerv fiel. Am nächsten Morgen sah der Tagesplan von Danny und mir ganz anders aus als die letzten Tage. Denn wir wollten in die Fremde. Enschede war unser erster Punkt. Dort der Koffie-Shop ›Sahara‹, Reggae Musik, zwei konträr zueinander laufende Fernseher und eine Tüte voll Marihuana. Dank des Freundes schaffte ich es noch, ohne Bewusstseinsverluste aus dem Laden herauszukommen. Wir hatten nur Tee getrunken. Als sagenhaft ist das Einfühlungsvermögen meines Freundes Danny zu rühmen. Egal, ob ich ihm in kurzen Worten von der Absicht unseres ehemaligen Freundes Osko erzählte, der mich umlegen wollte, oder jetzt von der Tatsache, dass mir kotzelend wäre und ich mich schnurstracks aus dem Hasch-Schuppen entfernen müsste. Ihm ging's gleich rein, ohne weiteren Zwischenfragen stellen zu müssen. Er bugsierte mich aus meiner Drangsal heraus und ließ mich wieder freie Luft atmen. Das geschah dann auch. Die Enscheder Straßen nahmen wieder Form und Gestalt an. Wir fanden den Wagen wieder und fuhren weiter gen Norden, Frieslands Metropole zu. Camping ›Stads-Park‹ in Groningen war der Hit, der uns erwartete.

›Groningen, Hauptstadt der Provinz gleichen Namens im Nordosten Hollands, 161.000 E., kulturelles und wirtschaftliches Zentrum der nördlichen Niederlande, Universität, bedeutende Sammlungen, Bischofssitz. Chemische, Textil-, Elektro-, holzverarb., Nahrungsmittel- u. Tabakindustrie. Durch Kanal mit der Emsmündung verbunden. Ehem. Hansestadt.‹[28]

Danny hob Dinge auf, die einem auf den ersten Blick oft als Schrott erscheinen und den Gedanken erregen, es könne sich um Gegenstände handeln, die reinen Erinnerungswert für ihn haben. Angesprochen wurde ja schon sein Behälter mit dem Fernglas-Putztuch oder auch sein Totem-Beutel. Danny schleppte sie mit *sich herum oder bewahrte sie zu Hause auf. Jedenfalls gab er sie nicht aus seinem Besitz fort. Erklärenderweise müsste ich dabei noch zufügen, dass mein Freund Danny ein gänzlich (im Vergleich zu meiner ›russischen Seele‹) unsentimentaler Mensch war, denn Kitsch hielt er von sich fern. For example: Danny hatte niemals wegen des Todes unseres gemeinsamen Freundes Matthes geweint. Denn er war rational und stufte seine Nähe zum Zeitpunkt von Matthes' Tod zu ihm als nicht mehr freundes-gemäß ein. Sie hatten zusammen eine Vergangenheit gehabt, aber keine Gegenwart mehr. Als Sugar-Ede mich vom Tode Matthes informierte, heulte ich zehn, fünfzehn Minuten teure Telefoneinheiten ohne ein artikuliertes Wort durch die Glasfiber-Koaxialkabel.«*

»Halt ein, mein Freund,« insistierte Danny sogleich, »du magst zwar recht haben mit deiner Einschätzung unserer unterschiedlichen Arten der Trauerbewältigung. Aber – und jetzt möchte ich mich nicht legitimieren, sondern nur erklären – aber als ich vom Tode Matthes erfuhr, war das eine außergewöhnliche Situation und eine noch skurrilere Todes-Botschaft. Im Herbst 1989 feierte ich im Haus im Wald oben über Hagen-Eilpe mit rund 20 Gästen meine Einweihungs-Party. Da kam Carlos mit seiner lakonischen Info rüber: ›Schon gehört, der Matthes hat sich aufgehängt?‹ ›Schluck,‹ dachte ich da und war zu einem falschen Zeitpunkt ziemlich geplättet. Das war allerdings ein echter Party-Killer. Demzufolge begingen wir sozial-psychiatrisch erfahrenen Freunde die Bewältigung dieser Mitteilung fachmännisch. Mir wurde mit einem Schlag ins Gesicht explosionsartig das ganze Leben von Matthes und seine extrem wechselhafte Lebensweise klarer, als Carlos das Stichwort ›manisch-depressiv‹ im Zusammenhang mit dem Suizid fallen ließ. ›Mist, Mist, Mist, der Matthes …,‹ war alles, was ich stammeln konnte. Das war kein gutes Timing für eine Heul-Attacke, da auf der Party … Levve ging auch hier wieder weiter.«

»Sah man es also unter diesem Gesichtspunkt, dass Danny diesen uralten Camping-Führer besaß,« führte Harry seine Groninger Erinnerungen weiter aus, *»dann hatte das weniger sentimentale, emotions-gesteuerte Motive als das Wissen um die Brauchbarkeit eines solchen Instruments. Der Camping-Führer gab eine Stelle inmitten von Groningen-City an, die genau schon beim ersten Ansehen in Dannys Wohnung als Zielpunkt unserer Reise auserkoren wurde. ‹Frech weg,› würde Petty Moschke aus der Dattelner Park-Szene sagen, ›keine Mulatten, wir gehen direkt dorthin.‹ Park-Zeiten konnten prägend sein. Waren es auch. Und wir fuhren kurzerhand, unseren kartografischen Instinkten und Kenntnissen folgend, in das Herz Groningens ein. Spinnennetz-mäßig kreisten wir das Gelände ein und gelangten schnell an das Eingangstor. Ein kurzer Check, und wir waren Mieter eines Zeltplatzes inmitten eines Gras-Rondells.*
Was ich über Dannys Defizit an Sentimentalität (Gefühlsseligkeit, Gefühlsüberschwang, Rührseligkeit)[29] schrieb, sollte selbstverständlich keine Herabminderung seines Gefühlsausdrucks, sondern eine Definition des Unterschieds unserer Charaktere sein. Man stelle sich also folgende Situation vor: nach einer Fahrt ins Holländische, unterbrochen von einem soften Kreislaufzusammenbruch in

Enschede und einer darauffolgenden Tour um weitere zwei Stunden, bis wir in Groningen waren, Zeltplatzsuche, Zeltaufbau, da packt dieser Danny, während des Aufrichtens der Luftmatratze, für sich eine Buddel Riesling aufs Autodach und für mich ein köstliches Fläschchen Hagener ›Andreas-Pils‹, in Hagen extra für mich von ihm gebunkert. Eine andere Seite des ›unsentimentalen‹ Dannys. Mein Inneres war wie Löschpapier. Doch während des Trinkens musste ich meinen Danny immer wieder anschauen. Ich hatte Tränen in den Augen wegen der Freude über diese Geste. Fünfzehn Jahre sind's, mindestens, aber er überraschte mich damals wie heute mit unerwarteten Geschenken.

Menschen unserer Art benötigen nie lange mit dem Aufbau eines Zeltes und den daran festgemachten Erledigungen. Bald darauf inspizierten wir schon unsere neu eroberte Umgebung.

Stadspark Groningen ist ein Juwel für jeden nicht mit dem Auto verwachsenen Menschen. Erkundet man ihn dann noch zu Fuß mit seinem liebsten Freund, erfährt man erst einmal wirklich alles Reizvolle. Am Abend smörgasten wir etwas vom Mitgebrachten. Wir sahen in der Dämmerung das Licht vom Sommerpavillon gegenüber in den See spiegeln, darüber Wolken des hohen friesischen Himmels. Wir spazierten durch die kühle Luft des Abends, redeten sanft miteinander, erfreuten uns an uns, umarmten uns, blickten auf den Himmel, auf das Land, das Wasser: Männer vor Seenlandschaft ...

Wir spazierten um den See herum, am Pavillon vorbei, der sich als Tanz-Restaurant entpuppte, weiter den Weg, sahen die Pferde-Rennbahn-Anlage, und dann ging's zurück zum Zelt.

Es war friesländisch kalt am Abend. Die Getränke im Zelt gut gekühlt. Wir lagen nebeneinander in den Schlafsäcken, pafften und fabulierten, ganz Deutsche, über den Zusammenbruch des mitteldeutschen Diktatur-Staates, den Konkurs des Kommunismus als Staatsform. Dann kamen wir weiter auf Tante Leonie in Saarlouis-Beaumarais zu sprechen, ihre Hausfrauen-Totalität über ihren Gatten, Onkel Fred, und prägten dabei, prustend und zwechfell-erschütternd, den Begriff des ›Marxismus-Leonismus‹. Das brachte uns dann, genug für den Abend, in den Schlaf.

Der nächste Morgen – schön ist es, neben einem Freund zu erwachen – präsentierte einen wolken-verhangenen Himmel. Elf, höchstens zwölf Grad Celsius Temperatur, und das Wissen, den ganzen Tag miteinander verbringen zu können. Das Frühstück nahmen wir als einzige der Zeltenden an einem der Tische vor dem noch geschlossenen Zeltplatz-Cafe ein. Danach wanderten wir, den Stadspark erkundend, mit dem Großziel Groningen City los. Wie verbrachten mehr als zwei Stunden im Park, bevor wir in die Stadt kamen. Die Zeitungen meldeten Kraker-Riots am Vorabend, just zu der Zeit, als wir beim Chinesen gegessen haben müssen. Das war ein Teil meines Geburtstagsgeschenks, das Danny mir infolge seiner Abwesenheit an meinem wirklichen Geburtstag spendierte. Auch die Queen feiert immer an einem anderen Tag. Wir jedenfalls hatten von den Unruhen nichts mitbekommen. Das Essen war sehr gut und verlangte alle Konzentration von uns.

Die Präsenz der Polizei fiel schon auf. Und mit unserem Zeitungswissen suchten wir auch den Ort und Gegenstand der Auseinandersetzung auf. Es war wieder mal typisch, dass renovierungsbedürftige, schön gelegene Altstadthäuser an einer Gracht von Spekulanten als Wohnstätten für die Yuppie-Generation umgemodelt werden sollten, obwohl sie noch von Menschen niederer Einkommensklassen bewohnt wurden. Als wir durch die idyllische Puff-Straße gingen, überholten uns laut knatternd acht Motorrad-Cops. Die Stadtverwaltung demonstrierte wieder eingekehrte Ruhe und Ordnung, auf ihre Art.

Dann kamen wir auf den Markt. Es war Mittag, Samstagmittag, noch immer windig kalt. Die Nähe des Meeres war in jeder Minute zu spüren und sichtbar an den vielen Ständen mit frischem Seefisch auszumachen. Ein schöner Markt. Vieles gab's zu sehen, was nicht typisch für unsere Märkte ist: Gemüse, Tonwaren, viele, viele Blumen, hübsche Verkäuferinnen – wenn da nicht die Kirmes gewesen wäre, deren Buden und Belustigungen zwischen den Marktständen für unangebrachte Hektik sorgten.

Ohnehin war es auch Zeit für einen Kaffee. Wir entsagten uns des Stresses und gingen nun, nachdem wir einige Stunden gelaufen waren, auf ein heimeliges Schlückchen warmen Speeds in ein Cafe mit nüchtern modernem Outfit. Nach einigen Schlücken des heißen Getränks kribbelte die kalte Nase angenehm vom heißen Dampf. An den Nachbartisch setzten sich zwei Ladies, bestellten Getränke, und – als diese gebracht wurden – Hasch. Da war ich aber platt! Hier in diesem Cafe hätte ich solch eine kulturelle Zweigleisigkeit niemals erwartet. Doch Danny, der Weltmann, brauchte nur kurz an dem Duft der Pfeife zu schnuppern, deren Inhalt die Ladies in Brand gesetzt hatten, um ebenfalls eine Bestellung der dritten Art an die Bedienung aufzugeben. Gras wäre im Moment nicht vorhanden, erwiderte diese, und hatte auch nur eine Sorte Dope. Aber im Ausland ist man es ja gewohnt, die eigenen Bedürfnisse auf die tatsächlichen Begebenheiten einzustellen, den Gürtel enger zu schnallen und das beste daraus zu machen.

Flugs baute Danny einen seiner jugendgefährdenden Dreiblatts. Und ich bin nun lange genug sein Freund, um in einer solchen Situation zu wissen, wo meine Grenzen sind. Ich zog zwei – dreimal und zog es dann vor, ein paar Karten zu schreiben und über ihren Rand hinweg die Veränderungen zu beobachten, die durch das Rauch-›Gerät‹ an meinem Freund vorgingen. Diese waren aber gar nicht schlimm. Denn Danny ist ein bedächtiger Mensch, immer sich selbst im Auge behaltend …

Solchermaßen gestärkt ging's nun hinaus in das Samstagnachmittagsbrodeln einer großen holländischen Stadt. Als wir an einer Ampel auf das grüne Männchen warteten, kreuzte ein Wasserwerfer der Polizei langsam fahrend den Platz. Und hinter mir hörte ich sächsischen Dialekt. Das freute mich, denn Sachsen auf Auslandsurlaub zu sehen ist eine Novität, an die ich mich erst gewöhnen muss.

Wir hatten ja beschlossen, Museen nur bei schlechtem Wetter aufzusuchen. Man stelle sich vor: elf Grad Celsius plus, ein scharfer Wind, und dabei eine Garderobe, die auf Vorsommer ausgerichtet war. Wir gaben uns also anderen vorbereiteten Amüsements hin. Danny erklärte sich bereit, mit mir in einer der Kneipen Karambolage zu spielen. Das ist nobel. Denn eigentlich will ich doch niemandem damit auf den Nerv gehen. Ich spiele doch sowieso einmal wöchentlich in Osnabrück mit Kumpel Uli eine Drei-Stunden-Partie und will sonst niemand weiteres mit dieser ›Obsession‹ belangen. Aber es macht einfach Spaß, die Winkelzüge des Karambolage-Billards auf einem Tisch auszuführen, dessen Tuch sichtlich gepflegt ist, der aus massig Eichenholz geschnitzte und vom Alter der Jahre ausgedunkelte stabile Beine hat und somit unverrückbar, gelassen der Dinge harrt, die ich mit den drei Kugeln anstellen werde. Da Danny dem Pool-Billard-Lager zuzurechen ist, ergab sich während unseres Spiels natürlich keine Gegnerschaft, und diese eine Stunde verrann in Demonstrationen der Kunst des Billards. Dabei ist selbstverständlich anzumerken, dass Danny und ich bei sportlichen Auseinandersetzungen das Prinzip der Freundschaft an den Rand weisen, und der Wettkampf dann mehr bedeutet als ›säuselndes‹ Freundstum. Man erinnere sich nur ans Rasen-Badminton in Wechte, wo er mich jedes Mal unbarmherzig ablederte. Karambolage ist nun meine Domäne. Ich fand es einfach prima, dass Danny Lust hatte, mit mir zu spielen und mich das Ambiente einer richtigen holländischen Billard-Kneipe erleben ließ.

Der Höhepunkt des Tages fand aber in einer anderen Umgebung statt. Eine weitere Einladung zum Essen folgte. Danny lud mich ein, auf seine Kosten die indische Küche zu entdecken. Er führte mich – kennerhaft – ein in den großartigsten Laden Groningens, wenn nicht gar Hollands überhaupt, ins Indiaas Restaurant GANGA. Oh, du Freibeuter des Lebens, du immer Reisender, der du bereit bist, alles das, was dir etwas bedeutet, Frau, Kinder, Heimat aufzugeben, nur um deine Lust nach Reisen, der Entdeckung anderer Länder nachzugehen, du, wirst du jemals nach Groningen gelangen, im Norden Hollands, sollst du essen die Gerichte des G.R. Choudhury. Und wirst du das nicht tun, wirst du niemals von dir behaupten können, du wärest gereist, hättest entdeckt, hättest gelebt. Aber esse niemals allein von diesen Genüssen, denn ohne deinen Freund, der dabei ist, mit dem du das Brot brichst, die Soßen teilst, und von dessen Gabel du sein erwähltes Gericht probierst, ist alles Essen nur Reis, Lamm oder scharfer Sud. Dieses Essen war die Spitze meines kulinarischen Erlebens überhaupt, dazu auch, oder weil, eben mein Freund Danny mir gegenüber saß, pausenlos redend und mit den Gerätschaften gestikulierend, über seine Julie in Hagen oder die Welt sprach. Dabei verwirrte er die malerisch gekleideten Inder, die uns die ganzen köstlichen Dinge auftischten, auf seine ihm so eigene Art. Sie waren angenehm überrascht über zwei Menschen solch einer Art, die sich wahrscheinlich wohltuend von denen unterschieden, die für gewöhnlich die Lokalität frequentierten. Es machte einfach Spaß, uns essen zu sehen und uns zu bedienen.

Es war noch heller Tag, als wir wieder auf die Straße hinaus traten. Doch der kalte Wind war nicht mehr kalt genug, um zu verkühlen. Jetzt war nicht einmal mehr der wolkenverhangene Himmel düster genug, die Sonne dahinter verloren zu glauben. Der Weg führte uns wieder durch die Puff-Straße, wo nun mehr Vorhänge vor den Auslagen zurückgezogen waren als noch am Mittag. Da gab es was zu sehen ... Schwarz waren die Kleidungsstücke, weiß, oder manchmal auch wohlig rot. Schöne Gesichter gab es, blendend weiße, lange Arme, oder braun oder schwarz. Lange Beine mit schönen ausgebuchteten Schenkeln und Waden, hohe Schuhe unten dran in schwarz, weiß oder rot. Brüste sahen wir unter den spitzenbesetzten BHs, groß und dick und weich, oder Handteller große, deren Warzen, jetzt im Vorbeigehen, in unseren Handinnenflächen stachen. Und die Augen dieser Frauen, die auf uns Passanten schauten, die Angebote dieser Augen, die allein reichten, sich das ganze Ausmaß des sich darunter befindlichen Körpers vorzustellen und den Umgang damit zu wünschen wie nichts anderes. So etwas habe ich noch nicht erblickt, wobei ich allerdings zugeben muss, dass meine Erfahrung hinsichtlich solcher Straßen auch eher als jämmerlich einzustufen ist.«

»Trotz aller neuen Fruchtbarkeit bei euch zu Hause, oder gerade deswegen, lieber Harry,« kommentierte Danny, »gilt hier – wie so oft im Leben – nur gucken, nicht anfassen.«

»Also ging es nach diesen optischen Verlockungen für uns ohne Unterbrechung weiter. Wir tändelten gelassen Richtung West-Südwest, fanden als Kenner der Land- und Stadtgeographie den Weg zum Stadspark ohne Umwege, benutzten stille Seitenstraßen, damit der Verkehr unser Gespräch nicht störte. Im Park angekommen schlenderten wir gemächlich weiter. Und dann riss der Himmel auf und schenkte uns eine wunderschöne, schräg zum Horizont stehende Sonne, die alles, Wiesen, Bäume, Seen und Bäche in ein rot-orangenes Licht tauchte. Auf einer Bank rauchten wir einen Joint, beobachteten Rehe auf einer angrenzenden Wiese und gingen dann einen kleinen Seitenweg aufwärts. Dahinter lag eine riesig große Wiese, auf der Stahlskulpturen standen, ähnlich wie die des Richard Serra in Bochum. Danny machte im Licht der Dämmerung einige Fotos. Und dann ging es zum Zelt zurück. Dort gebrauchten wir den mitgebrachten Ball zu einigen Fußball-Kabinettstückchen. Sicher und nahezu perfekt hantierten wir mit dieser Kugel, die ebenfalls ein Bindeglied unserer Freundschaft ist.

Fußball haben Danny und ich schon immer geliebt. Und eine holländische Wiese, saftig grün, ist von jeher eine Herausforderung für uns gewesen. Wie hätten wir damals wissen können, dass 30 Tage später die deutsche WM-Mannschaft ihren Weg in Italien nicht nur zum Mitspielen begann, sondern um Weltmeister 1990 zu werden und das schwierigste Spiel ausgerechnet gegen Holland zu machen. Schon in der Billard-Kneipe hatte uns ein besoffener Altfreak, ungemein schielend, triefäugig und lallend, auf solch eine Möglichkeit aufmerksam gemacht. Aber dass ausgerechnet Andi Brehme und Guido Buchwald die Stars des deutschen Teams werden sollten, hatte auch er nicht vorher gesehen.

Der Sonntag war zwar Aufbruchtag, aber erst einmal noch Auskosten des Zusammenseins. Nachdem wir geduscht hatten, war in Sekunden das Mobiliar zusammengepackt und wir frühstückten in Ruhe vor dem Zeltplatzcafe. Die Blicke der Vorbeikommenden sagten wie schon am Vortage ›warum sind wir nicht auf diese Idee gekommen?‹ Anders als vor zehn Jahren sitze ich heute zum

Frühstück doch lieber auf einem Stuhl an einem Tisch. Die Zeit der unterge-schlagenen Beine, des Hinterns im feuchten Gras, ist gewichen zugunsten einer Hämorriden schonenden Sitzweise. Da aber ein warmes Getränk fehlte, fuhren wir – eben die Zelte hinter uns abgebrochen – mit Sack und Pack in die Stadt. Doch dort war noch alles in Frage Kommende geschlossen.

So ging es dann auf die Autobahn, aber die erste Abfahrt wieder hinunter und hielten dort Ausschau nach etwas Geeignetem. Der Morgen war warm, sogar sonnig. Und auch wir fanden kurz darauf etwas für uns. Flugs standen zwei Kännchen Kaffee auf unserem Tisch. Und ich hatte die Gelegenheit, friesländische Menschen und Impressionen in mich zu saugen. Wie wohl war mir. Ich schaute auf den nahen Flussdeich, wo das hohe Gras vom immerwährenden friesländischem Wind hin und her bewegt wurde. Spaziergänger liefen vorbei, und ein Paar führte sogar seine gezähmte Wildente an einer Schnur aus.

Da das Problem der Haschischvernichtung vor dem Grenzübertritt noch nicht gänzlich zu Ende geführt worden war, hielten wir später – gut 30 km vor der Grenze – noch einmal in einem Waldgebiet an. Wir stiegen aus und rauchten mit Genuss in der Sonne sitzend. Das Wetter war gegenüber der Vortage vollkommen umgeschlagen. Achtzehn bis zwanzig Grad und die direkteste Sonneneinstrahlung – Pulliwetter. Wir beschlossen, in dieser Wald- und Heidegegend zu verweilen. Die Landschaft erinnerte uns beide an die Westruper Heide in der Nähe der Sandberge. Da die Wirkung des Dope stärker als erwartet war, lieber in der Natur herumlaufen. Wir splitteten uns, jeder ging seines Weges und durchstreifte das Land. Nach mehr als einer halben Stunde betrat jeder für sich einen Sandweg, der sich schnurgerade durch die Landschaft erstreckte. Von ganz weitem sahen wir uns, winkten mit den Armen und gingen auf uns zu. Es mochte fünf Minuten dauern, bis wir uns begegneten. Aber während der ganzen Zeit flutete ein unbeschreibliches Glücksgefühl in meinem Körper auf und ab, von den Haaren bis zu den Zehen. Ich sah meinen Freund Danny. Und wie immer, seitdem wir uns kannten, gingen wir aufeinander zu, während oben vom Himmel die Sonne auf uns knallte. Lange umarmten wir uns auf diesem namenlosen Sandweg in Holland, drückten uns aneinander und hielten die Arme um uns geschlungen ...

An solchen Punkten angelangt, und es waren viele, habe ich mich gänzlich meiner Freude über die Freundschaft mit Danny hingegeben. Aus meiner Erfahrung weiß ich, dass nicht viele Menschen über eine solch starke Anbindung zu einem anderen verfügen. Aber ich weiß, dass ich deshalb auf der Sonnenseite

des Lebens stehe. Daraus ziehe ich Kraft und Stärke, und nicht zu vergessen Mut, der den meisten Menschen fehlt und zum Unglücklichsein verdammt. Wer andern eine Feder schenkt …
Folglich war auch der Abschied am frühen Nachmittag nicht von Sentimentalitäten verfolgt. Allein fuhr Danny weiter nach Hause. Ich winkte ihm nach, ging ins Haus und war voll des Wissens, dass diese Erlebnisse mit Danny in meinem Leben immer wiederkehren würden.«

»Groningen, im Oktober 1990: diese wunderbare Ode an die Freundschaft, lieber Freund Harry,« ergänzte Danny, »dieses Essay über Gefühle erleben, ›Marxismus-Leonismus‹, Sentimentalität und Freude bringen hat mich sehr stark in meinem Innersten gerührt. Dem ist nix hinzuzufügen. Es spricht für sich …«

Der Wald ruft …

Im Januar 1989 kam Harrys Sohn Zo zur Welt. Harry hatte viel zu tun. Er hatte vor allem ganz viel anderes als das Ausleben von Freundschaft zu tun.

In dieser anderthalb-jährigen langen Zeit der Freundschafts-Entbehrungen fiel Danny und Harry irgendwann einmal ein, sie könnten doch mal – obwohl inzwischen zu reifen Männern geworden – wieder dem Lockruf der heimischen Wälder folgen. Eine Idee was born …

… und im Oktober 1990 folgte die Tat. Indian Summer und Goldener Oktober in einem. Große Phantasien über westfälische Waldgebiete. Keine Fisimatenten mit Ausland, sie blieben in Germany. Die Abenteuer von Old Wabble-Knee und Old Schusselhand begannen, Wirklichkeit zu werden.

Früher rief sie der Wald öfter: mehrmals im Jahr oder gar mehrmals im Monat, manchmal wöchentlich, manchmal sogar täglich. Das war in den 70er Jahren, als sie ihre Blutsbrüderschaft im Geiste, in der Seele und in der körperlichen Ekstase entdeckten. Als sie mit oder ohne Drogeneinfluss die heimischen Wälder um Datteln oder im nahe gelegenen Münsterland, einschließlich der Naturschutzgebiete Hohe Mark, Borkenberge oder Haardt, durchpflügten, durchgrasten, durchlebten. Das war 15 Jahre her, lag entwicklungsgeschichtlich in ihrer beider verlängerter ›Adoleszenz‹, d.h. noch nicht Mann, aber bald, und immer noch a bisserl Kind. Damals rief der Wald öfter.

Und sie folgten seinem Ruf oft und gerne. Inzwischen waren viele Jahre ihrer Freundschaft, viele Lieben, viele Reisen ins Land gegangen. In den letzten Jahren schien ihre Erlebensweise entweder aus gegenseitigen Besuchen oder aus Kurzreisen entlang heimischer Flüsse oder ins benachbarte Ausland zu bestehen. Sie schienen ihre Bestimmung gefunden zu haben und fuhren gut und gerne damit, bis dann …

… am 25. Januar 1989 Zo kam, kurz für Renzo, die italienische Sprechweise von Lorenz. Früher kam ihnen der Lorenz – also die Sonne – öfter, jeden Sommer: lang und gerne. Doch dieses Mal war es ein ewiger Sonnenschein: Zo, das 24-Stunden und 365-Tage-im-Jahr-Projekt, Zo, der Sohn des Freundes Harry. Wo früher ›Federn verschenkt‹ wurden, schenkte dieses Mal seine Frau Doro ihm einen Sohn, ein Menschlein, ein Anlass zur Freude, aber auch einer am Anfang ziemlich dauerhaften und teils auslaugenden Beschäftigung für beide Eltern. Freund Harry war also gebunden und musste auf Kurzreisen mit Danny verzichten. Bis auch diese Prüfung beendet war. Wie gesagt – der ›rufende Wald‹ lockte …

Was lag da näher, als die endlosen Wälder des Sauerlandes auszuprobieren. Zumal dessen erste Bäume schon hinter Dannys Haus hoch über Hagen-Eilpe standen. Sie zogen sich also die alten Springerstiefel an und waren von oben bis unten mit wetterfester Kleidung aus Leder oder Gummi gestählt. Mit Kompass und mit Karte brachen die ›Eilper Rangers‹ im Auftrage des Herrn durch die feindlichen Linien auf – in den Wald.

Der Freund war da, und der Wald rief. Und wider Erwarten schien sogar die Sonne, denn das ganze Wochenende war eher Regen angesagt worden. Also los ging's. Der erste Nachmittag führte sie durch einen wunderbaren Herbstwald von der Hohle Straße 239, wo damals Danny in einem einsamen Haus im Wald wohnte, über den Struckenberg in 220 m Höhe vorbei am Eilper Berg mit 379 m Höhe zum Kuhfeld. Zum Kennenlernen des Geländes übergeordnete Wege – Waldwege. Aber die Jausenstation ›Ochsenwald‹ hatte ausgerechnet am Freitag Ruhetag, sodass sie ihre mitgebrachten Pölser[*] als einsame Gäste im leeren Garten-Restaurant verzehrten.

Aber sie brauchten eh keine Zuhörer. Sie hatten sich genug zu erzählen, denn die letzte Zeit mit ihren Frauen und Geliebten, Kindern und Dozenten musste

---

[*] *Pölser = dänisch, und meint rote Würste*

endlich aufgearbeitet werden. Mitgebrachtes Kraut musste verraucht werden, das Veltins aus der Bottle kreiste, die Gedanken waren frei. Die Natur hatte sie wieder. Mit der Abenddämmerung kamen sie zurück in ihr Holzhaus, das Basislager, müde und erschlagen. Der Hunger meldete sich. Da fiel Danny das von ihm und Carlos in Thailand entwickelte und bewährte ›Escort-Modell‹ ein: das Essen mit angenehmer weiblicher Begleitung. Kurzerhand riefen sie Dannys ehemalige Kollegin Lia Böchterbeck an und verabredeten, sie zum Essen abzuholen. Der Portugiese ›Lisboa‹ war ihr kulinarisches Ziel. Hinzu kamen noch Antje und Basti. Und so hatten sie einen ausgezeichneten Abend mit zwei angenehmen, attraktiven und witzigen Frauen. Speisen mit weiblicher Begleitung, das Escort-Modell war erstanden.

Der nächste Tag brachte ihnen die Stunde der Wahrheit. Sie waren gefordert. Die Eilpe-Rangers sollten einen ›Auftrag‹ erfüllen. Vom Basislager ›Hohle 239‹ in Luftlinie, nur mit Kompass und Karte ausgerüstet, sollte die abgebrannte Bergkuppe oberhalb von Kuhweide aufgespürt werden. Diese kannte nicht einmal unser ›Herbergsvater‹, alias Freund Florian, der damals sehr dem Dortmunder Fußballstar Andi Möller vom BvB ähnelte. Da sie beide in Dortmund arbeiteten, wurde Florian tatsächlich in der City öfters mal wegen eines Autogramms angehalten: hihihihi ….

Zurück zu unseren beiden Freunden: natürlich regnete es in Strömen, die denkbar schlechteste Voraussetzung für Old Wabble-Knee und Old Schusselhand. Sie machten sich wieder wetterfest, wickelten sich in Gummihäute und Leder, packten sich einen Flachmann Chantre und die obligatorischen Pölser ein. Und auf ging's. Ein kurzes Sonnenloch, die Karte eingenordet, und schon ging's los durch den tropisch tropfnassen Regenwald. Kein Wunder, dass sie sich mit ihrem ›Auftrag‹ bei dieser Witterung wie im südostasiatischen Vietnam fühlten und dabei von den lauernden Augen der feindlichen Gooks* beäugt wurden.

»Sorry, Onkel Ho, es war nicht so gemeint.«

Durch den Laubwald den Hang steil hinunter zum ersten Bach, auf der anderen Seite genauso steil wieder den Kamm hoch. Der Buttenhagener Bach war tief im Gehölz verborgen. Sie brauchten nicht aus der Deckung. Aber nach der Spitze des nächsten Kammes kam die Überraschung: vor ihnen lag ein fruchtbares Tal, durch das sich der Kuhweider Bach schlängelte. Das Tal

---

* *Gooks = US-amerikanischer Slang-Ausdruck für ›Schlitzauge‹*

bis zum Gut Kuhweide gab kaum Deckung. Und sie mussten sich deshalb im Schutze von alten Bäumen und gebückt im Zick-Zack zum nächsten Waldrand vorarbeiten.

Unterwegs sahen sie in der Ferne einen ca. zwei Meter hohen Wasserspringbrunnen. War das eine Quelle? Oder eine Falle der Gooks?

Nein, beim näher Schleichen entpuppte es sich nur als ein Schaden an der Wasserversorgung für die Tal-Bevölkerung. Aber sie mussten weiter, der Auftrag wartete nicht, musste erfüllt werden. Old Wabble-Knee und Old Schusselhand gaben ihr Letztes. Steil bergauf ging's, da die Kompassnadel schnurstracks bergauf zeigte. Immer wieder mussten die Eilpe Rangers anhalten und nach Luft schnappen, denn alles geschah natürlich ohne Sauerstoffmaske. Die feindlichen Linien schienen überwunden. Den Gooks hatten sie wieder einmal ein Schnippchen geschlagen. Da endlich: der Höhenkamm näherte sich. Ja, tatsächlich war es die entscheidende Bergkuppe. Überall moderten verkohlte Baumstämme und Wurzeln. Ein Naturschauspiel a la Casper David Friedrich, wie man es sonst nur noch bei Morgengrauen im Norden der Halbinsel Jütland vorfand. Sie hatten ihr Ziel erreicht. Es konnte kartographiert werden. Und der strapaziöse Querfeldein-Marsch wurde mit einem Chantre- und Pölser-Picknick an den Gräbern der Erbgruft belohnt: die klassische Ranger-Jause.

Aber weiter ging's. Es hatte inzwischen aufgeklart: der Indian Summer offenbarte sich wieder von seiner besten Seite. Später kamen sie dann bis zum Khaiber-Pass, wo sie in den rauen Sturmwinden des Hindukusch zwei wilde Yaks beobachten konnten. Danach noch der Ambrocker Steinbruch und somit die letzte Gefahr: nämlich die Jagdflinte des unberechenbaren Försters im Jeep. Der war wie die meisten Hinterwäldler und Republikaner spezialisiert auf rauschgiftsüchtige, marxistische, jüdische Neger, also unsere beiden Freunde aus Eilpe. Aber in der dichten Schonung waren sie aus seiner Schusslinie. Zur Tagesbelohnung gab's bei den Beiden das ›kleine Rauchopfer‹ mit den Kräutern vom großen Freund Carlos.

Der Wald wurde dichter, doch die Augen leuchteten lichter. Der Weg war gerade, aber die Schritte wankten. Die Dunkelheit brach ein, und die Schritte wurden schneller. Total verdreckt und erschlagen erreichten sie bei bereits Dunkelheit das Basislager.

Wieder knurrten die Mägen. Erneut das erfolgreiche System ›Escort‹ geordert. Lia sollte heute ins Thai-Restaurant Bangkok ausgeführt werden. Vorher leasten sie noch schnell einen Satz Weekend-Videos in der lokalen Videothek. Einmal ›Borussia‹, der Film über die größten Erfolge der Mönchengladbacher Fohlen-Elf, und die Tom-Sharpe-Verfilmung ›Puppenmord‹[30]. Die bekam der Co-Trapper Harry allerdings in der Nacht nur noch halb mit, weil er vor Erschöpfung entschlief. Es war allerdings auch ein anstrengender Tag in den Eilper Wäldern gewesen, nur versüßt von einem wunderbaren thailändischen Essen mit Lias Escort. Der Thailänder war Dannys Essenseinladung, wogegen der Portugiese Harrys Geburtstagseinladung war, jeder nach seiner Neigung.

Da der Tag hart und die Nacht lang war mit Trinken, Rauchen, Essen, Schauen, Schwätzen, Schweigen, Lesen und Schlafen, fehlte am dritten Tag die letzte Motivation, um wieder die Springerstiefel umzuschnallen. Der Auftrag war am Vortag erfüllt. Die Eilpe Rangers hatten wieder mal ›ihre Schäfchen ins Trockene gebracht‹. Das war auch bitter nötig, denn der Sonn(en)tag zeigte sich als Persiflage seiner selbst: nämlich von morgens bis abends in strömenden Regen. So brachen die beiden als Kompromiss zu einer Auto-Wanderung auf, um mit dem Fernglas von der Gaststätte Katzenfurt aus mal das Haus ›Hohle 239‹ zu beobachten. Diese Gaststätte lag neben der Autobahn-Talbrücke Katzenfurt, am gegenüberliegenden Bergkamm, nur durchs Volmetal getrennt. Das Basislager hatten sie schon am Vortag so wunderbar mit dem Fernglas von der Erbgruft im Süden ausmachen können. Denn der Waldbrand hatte die Bergkuppe von Bäumen befreit, die bis zum Sommer noch den Blick zum Basislager versperrt hatten.

Es regnete in Strömen. Und sie hatten beschränkte Sicht, aber immerhin war auch der Fernglas-Auftrag erfüllt. Heimgekehrt, knurrten wieder die Mägen. Dieses Mal ging's mit Escort-Lia zum ›Kreta‹. Griechisch schmeckte auch immer mal wieder ganz gut, besonders um gegen den Regen anzuschmausen.

So hatten unsere beiden Freunde Old Wabble-Knee und Old Schusselhand bei einem einzigen Auftrag innerhalb von drei Tagen nicht nur wunderbare Freundschafts-Erlebnisse, sondern auch eine kulinarische Weltreise hinter sich gebracht: genossen, gelebt, geatmet, getrunken, gegessen und bewegt.

Der ›doppelte Maastricht‹

Harry und Danny fuhren ja in den 90er Jahren gerne öfter mal nach Holland. Dort absolvierten sie 1991 und 1992 den ›doppelten Maastricht‹ …

… das war eine Übung aus dem fortgeschrittenen Freundschaftsverhalten und trat dann auf, wenn zwei Freunde mit zwei Fahrrädern in zwei aufeinander folgenden Jahren jeweils zwei verlängerte Wochenenden in Maastricht verbrachten.

Dabei ließen sie sich auch von heftigsten Regenschauern nicht beeindrucken, zumal Harry mit der schottischen Musikgruppe Lloyd Cole and the Commotions 1991 neuen Wind in ihre Auto-Kassettenrecorder-Musik für unterwegs brachte. Er überraschte Danny mit der LP Rattlesnakes von 1984.

Immer wenn die ersten Takte des ersten Stücks ›Perfect Skin‹ loslegten, kamen sie direkt in beste Stimmung, dann war Rhythmus und Lebensfreude in'ner Bude. Da war es ihnen egal, ob es aus Kübeln schüttete oder die Sonne vom Himmel brannte. Egal, ob es ins niederländische Ausland ging oder durch schöne deutsche Landschaften, gerne auch mit viel Raps-Feldern, wo sie wie die Bienen den süßlichen schweren Raps-Blütenduft einsogen.

Und im nächsten Jahr toppte Harry dieses Erlebnis mit der Musikgruppe Lloyd Cole noch: »*Yeah, Danny, ich bin reich, denn ich habe ›Rich‹ gehört. Neulich fuhr ich durch unsere Republik. Du kennst das ja: ›fahr'n, fahr'n, auf der Autobahn …‹, stundenlang fahren, bis du vor Langeweile fast einpennst. Da legte ich diese Kassette hier von Lloyd Cole and the Commotions ein: die LP Easy Pieces von 1985. Darauf heißt das erste Stück: ›Rich‹ …. Und glaub mir, ich war reich, reich an Wachsein, reich an Weiterfahren können: einfach super!*« Damit legte er Easy Pieces ein, und die beiden konnten wieder voller Lebensfreude eine weitere Stunde mit ihrer Karre durch die Gegend brettern. So aufgepimpt fanden sie rasch die Loierstraat, die Coffee-Shop-Straße in Arnhem. Dort ließ man ihren Geistern und Seelen Flügel wachsen. Später fanden sie in Süd-Holland das Städtchen ›Harry‹. Harry in ›Harry‹, die historische Komponente, aber es war kein Zimmer frei in ›Harry‹. So diente ihnen ein nach Jungbiber riechendes Blockhaus im nahe gelegenen Maasbree bei Venlo im Maastal als trockenes Obdach.

Auch Maastricht wollte sie erst nur nass regnen. Deshalb wählten sie dort ein Hotelboot, ein so genanntes Botel. Schlafen auf der Maas, die niederländische Variante einer gepflegten Übernachtung. Sie bezogen eine Kajüte, ohne jedoch die Rahen zu brassen oder gar das Foggsegel zu reffen. Das Shanghaien des Botels wurde ihnen von Maastricht allerdings als dermaßen freundliche Geste ausgelegt, dass von dem Moment, als sie das Botel enterten, für den Rest der Tage in Maastricht kein Tropfen Regen mehr fiel. Da gab es nur noch wohlwollenden Sonnenschein.

Genau wie im Juni 1991 ließen sie auch im Juli 1992 die Donsberg Jugendherberge rechts liegen und bauten lieber ihr Zelt im Camping Donsberg Parc auf. Mit mitgebrachtem Riesling-Wein und kühlem Pils ging das Zeltaufbauen und Luftmatratzen-Aufblasen wie von selbst. Ihre beiden mitgebrachten Fahrräder wurden vom Autodach-Gepäckträger heruntergeholt, und sie rollten den 5 km langen Abstieg runter ins Maas-Tal bis nach Maastricht.

1991 blieb ihr Zelt trocken, jedoch 1992 hatte es einige Zwischenschauer, die sie aber immer in günstigen Momenten ertappten. Entweder waren sie gerade beim Billard-Spielen in Wyck, dem Stadtteil rechts der Maas, oder im Auto auf dem Camping-Platz. Dorthin flüchteten sie, nachdem sie gerade die 5 km lange Bergwertung hoch nach Donsberg abwechselnd gewonnen hatten: in der ersten Nacht Danny, in der zweiten Harry auf seinem holländischen Standard-Ein-Gang-Rad. Da konnten sie dann trefflich nachts im Zelt schlafen, obwohl der Regen ein ergiebiges ›Prassel, Prassel, Prassel‹ machte. Aber morgens beim Aufwachen schien schon wieder die Sonne. Und sie konnten sogar das Zelt trocken abbauen. Denn das wäre der Albtraum für jeden erfahrenen Zeltler gewesen: das nasse Zelt abzubauen. Aber ohne die beiden.

In den Jahren 1991 und 1992 liebten es die zwei Freunde, durch Maastricht zu schlendern: an der Maas entlang oder sich im Park zu verlustieren. Mal rasteten sie in einem Coffee-Shop zur Auffrischung von Geist, Körper und Seele. Oder sie überquerten die diversen Maas-Brücken mit dem Rad oder zu Fuß, um in Wyck ne ruhige Kugel zu schieben. Sie erlebten den samstäglichen Flohmarkt, der sich quer durch den Stadtteil zog und den sie nach interessanten Fundstücken abgrasten. Aber immer wieder zog es sie in die ruhigen, untouristischen Seitengassen von Wyck. Sie schauten dort mal in Kunsthandwerk- oder Schmuckläden. Dann machten sie Rast in einer Billard-Kneipe, bei Weißwein für Danny, und für Harry gab's wahlweise Maastricher Düwel-Bier oder lieber dunkles Grimbergen, mit heimlichen Grüßen an den unheimlichen Erwin in Brüssel. Da ließ sich Danny auch gerne mal für ne Stunde von Harry im Karambolage-Billard belehren, besiegen und abziehen. Harry machte es Spaß. Und auch für Danny waren diese kostenlosen Billard-Unterrichtsstunden bei einem Osnabrücker Spitzen-Billardo unbezahlbar, etwa so, als wäre er Balljunge bei einem wichtigen Match von Boris Becker mit seiner neuen exotischen Bettgespielin.

Wenn sie zum Südhorizont von Maastricht schauten, dann sahen sie stets ein bizarres Gebäude, das an das Taj Mahal erinnerte. Immer wieder lockte es sie dorthin, und sie landeten unweigerlich vor diesem indisch anmutenden postmodernen Rundbogengebäude. Dort schien immer die Sonne, wenn sie sich auf die Parkbank gegenüber setzten und es sich beim Anblick des holländischen ›Taj Mahal‹ gut gehen ließen. Erfreulicherweise ging es der im Wasser – um das burgähnliche Gebäude – herumdümpelnden Entenfamilie ebenso gut. Die kleinen Enten waren etwas größer geworden und neue

Kleine waren klein, wie sie sein sollten. Alle kreuzten sie hemmungslos gegen Wind und Strömung des stehenden Wehrwassers an, als gelte es, vor den beiden jährlich eintrudelnden Fremden hinterhältig Aktivität vorzutäuschen: in einer sonst doch eher ruhigen, fast ausgestorbenen Stadtrandgegend kein Wunder.

Außerdem war in diesem südlichen Außenbezirk das MECC, Maastrichts Expositie & Congress Centrum, sehr interessant. Dort sollte in jenem Jahr 1992 die Ausstellung ›Kings of Africa‹ stattfinden, wie sie überall auf den Plakaten in der Stadt sahen. Am ersten Tag ihres Aufenthaltes schlidderten sie zufällig zu

Fuß in diese Gegend und kamen gerade kurz vor Ausstellungs-Ende dort an. Das turnte sie aber auf Grund der Ausstellungs-Atmosphäre derartig an, dass sie am Rückreisetag noch mal mit dem Auto dort vorbeifuhren, um sie sich anzuschauen. Aber so toll gefiel sie ihnen dann doch nicht. Zu viele Masken und zu duster, so dass Danny sogar beim Filmbeitrag auf einem noch nicht einmal bequemen Stuhl einschlief.

Dagegen war ein anderes historisches Ereignis schon weitaus spannender: die Tour de France. Ja, durchaus findet die jedes Jahr einmal statt. Aber nicht immer geht sie durch sieben Länder wie im Jahr 1992: Frankreich, Belgien, Niederlande, Deutschland, Luxemburg, Spanien und Italien. Selten durch die Niederlande, da es sich hierbei ja nicht gerade um Nachbarländer handelt. Noch seltener geht die Tour de France durch Maastricht.

Und dann ging sie gerade an dem Tag durch Maastricht, an dem die beiden Freunde dort mit ihren Fahrrädern weilten. Und das kam so. Sie saßen beschaulich und ruhig am Rande des Vrijthofs und frühstückten draußen sitzend. Dannys Blick fiel auf den Maastrichter Kulturkalender für diesen Tag. Es waren zwei Ereignisse eingetragen: eins auf dem Vrijthof, der auch schon voller Bühnen, Lautsprechern und Festzelten protzte. Und das zweite: die Tour de France. »Ja, was soll's,« dachte Danny, »vielleicht übertragen die das hier im TV und haben in dieser Kneipe einen laufenden Fernseher? So wie sie es wahrscheinlich bei der Fußball-EURO in Schweden hier auch gemacht haben …!?«

Doch die hübsche blonde Bedienung – mit dem bezeichnenden Namensschildchen ›Angel‹ auf dem noch hübscheren Busen – klärte Danny über die Tour de France auf: »Ja, stimmt, die kommen heute Nachmittag so um 15.00 Uhr durch Maastricht. Sie werden über die Kennedy-Brücke die Maas überqueren und dann weiterradeln.«

»Na, das passt ja prima,« meinte Harry,« wir mit den Rädern hier, und die Tour de France kommt durch Maastricht.«

Also trödelten sie so gegen drei Uhr nachmittags an der Maas entlang, Richtung Kennedy-Brücke. Die war ja schon eine alte Bekannte für die beiden. Denn 1991 parkten sie das Auto mit Rädern oben drauf unter der Brücke, als sie im nahe gelegenen Botel nächtigten.

Doch dieses Mal – 1992 – war echt der Bär los auf der Kennedy-Brücke. Leute – Leute – Leute, in allen Richtungen, auf beiden Straßenseiten. Am Etappenziel Valkenburg, ca. 30 km östlich von Maastricht, sollten sich sogar

400.000 Zuschauer eingefunden haben. Dagegen war die Maastrichter Menschenansammlung geradezu idyllisch. Dann kamen sie: erst eine Hundertschaft Motorrad-Bullen, danach Dutzende von Begleitfahrzeugen der verschiedenen Mannschaften. Daraufhin sah man die drei Hubschrauber über dem Peleton kreisen. Und schließlich kamen sie angesaust, mit 50 bis 60 ›Sachen‹ über die Brücke, drei Fahrer ein paar Meter vorweg. Zwei von ihnen im Windschatten der Zuschauerreihen düsten zielstrebig auf den freudetrunkenen Harry zu, den Danny noch soeben zurückreißen konnte. Und wuuuuutsch – wuuutsch – wuuutsch, schossen die drei Fahrer an den beiden vorbei. Es folgte das Peleton mit ca. 150 Fahrern: wuuuuuuuuuuuutschschschschsch …...!!! Alle bekannten Größen befanden sich im Hauptfeld: der Spanier Miguel Indurain, Vorjahressieger und 1992 Giro d'Italia-Sieger, gewann ja auch später grandios diese 1992er Tour de France; Bugno, der italienische Weltmeister; die ehemaligen Tour de France-Gewinner Greg le Mond aus den USA, der Franzose Laurent Fignon und der Spanier Delgado. Dann waren da noch der Italiener Chiapucci, der emsige Bergfloh und Gewinner des ›gepunkteten Trikots‹ als Sieger der Bergwertung; Olaf Ludwig der letzte Olympia-Sieger und 1990 Gewinner des ›Grünen Trikots‹ als Punktbester und natürlich der Franzose Lino, der aktuelle Träger des ›Gelben Trikots‹ als Spitzenreiter; und last not least der Zweite der Gesamtwertung, überraschend ein Deutscher, nämlich Jens Heppner, der die Tour als Zehnter abschloss. All diese Größen des Radsports sahen sie und sahen sie doch nicht. Denn innerhalb von 10 Sekunden waren alle Radrennfahrer vorbei. Die Armen fahren 3.000 km in den Auspuffgasen von circa 200 Kraftfahrzeugen. Und dann auch noch so schnell, dass weder sie was sehen, noch die beiden Freunde sie erkennen konnten. Hinterher folgten noch die Ersatzteillager-Fahrzeuge der verschiedenen Rennställe mit den Ersatz-Rädern auf dem Dach. Und schon war der ganze Spuk vorbei.

Da hatte Danny damals in den 1960er Jahren als Kind mit den Eltern beim Italien-Urlaub bei einer Bergetappe des Giro d'Italia im Appenin mehr davon. Denn da krochen sie langsam bergan, die Hennes Junkermann, Rudi Altig und ›Bergfloh‹ Karl-Heinz Kunde, die Jacques Anquetil, Raymond Poulidor, Felice Gimondi, Gianni Motta und wie sie alle hießen. Die Begeisterung der beiden Freunde für die Tour de France mochte vielleicht skurril erscheinen. Aber sie war für diese Zeit 1992 verständlich, zumal sich ja die Ära der Doping-Skandale erst ab circa 1996 ereignete. Vorher galt der Radsport noch als relativ sauber. Erst die späteren Doping-Lügengebilde von gefallenen Rad-Helden wie dem US-Amerikaner Lance Armstrong, dem Deutschen Jan Ullrich und dem Dänen Bjarne Riis brachten diese Sportart in Verruf.

Von ganz anderem Flair waren da ›die 8 Petras‹ aus der Abteilung abendliches Vergnügen. Was machten die beiden Freunde nach einem grandiosen Essensmahl wie 1991 im griechischen Restaurant ›Athene‹ oder 1992, als ihnen ganz weltmännisch der Sinn nach indischer Kost stand? Als hätten sie einen indischen Kompass intus, stochten sie also mit den Fahrrädern los und steuerten das einzige indische Restaurant in ganz Maastricht an: grandios, scharf, und es gab sogar Tandori. Das Chicken war knallrot mit rotem Curry bestrichen: lecker und würzig. Danach ging's für sie weiter in ihren Park: Idylle mit einem kräftigen ›Skunk‹-Rauchopfer aus dem Coffee-Shop. Und dann kam die kulturelle Variante auf dem Vrijthof: Festivitäten open-air. Sie kamen gerade rechtzeitig zu den ›8 Petras‹. Das war eine ausgewachsene Mannequin-Show, wobei acht schlanke Limburgerinnen ihre Mode-Kollektion zeigten. Schnell war ihre Favoritin ausgemacht: die vorletzte. Leider verließ ausgerechnet die schönste und reifste der ›8 Petras‹ nach der Modenschau fluchtartig das Terrain. Entweder zu einer anderen Modenschau in Valkenburg oder heim in die Arme ihres Lovers, dem Beneidenswerten. Danach kam der Höhepunkt der Vrijthof-Festivitäten. Die Daylight Super Band war eine wirklich gute Tanzkapelle, die gnadenlos die aktuellen Hits nachspielte. Aber sie hatte das gewisse ›Etwas‹ neben ihrer professionellen Mucke, nämlich eine blonde Sängerin. Sofort ließ Harry seinen Freund Danny mit den Gedanken an die Vorletzte der ›8 Petras‹ allein und war fortan der erste anerkannte Groupie der blonden Sängerin der Daylight Super Band. Die späte Stunde der Nightlight sowie diverse Biere für Harry hatten zwar seinen Blick und sein Urteilsvermögen etwas benebelt, aber die anwesende und tobende Menge war mit ihm einer Meinung.

Die letzte Etappe ihres 1992er Maastricht-Trips wurde auf dem Rückweg mit der New Orleans Revue in Köln beendet. Danach ging's für unsere beiden Protagonisten heim zu ihren Familien.

Denn trotz ihrer flippigen gemeinsamen Touren führten die beiden Freunde in ihrem Alltag ein seriöses Leben mit Beruf und Beziehungen. Harry hatte mit Ende Dreißig sein Studium als Historiker und Literaturwissenschaftler abgeschlossen und baute sich als freier Journalist eine Existenz auf. Danny hatte gerade eine neue Frau kennen gelernt, in die er sich erst verliebte, später zusammen mit ihr reiste und noch später zusammen wohnte, und sie im neuen Jahrtausend auch heiratete, seine Moni. Und er arbeitete 15 Jahre lang in Jugendfreizeiteinrichtungen, wobei er neben seiner Arbeit noch studierte, zwei zusätzliche Diplome in Sozialarbeit und Sozialpädagogik erlangte, und dadurch Mitarbeiter einer kommunalen Betreuungsstelle werden konnte. So wurden sie beide erwachsene verantwortungsbewusste Männer in ihren beruflichen Positionen und innerhalb ihrer Familien.

Allerdings erforderte das Pflegen einer Freundschaft persönlichen Einsatz: dabei musste jeder am Ball bleiben, anrufen, Briefe mit der ›gelben Post‹ schreiben, später E-Mails und Besuche, immer wieder, immer weiter, und zwar von beiden Seiten. Wenn die Freundschaftspflege nur einseitig erfolgen würde, dann ginge die Freundschaft über kurz oder lang ›den Bach runter‹. Zwar konnte eine Freundschaft auch mal eine Durststrecke von ein paar Jahren einseitiger Freundschaftspflege überdauern. Aber irgendwann gab dann der eine doch noch auf, weil seinem Bemühen kein entsprechendes Feedback vom anderen entgegengebracht wurde. Das führte dann zur Funkstille, und dann war's das wohl mit der früheren Männerfreundschaft. Viele blieben aus diesem Grund auf der Strecke. Denn nicht mit allen ehemaligen Freunden hatte sich bei Danny über die Jahrzehnte solch eine gute intensive und vor allem aktive Freundschaft gehalten wie die zu Harry.

Die verpassten Neville Brothers-Konzerte

Dannys Lieblings-Band seit den 90er Jahren waren die Neville Brothers, nun schon seit einem viertel Jahrhundert.

Weil das so war, hatte ihn sein Freund Harry eingeladen, gemeinsam mit ihm ein Neville Brothers-Konzert in Osnabrück zu besuchen. Das war 1990, also vor 25 Jahren. Es gab nur weniges, was Danny in seinem Leben bereute. Aber das gehörte dazu, dass er diese Einladung schweren Herzens absagen musste. Denn er hatte am gleichen Abend selber eine Musik-Veranstaltung in seiner Arbeitstelle, dem Jugendinformations-Zentrum in Hagen, die er ausrichtete.

Never mind, das Leben ging weiter.

1991 besuchte Danny New Orleans, die Heimat der Nevilles. Diese Reise hatte sicherlich auch ein bisschen mit den Neville Brothers zu tun, weil sie aus dieser Stadt kommen; und natürlich mit dem unvergleichlichen Willy de

Ville, der zu der Zeit auch dort wohnte. Da aber die Neville Brothers bereits ein paar Tage vorher, an Halloween, in ihrer Heimatstadt gespielt hatten, als Danny gerade mit seinen beiden Freundinnen aus Massachusetts, MaryLou und Amy, in New York City feierte, würden die Nevilles während seines zweiwöchigen New Orleans-Aufenthaltes genauso wenig wie Willy de Ville noch mal dort live spielen.

Also musste Danny umdisponieren: und so war dann sein musikalischer Höhepunkt in den USA Charmaine Neville, die Schwester der Neville Brothers, mit ihrer Band, die vier Stunden lang im Snug Harbour spielten: great! Charmaine hatte eine gute Power und ne gute Show, hatte lange Dreadlocks bis über den Po, sie sang und bediente nebenher die Percussions. Ihre Band bestand aus Saxophon, Piano, Bass, Drums und Percussions, vier Schwarze und zwei Weiße. Von der Körpersprache her hatte Danny natürlich am besten der schwarze Percussionist Gerald gefallen: sein Körper lächelte. Nach dem Konzert unterhielt sich Danny noch ein wenig mit ihm. Die Musik von Charmaine Neville wie ihr Alltime-Hit ›The right Key, but the wrong Keyhole‹ gefiel Danny so gut, dass er sich eine Musikkassette der Band kaufte.

Weil Danny die Neville Brothers selber leider nie live erlebt hatte, ließ er sich über das Konzert in Osnabrück von seinem Freund Harry berichten. Der schrieb ihm auch gerne:
»*Lieber Danny,*
das war ja wirklich schade, mein Freund, dass wir das Konzert der Neville Brothers hier in Osnabrück nicht zusammen erleben konnten. Ich beschreibe Dir das Event jetzt auszugsweise, damit Du wenigstens etwas davon hast. Am besten legst Du Dir zu Hause die Neville Brothers-CD ›Yellow Moon‹ auf und hörst sie Dir im Hintergrund an, während Du meinen Brief liest …
Der Gig fand in unserer Stadthalle statt, die dafür exotisch ausstaffiert wurde. Dazu hatten sie die Bühne hinter den Musikern mit einem riesigen Plattencover dekoriert, das einen brennenden Alligator in den grünen Sümpfen von Louisiana darstellte. Boah Danny, das Feuer züngelte und fluoreszierte, Mann-oh-Mann, wie auf nem Trip. Die Neville Brothers legten mit ›Hey Pocky Way‹ gleich fetzig los, dem ersten Stück ihrer LP ›Fiyo On The Bayou‹ von 1981, dass mir sofort warm ums Herz wurde. Danach spielten sie das Titelstück ›Fire on the Bayou‹ mit seinen treibenden Rhythmen und den funkigen Grooves. Da

begannen schon die ersten Zuschauer zu tanzen. Im Programm-Flyer waren die Konzert-Titel einzeln aufgeführt. Die Nevilles stellten nämlich zu meiner großen Freude auch ihre neue LP ›Yellow Moon‹ von 1989 vor: als erstes das Titelstück selbst, das hatte wohl schon echtes Hit-Potential, denn das Publikum war total begeistert. Bei ›Fire and Brimstone‹ überzeugten sie mich mit ihrem mehrstimmigen Gesang, der durch ihre Percussions hervorragend rhythmisch unterlegt war. ›Huuuuaaahhhaaa, Grusel-Grusel‹, denn von dieser LP spielten sie last but not least das Stück ›Voodoo‹: ihre Heimatstadt New Orleans als ›Hauptstadt des Voodoos‹ stand Pate für diesen klasse gesungenen Song.

Meine Doro und ich haben die Mucke richtig genossen. Deshalb gab's auch in der Pause einen leckeren Erfrischungs-Drink für uns beiden.

Der zweite Teil des Konzertes begann mit dem Stück ›Lil Lisa Jane‹: da mochte ich besonders das groovige Saxophon von Charles Neville als Antreiber für den Rhythmus: uuuiiihh …

Früh begannen sie schon mit den Zugaben, dafür dehnten sie die aber auch ungewohnt lange aus. Erst spielten die Nevilles noch mal einige Stücke von der LP ›Fiyo On The Bayou‹. Und da ging's wieder richtig ab mit schnelleren Rhythmen, wie ihr geniales Stück ›Brother John – Iko Iko‹. Das kennst Du ja als inzwischen mittelschwerer Neville-Kenner bereits vom Neville-Sister-Konzert im Snug Harbor, wovon Du mir erzählt hast. Danny, Du wirst es nicht glauben, da hab ich sogar mit Doro ein Tänzchen aufs Parkett gelegt, so gut war ich drauf. Und als allerletzte Zugabe fetzten sie noch mal mit ›Run Joe‹ einen flotten Rhythmus los: booooaaaahhh, Gnade, ich kann nicht mehr …!

Nachdem ich die Nevilles hier in Osnabrück zum ersten Mal live erlebt habe, wo sie eine Mixtur aus ›Fiyo On The Bayou‹ von 1981 und ›Yellow Moon‹ von 1989 spielten, konnte ich mir auf einmal gut vorstellen, warum Du solch ein Neville Brothers-Fan geworden bist. Die vier Brüder Art (* 1937), Charles (* 1938), Aaron (*1941) und Cyril Neville (* 1948) waren zwar alle eine Ecke älter als wir beide, aber sie trafen mich mitten in mein musikalisches Herz. Und Dein Tanzbein hätten sie bestimmt auch getroffen, Du alter Tanzbär. ›Die machen einfach echt gute Mucke‹, kann ich echt auch nur sagen. Total toll fand ich, dass sich Aaron und seine Brüder nach der letzten Zugabe auf den Bühnenrand setzten und mit uns, dem Publikum, ganz locker los plauderten.

Das hätte Dir bestimmt auch super gefallen …

Dein Freund Harry.«

Musikalisch waren ja schon vor seiner New Orleans-Reise 1991 die Neville Brothers und Willy de Ville Dannys Lieblingsgruppen, die wie auch der unvergleichliche Dr. John alle in New Orleans lebten. Deshalb freuten sich die beiden Freunde mit großer Begeisterung auf die bevorstehende New Orleans-Revue mit sieben Live-Gruppen in Köln am 12. Juli 1992. Zumal Danny ja das Ticket für die Revue seinem Freund Harry zum Geburtstag geschenkt hatte. Sie hatten es sich so gut ausgerechnet. Denn sie kamen ja von ihrer Holland-Wochenendreise aus Maastricht rüber nach Köln. So hatten sie sich überlegt, wenn die gesamte New Orleans-Revue erst um 17.00 Uhr beginnen und jede der sieben Gruppen vielleicht eine Stunde spielen würde, dass die beiden Haupt-Acts Willy de Ville und Dr. John bestimmt erst so 23.00 bis 24.00 Uhr nachts dran wären. Aber für acht Stunden Open-Air-Festival, wie einst in den 70ern, hatten die beiden weder die Kraft noch Bock drauf. Acht Stunden hörte sich ja echt wie ein ganzer Arbeitstag an. Also trödelten sie erst mal in Köln rum, gingen dort noch gemütlich im ›Oaxaca‹ mexikanische Enchiladas und Burritos essen, bevor sie sich zum rechtsrheinischen Deutz aufmachten. Der Veranstaltungsort Kölner Tanzbrunnen befand sich dort in der Nähe der Messehallen. Sie dachten sich, um 19.30 Uhr wäre es bestimmt der richtige Zeitpunkt, um auf dem Festivalgelände einzulaufen …!? Gut für sie, dass es im mexikanischen Restaurant überraschend flott ging. Denn als sie das Auto auf den Messe-Parkplätzen abstellten, hörten sie schon Willy de Ville's Stimme vom Tanzbrunnen-Gelände rüber schwappen, wie er sein unvergleichbares ›Demasiado Corazon‹ ins Mikro röhrte. Ja ja, der Mann hatte bekanntlich ›zuviel Herz‹. Also nichts wie rein in den Park. Sie schienen sich mit ihrer Festival-Zeitplanung ziemlich verrechnet zu haben. Denn Revue hieß wohl, dass alle Gruppen immer nur ein paar Stücke spielten. Fast hätten sie dadurch nämlich Willy de Ville verpasst. So aber kamen sie gerade rechtzeitig, um ihren persönlichen Star samt seiner exzellenten Band wenigstens noch ein bisschen erleben zu können. Da stand er und sang, dieser tolle Musiker mit dem Flair eines Süd-Staaten-Dandys und dem Aussehen eines karibischen Piraten. Aber nach ner Viertel Stunde hörte der Kerl schon wieder auf, und das war's dann mit Willy. Sie waren also wirklich noch so gerade zur rechten Zeit gekommen.

Danach ging's dann Schlag auf Schlag. Erst swingte der legendäre Dr. John mit seiner ›Iko-Iko‹-Version und seinem Hit ›Right Place, Wrong Time‹

los. Und die beiden Freunde waren dadurch schon musikalisch in New Orleans-Stimmung gebracht. Zachary Richard, Eddie Bo und Johnny Adams kannten die beiden noch nicht. Das waren fast alles schwarze Musiker. Und dann toppten die Wild Magnolias die eh schon exotische Show noch optisch mit ihren farbenfreudigen üppigen Federpüscheln am ganzen Körper. Sie spielten passender Weise dazu ›All on a Mardi Gras Day‹. Als Abschluss spielten dann noch mal alle zusammen, inklusive Willy und Dr. John. Und die Musiker-Band hatte es sich nach fünf Stunden echt verdient, Feierabend zu machen. Die beiden Freunde auch. Es war zwar etwas ungewohnt, dass die Gruppen jeweils nur wenige Stücke spielten, aber unter der heißen Sommersonne Kölns ließ sie diese tolle New Orleans Musik einen Hauch von ›Mardi Gras‹ erahnen.

Das machte damals unheimlich Spaß und vertrieb sämtliche Alltagssorgen.

On the road zur Mosel

…wie alles anfing: so hatte ihre Freundschaft und ihre persönliche ›Anthropologie der Freude‹ auch immer mit Abenteuern unterwegs zu tun. Denn im Februar 1977 schliefen Danny und Harry ja im berüchtigten ›Hotel Moselblick‹ bei offenen Türen. Deshalb zog es sie auch immer wieder zum Weindorf Bullay, dem Tor zur Mittelmosel. Erstmalig genossen sie ausgerechnet 1977 den 76er Jahrhundertwein und entdeckten dabei den ›Bullayer Brautrock‹. Dann kam die ›Goldene Bullay-Serie‹ in den 90ern, als sie 1994, 1995, 1996 und 1997 Bullay rituell erlebten. 1977 verpassten sie noch mangels genügend Barschaft den Genuss eines Schwenkbratens. Deshalb waren sie in den 90ern auf der Suche nach dem ›koffeinfreien Schwenkbraten‹. Und 1994 hieß ihr Thema ›zwanzig Jahre Günstlinge des Himmels‹, denn es gab ihr 20-jähriges Freundschafts-Jubiläum zu feiern. Also machten sie sich auf zum Land der Weinköniginnen. Danny bekam ein Geschenk von Harry, und zwar ›Grün ist die Hoffnung‹ von T.C. Boyle [31]. Das war der absolute Knaller, dieses Geschenk von Harry. Eine skurrile Story von drei schrägen Typen, die in den Bergen nördlich von San Francisco Marihuana anbauen wollten. Aber alleine mit dem Autor bekannt gemacht worden zu sein, war schon Gold wert für Danny. Denn mittlerweile hatte er nach dem Erstgeschenk von Harry noch ein ganzes

Dutzend anderer Romane von T.C.Boyle gelesen, der dadurch mit Fug und Recht zu seinen Lieblings-Autoren zählt. Es wunderte sie gar nicht, dass sie den ersten Tag an der Mosel nur mit der beliebten Mischung aus trockenem Weißwein und Guarana durchstehen konnten. Nach dieser Spezial-Dröhnung waren sie aber wieder ›fit wie ein Turnschuh‹ bis spät in die Nacht. Zwar war ihr Kofferraum bis oben hin vollgestopft mit Zeltgepäck, da sie als alte Camper lieber am ›Busen der Natur‹ schliefen, allerdings auch an sonst jedem anderen Busen, aber der pfingstliche Wettergott meinte es 1994 nicht so gut mit ihnen. Regen, Regen, Regen, jede Pfingstnacht Regen. Und als sie in Bullay einfuhren: Regen. Aber trotzdem waren sie immer noch gut gelaunt. Schnell buchten sie in ihren Köpfen um und machten sich auf Zimmersuche. Nach einigen Fehlversuchen, da es schließlich Pfingsten war, wo normalerweise immer alles ausgebucht war, wurden sie im Weingut Niesen fündig. Ein super großes Zimmer mit Extra-Couch und zwei Sesseln und zwei guten Betten, und wie gewünscht: Moselblick. Und dazu noch super preiswert: inklusive Frühstück nur 23,-- DM pro Person und Nacht. Außerdem war das alte Wirtsehepaar Niesen total nett. Besonders freuten sie sich, als sie hörten, dass die beiden Freunde schon seit 1977 nach Bullay kamen. »Wo waren Sie denn da immer?« hieß dann auch die interessierte Frage. »Zelten«, entgegnete der schlagfertige Harry rasch und ausweichend. Sie wollten schließlich nicht gleich mit der ›Tür in den Tunnel‹ fallen. Zumal das alte Bahnwärterhäuschen, in dem sie 1977 direkt neben dem Tunneleingang geschlafen hatten, noch nicht einmal Türen hatte. Der alte Niesen war früher selber Winzer und hatte inzwischen sein Weingut an seinen Sohn übergeben. Als sie ihn nach Ausflugszielen fragten, gab er ihnen den Tipp, zur Marienburg zu wandern. So machten sie eine Fußwanderung hoch zur Marienburg, von wo aus sie wegen einer ausladenden Moselschleife in alle vier Himmelsrichtungen die Mosel sehen konnten: nach Zell, Alf, Bullay und Pünderich. Eigentlich wollten sie von dort aus auch noch weiter bis zur Ruine Arras wandern, aber der fast ›tropische‹ Pfingstregen machte sie pitschnass und fußfaul. Tatsächlich sahen sie während der Fußwanderung hoch zur Marienburg Vegetation wie im Urwald mit Lianen, dick wie Unterarme. Oben auf der Marienburg stellten sie sich in einer Holzhütte mit Schwenkbraten-Vorrichtung unter und aßen dort ihr Mitgebrachtes vom üppigen Frühstückstisch der Frau Niesen, wo sie übrigens immer ganz alleine tafelten – wie die Weinkönige. Dort oben im Dauerregen tranken und rauchten sie, wo doch in Deutschland mittlerweile Cannabis zum Eigengebrauch straffrei geworden war. Es regnete und regnete, also schwenkten sie ihre Pläne um wie einen Schwenkbraten, wanderten zurück nach Bullay, wechselten die nassen Kleidungsstücke, und machten sich auf ins Thermalbad Bad Bertrich. Dort hatten sie es schön warm, konnten drinnen und draußen schwimmen, teilweise im Regen, teils im Sonnenschein, mit dem harten Wasserstrahl ihre Rücken massieren, im Whirlpool erotische Gedanken um die Eier sprudeln lassen und auf der Gruppensonnenbank, eine etwa 5 x 5 m große, von künstlicher Sonne bestrahlte Fläche, sogar ein bisschen eindösen. Danach frisch gemacht und in die nächtlichen Abenteuer Bullays zurück.

Sie waren auf der Suche nach dem ›ewigen Schwenkbraten‹, den sie gerne endlich auch mal essen und nicht nur schnuppern wollten. Aber in Bullay gab's weder Schwenkbraten noch überhaupt ein Nachtleben. Die dortigen Kids träumten von der Großstadt und soffen lieber Bier aus Protest gegen ihre weinanbauenden Eltern. Die üppige halbnackte Skulptur auf dem Dorfplatz dümpelte mit ihrem gelupften ›Brautrock‹ im Dunkeln herum. Die beiden Freunde schlenderten in Bullay die Mosel aufwärts bis zur Brücke, da die an sich praktische Personenfähre ›Bullay – Alf‹ schon um 19.00 Uhr ihr Tagwerk beendet hatte. Anscheinend wurde Govinda, der Fährmann, schon früh müde. Dann überquerten sie die Moselbrücke, immer wieder mit wehmütigen Blicken auf die Stelle direkt neben dem Tunneleingang, wo 1977 ein altes Bahnwärter-Häuschen stand, jetzt aber zwei phantasielose Betonsilos Veränderung markierten. Über die Brücke, und wieder ein Stückchen flussabwärts nach Alf. Denn dort gab es den einzigen Schwenkbraten weit und breit. Im Haus Thorwald war's echt lecker, dazu ein paar Schoppen Wein und ein Trester zur Verdauung. Wenn es mal eine Regenpause gab, und die gab es auch immer mal wieder, dann konnten sie in Alf auch draußen essen. Vor dem Hotel Alf, direkt an der Mosel und direkt an der B 53 speisten und tranken sie. Dazu drehten sie sich einen Joint, obwohl sie quasi mitten auf der Kreuzung saßen. Allerdings waren sie auch die einzigen Gäste draußen, in dicker Regenjacke, und mit Blick über die Mosel rüber nach Bullay.

Sie hatten grandiose Wein-Treffs mit trockenem und supertrockenem Riesling. Hier war besonders erwähnenswert der ›93er Mesenicher Goldgrübchen‹ im Brautrockkeller vom Weingut Anker, der sehr lecker und dabei trotzdem so trocken war, dass er ihnen die Grübchen nach innen zog, bis sie lachten.

Denn sauer macht lustig. Oder bei der nahezu andächtigen Weinprobe beim alten Niesen: nach einer vorherigen interessanten Weinkellerführung wurde sogar der westfälische ›Bierkönig‹ Harry zum Weintrinker und -Kenner. Erst wurde die Farbe des Weines geprüft, dann gerochen, und schließlich schlotzend in kleinen Schlucken über den Gaumen gegossen. Das alles in meditativer Ruhe. Diese ›schwarze Messe‹ bei Winzer Niesen brachte ihnen Erleuchtung und Heil fürs zukünftige Leben. Ja wirklich, all die wichtigen Gespräche, die sie sonst während eines Trockenen oder zwischen zwei Trockenen führten, über den Sinn des Lebens wieder mal, ob es alles so richtig lief, mit der Liebe, mit der Familie, mit der Arbeit und mit dem Leben. Aber auf jeden Fall mit der Freundschaft.

Sie kamen dann auch nach 17 Jahren wieder mal zu einem ›Zeltinger Himmelreich‹. Denn sie besuchten das Weinfest in Zeltingen, wo ihnen die Stunde endlich schlug. Zeltinger Himmelreich unter Sonnenschein – genauso wie 1977, als sie zu Fuß von Wittlich nach Zeltingen runter kamen und ihre erste Weinprobe aus einem Gummischlauch eines heimischen Winzers bekamen, kurz, bündig und teleologisch, also zielgerichtet. Jedenfalls starteten sie heuer in Zeltingen again with ›a rich sky‹, also ›Himmelreich‹ und trottelten danach etwas ziellos im Ort herum, bis sie endlich die Weinberge fanden. Die waren voller Eidechsen im warmen Schiefergestein. Dort sah Danny übrigens auch seinen ersten Maikäfer im Leben. Zwei westfälische Wandergesellen rauchten eine Münsterländer Marihuana-Züchtung namens ›Skunk‹. Da sahen die Zeltinger Weinberge gleich ganz eigentümlich aus, irgendwie nach einem himmelreichen ›rich sky‹. Davon beseelt, kauften sie sich gleich ein Fläschchen, denn es war ja Weinfest, und jede Kellerei hatte ›Offene Tür‹. Damit setzten sie sich an die Mosel. Dritte Parkbank von links, voll in die Sonne, fast bis auf das T-Shirt oben rum nackig. Wegen des ersten sonnigen Tages packte sie grad hinterrücks der Schalk im Nacken. Sie waren das Wandergesellen-Pack ›par Excellanze‹ an der Haupt-Mosel-Spazierroute für den Pfingstsonntagsnachmittags-Spaziergang von Großfamilien aller Art. Da aalten sich zwei fast nackte Burschen mit Weinflasche ohne Gläser in der Sonne, auf einer Parkbank, direkt an der Mosel: »das ist Anarchie, gelle …?« Sie nahmen es leicht, ›flogen‹ zurück nach Bullay, guckten noch mal der Weinkönigin untern Brautrock und wussten wieder mal, wo's lang ging.

Im nächsten Jahr, 1995, trieb es sie erneut zur Mosel, wo sie – wie mittel-alte Männer halt so sind – nur an ›Wein, Weib und Thermal‹ dachten. Sie lebten zwar durchaus in der Wirklichkeit, aber manchmal konnten sie vor rauschhaftem Übermut nicht mehr Fiktion und Realität auseinander halten. Als Wein gab es den 95er Bullayer Brautrock noch gar nicht, aber für Harry und Danny gab's ihn schon. Er, oder besser: sie, stand mit prallem Popo als Skulptur des ›Brautrocks‹ und drehte sich auf dem Dorfplatz von Bullay. Sie war eine wohlgerundete nackte Weingöttin aus Bronze, die sich nur geschützt vom kleinen Wassergraben ihres Brunnens unmerklich, aber stetig, um sich selber drehte. Die Weinkönigin lüpfte auch jenes Jahr wieder ihren Brautrock für die beiden, um ihnen ihre nackten Rundungen zu zeigen, dass ihnen bloß beim puren Anblick ein ›Rohr im Wind‹ wuchs. Und endlich auch empfing sie die Mosel mal bei Sonnenschein. Gute Bedingungen für den körperlich angeschlagenen Danny. Denn er hatte während seiner Arbeit als Museums-Pädagoge und -Techniker bei der Stadt Hagen dicke und schwere Spanholz-Platten geschleppt und dadurch ziemliche Rückenschmerzen bekommen. Harry machte deshalb wie einst 1987 wieder mal den Fahrer. Hervorragend chauffierte er sie durch die Autoschlangen um Köln. Sie verließen mit NRW die Regenzone, um im Kanzler-Land Rheinland-Pfalz Sonnenschein, Rapsfelder und Eifelnester genießen zu können. Auf jeden Fall waren sie da, die Söhne der Sonne, in ihrer zweiten Heimat Bullay, und wohnten in ihrer neuen Klause in der Pension ›Cafe Hettler‹, weil bei Niesens alles belegt war. Der junge Herr Niesen hatte ihnen ein Zimmer im Cafe Hettler vermittelt. Sie checkten ein und bekamen sofort eine Flasche kalten Bullayer Brautrock ›knübbeltrocken‹, Originalton Frau Hettler. Wieder mal also in Bullay, der Heimat des ›Bullayer Brautrocks‹. Vom Zimmerfenster ihrer Pension oberhalb der Konditorei sahen sie die sagenumwobene Metall-Brautrock-Stripperin immer nur von einer Seite: entweder ›Arsch hie‹ oder ›Titt hie‹. Und abends über die Moselbrücke nach Alf, zum Hl. Schwenkbraten in ihrer neuen Alfer Stammkneipe, Gastwirtschaft-Metzgerei Schink. Dort wurde es ihnen besorgt. Der beste Schwenkbraten in Dannys Leben, herrlich mit Zwiebeln angemacht. Hhhhmmm, wie das duftete. Und im Gegensatz zu 1977, als die beiden nur am Bullayer Schwenk-Braten schnuppern konnten, hatten sie dieses Mal das Geld dafür und bestellten sich jeder eine Portion. Er wurde von ihnen natürlich mit ausreichend Wein, Trester (Danny), dunklem Weizenbier und Hefeschnaps (Harry) heruntergespült. So dass der lange Rückweg moselaufwärts von Alf zur Brücke, über die Brücke und wieder moselabwärts nach Bullay ihnen wie im Fluge vorkam. Zumal sie ihn noch mit einem traditionellen Gras-Stick zelebrierten. Eigentlich war Danny schon recht müde, der Bullayer Atmosphäre angepasst, da es dort ab 22.30 Uhr hochgeklappte Bordsteine hatte, und wäre am liebsten ins Bett gegangen. Aber Harry machte am Dorfplatz direkt neben der liebreizenden Metallnixe eine geöffnete Kneipe aus, lud Danny ein, und da kamen dann auch schon die Schoppen angefegt.

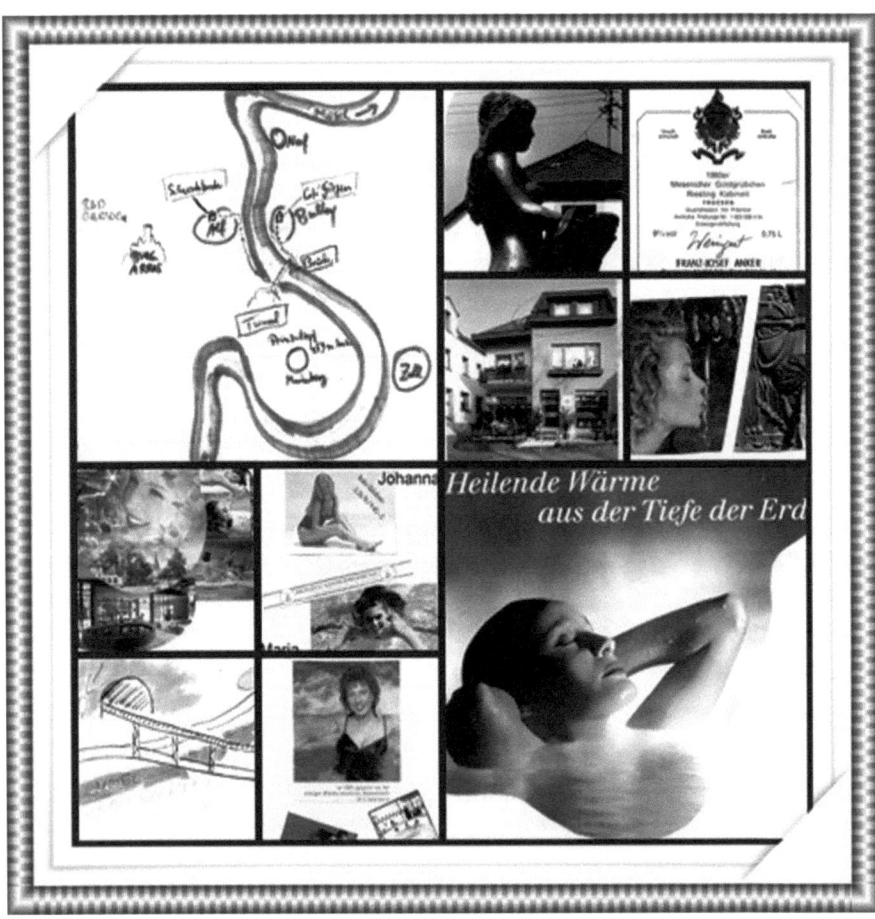

Später dann auf dem Hettler-Zimmer noch etwas ›Bullayer Brautrock‹ hinterher gegossen. Gepaart mit einem ›kleinem Rauchopfer‹ wurde es doch wieder

02.00 Uhr morgens, bis sie in ihre Betten fielen. Am Morgen weckte sie der köstliche Duft nach frischen Backwaren, der durch das ganze Haus zog. Er lockte sie zu einem üppigen Frühstücks-Büfett, das sie den ganzen Tag sättigte, inklusive der ›Kehrpakete‹ für unterwegs. Es folgte ein Kurzbesuch bei Familie Niesen, die sich sogar schon telefonisch bei Frau Hettler nach den beiden erkundigt hatte. Sie erfreuten die alten Niesens durch ihre treue Bullay-Wiederkunft und wurden auch gleich zu einem hervorragenden halbtrockenem Kabinett ›Bullayer Brautrock‹ eingeladen, der sie morgens um 10.30 Uhr schon wieder ›sphärisch dicht‹ machte. Alles untermalt von der reinen Weinlehre des alten Winzers zum Weintrinken, als da waren Klarheit, Farbe, Geruch, Geschmack und alles ruhig und wortlos genießen. Ihre Ankündigung, Wein zu kaufen, brachte ihnen gleich eine Einladung zur Weinprobe. Der junge Herr Niesen lud sie dann gleich für den selbigen Abend so gegen 17.00 bis 18.00 Uhr zur Weinprobe ein. Sie würden natürlich kommen. Denn Originalzitat Harry: »*Wir sind bukolisch. Bukolisch leben heißt: ein paar Tage ›zarten Wahnsinn‹ genießen.*«

Also frisch gestärkt auf die Marienburg. Endlich wollten sie die seit Jahren fällige Wanderung ›Bullay – Marienburg – Feuerwachturm – Burg Arras – Alf – zurück mit der Fähre nach Bullay‹ machen. Aber immer wenn Harry und Danny zur Marienburg hoch laufen wollten, begann es zu regnen. So sagte ein altes Naturgesetz, so war's 1994, so war's dann auch 1995. Obwohl vorher und hinterher das schönste Sonnenwetter war, auf der Marienburg regnete es. Die Marienburg bei Regen war ihnen ein gewohnter Anblick. Regenschirm und Regenjacke gehörten zur Standardausrüstung für einen Marienburgaufstieg. Dabei war vorher bei ihrer jährlichen Inspektion des Eisenbahn-Tunneleinganges durch den 459 m hohen Prinzenkopf noch alles trocken gewesen. Die beiden Silos von 1994 waren inzwischen weg. Vom 1977er ›Hotel Moselblick‹ sahen sie sowieso gar nix mehr. Jetzt machte man stattdessen an dieser Stelle auf eine golfbahnähnliche Wiese. Also Marienburg im Regen, also wieder nix mit der Folgewanderung ›Marienburg – Burg Arras‹, sondern durchnässt zurück nach Bullay. Und siehe da: runter von der Marienburg; und die Sonne schien wieder, und so blieb es den Rest ihres Moselurlaubes. Merke: ›nur wer Regen will, geht hoch zur Marienburg‹. Wenn der Marienburg-Trail sie halt immer abstieß, machten sie's halt anders. Sie fuhren mit dem Auto hoch zur Burg Arras, d.h. auf halber Höhe war ein Parkplatz, den Rest gingen sie zu Fuß hoch. Oben erwartete sie nicht etwa eine Ruine, wie sie in manchen Karten beschrieben wurde, nein, eine richtige Burg: mit einem Turm, den sie sogar besteigen konnten. Und sie hatten dort oben einen herrlichen Ausblick über die Umgebung. Sie besichtigten auch das Burgmuseum mit seinen Ritterrüstungen. Außerdem das Verlies, die Kapelle und das Burgrestaurant: alles in allem ein gelungener Ausflug mit informativem Charakter. Vor allem das Herumschlendern in wunderbar warmer sonnenerwärmter Luft passte ihnen gut in den Kram. Dannys geschundenem Rücken sowieso, der alle Sorten von Wärme gerne hatte.

Zurück in Bullay, machten sie sich auf den Weg, um ihre Verabredung zur Weinprobe mit dem jungen Herrn Niesen nicht zu verpassen. Und die wurde zu einem bleibenden Erlebnis. Nicht nur, dass der junge Josef Niesen ihnen ein Dutzend verschiedenster Weißweine präsentierte und auf Harrys Wunsch auch noch Rotwein. Zwischendurch gab es dabei etwas Brot zum Neutralisieren des Geschmacks. Der junge Winzer wusste auch total gut, locker und packend zu fabulieren, so dass sie sehr angetan von ihm waren. Er mochte sie offensichtlich auch ganz gut leiden, weil sie hinterher noch drei Flaschen mit ihm zusammen leerten, so dass sie schon ziemlich weinselig am frühen Abend die Weinstube Niesen verließen und noch in Bullay einen schönen Spaziergang entlang der Mosel machten.

Nachdem die beiden alleinreisenden Single-Dachse von den sich drehenden Kurven der ›Brautröckin‹ immer wieder scharf gemacht wurden, waren sie natürlich ›spitz‹ wie Nachbars Lumpi. Das wirkte sich dann besonders im nahe gelegenen Thermalbad Bad Bertrich aus. Denn Harry und Danny sahen dort im muckeligen Thermalbad jede Menge Frauen und badeten mit ihnen sogar im relativ warmen Wasser. Das waren alte, junge, ganz alte, ganz junge Frauen und auch ein paar mit Bikinis, oder diese eine mit dem kroatischen Gesicht und dem eng sitzenden roten Badeanzug mit goldenen Streifen auf der Brust. Als Danny dann im heißen Whirlpool mit 42,3 ° C Wasser saß und überall sprudelte und gluckerte es um ihn herum und massierte ihm die beiden geilen ›Bull-ayer‹, dachte er daran, wie man sich wohlig entspannen sollte in solch einem Bad. Dazu fiel ihm noch der Set damals in den 80ern im Whirlpool am Kemnader Stausee mit Jana ein, der einzig wirklichen Kroatin, dieser heißen lasziven ›Mieze‹ aus Virovitica. Dann wunderte es niemand mehr, dass Danny sich plötzlich mit geschlossenen Augen völlig entspannt im Eifel-Whirlpool der wohligen Wärme und seinen Phantasien hingab … »*und sich ein erregender Mund um meine riesige Latte schloss, mir die Eichel mit der Zunge umspielte und mir einen libidinösen Schock sondergleichen versetzte: geil. Dermaßen auf Touren gebracht, wunderte mich gar nix mehr. Erst recht nicht, wie sie plötzlich über mir kniete, wobei sie mir ihre beiden üppigen Brüste direkt vor meine Augen führte: die beiden ›schlagenden Argumente‹, die diese Welt mir in jenem Moment zu bieten hatte, wippten vor meinen Augen, die prall gehärteten Nippel ließen es sich abwechselnd in meinem saugenden Mund wohl ergehen. Während sie auf mir ritt, brachte sie den jungen Mustang in mir zur Höchstleistung. Ihre Muschi barg mit einem ›perlenden‹ Lachen den harten langen Schwanz in sich. Und ich brachte sie zum Vibrieren, zumal ich ihren prallen Po mit beiden gut gefüllten Händen an mich und mein innerstes Eruptionszentrum presste. Trotz des gluckernden Whirlpools hörte ich ihr begeistertes Stöhnen, als sie mit ihrem Höhepunkt auf mir hoppelte, ein letztes Aufbäumen und dann schoss ich ihr mein geballtes Lebenselixier in ihre weit offene Muschi, danach ließen wir uns vom warmen Wasser um uns entspannen …*« Als Danny die Augen wieder öffnete, dachte er: »Traum oder Wirklichkeit?« Besonders, als er sah, wie die ›Rote‹ zurück aus der Sauna kam. ›Heute nur Gemeinschaftssauna‹, sich ein letztes Mal ihre goldenen Litzen auf der Brust zurecht ruckte, ihr gerötetes Gesicht ein tiefes entrücktes Lächeln hervor zauberte, ihr rotgewandeter Körper mit den verführerischen Kurven vor Dannys Augen her wackelte und aus dem Bad verschwand. Als Danny auf den glucksenden Wellen des Whirlpools ein einsames weißes Ejakulat-Schwänzchen reiten sah, ging auch über sein Gesicht ein zufriedenes Lächeln.

Entspannt und zufrieden verließen die Freunde das Thermalbad und ließen sich in Bullay noch mal nach Strich und Faden verwöhnen, mit Bullayer Brautrock-Wein – trocken und Mosel-Trester – hart, aber gerecht, dem ewigen Schwenkbraten – lecker. Sportliche Leckerbissen gab's bei einem Moselspaziergang auch noch, als Harry ins Erzählen kam: »*Du weißt ja, Danny, dass ich portugiesisch gelernt habe. Und in Brasilien sprechen sie portugiesisch. Dort kommt es rasch zur Begeisterungsfähigkeit eines Fußballpublikums. Bei einem Länderspiel der deutschen Nationalmannschaft in Brasilien wurden vor dem Spiel die Namen der teilnehmenden Spieler verlesen. Dabei wurde auch der Name des deutschen Spielers Franco Foda genannt, worauf sich die brasilianischen Zuschauer in spontanen Heiterkeitsausbrüchen ausschütteten. Denn die direkte Übersetzung von Franco Foda ins Portugiesische bedeutet ›umsonst ficken‹: hihihihi.«* Und wieder waren sie erfolgreich auf der Suche nach den Frauen (›Arsch hie‹) und hatten die Sonne gesehen.

Die Liebe zum guten trockenem Riesling führte sie auch zu Pfingsten 1996 wieder nach Bullay. Nirgendwo sonst gedieh der Riesling vortrefflicher als an den steilen, mineralhaltigen Schieferwänden der Mosel. Den ›Leyen vom Mittelrhein‹ erwähnte Frank Schätzing in seinem Mittelalterkrimi ›Tod und Teufel‹[32], wobei mit ›Leyen‹ Dachschiefer gemeint waren. ›Ley‹ oder ›Lay‹ kommt ja aus dem Keltischen und bedeutet Stein oder Fels. Sonst kannten sie es auch von den anderen wein-topografischen Begriffen der Mosel wie ›Ürziger Schwarzlay‹ oder ›Merler Königslay‹, oder wie die Loreley am Rhein oder Bacherlay im Westerwald. Wobei es nahe lag, dass die Loreley mehr das weibliche Element verkörperte, dagegen Bullay mehr das männliche. Schließlich landeten die beiden, Freunde und Männerliebe, schon seit 19 Jahren immer wieder in Bullay, um dort allerdings mit Vorliebe ›Bullayer Brautrock‹ zu schlürfen und zu genießen. Das wäre dann wiederum das weibliche Element im ewigen Yin & Yang. Und in Bullay drehte sich natürlich das weibliche Element auch noch immer in praller Bronze auf dem Dorfplatz: ›Arsch hie‹ oder ›Titt hie‹. Also ›Weintrinken soll ja so gesund sein‹, las man in letzter Zeit immer wieder. Mäßig, aber regelmäßig ca. 1 – 5 Gläser Weißwein pro Tag sollte gesund sein für den menschlichen Körper und die Seele sowieso. Die sogenannte ›Kopenhagener Untersuchung‹ hatte sogar herausgefunden, dass abstinent lebende Menschen eine signifikant niedrigere Lebenserwartung hatten als Menschen, die regelmäßig, aber mäßig Alkohol tranken. Besonders der trockene Weißwein in Bullay war durch die Verbindung von Weinsäure und dem Mineral Kalium sehr durchblutungs- und verdauungsfördernd, was sie bei einer Weinprobe verschiedener ›Bullayer Brautröcke‹ bei Herrn Niesen feststellen konnten.

An einem Tag hatten sie eine kleine Zugreise nach Cochem gemacht, um dem Bullayer Regen zu entweichen. Cochem war allerdings ebenfalls so verregnet, dass sie schon im erstbesten Kellergewölbe trockenen Unterschlupf bei noch trockenerem Weißwein fanden. Dort machten sie rasch Bekanntschaft mit zwei jungen niederrheinischen Paaren aus Neuß, die durch eine magische Situation sensationell eröffnet wurde. Die Vier am Nachbartisch hatten bereits vier Flaschen Wein getrunken und wollten gerade ein Foto von sich machen.

Danny bot sich an, sie alle vier mit ihrem Fotoapparat zu fotografieren, wobei ihn eine der beiden Frauen völlig wie nebenher mit ›Danny‹ anredete, obwohl sein Name in diesen Gewölben vorher nicht genannt worden war. Sie meinte einfach, er sehe so aus wie ›Danny‹, wollte es dann aber schier kaum glauben, dass er tatsächlich so hieß. Und er musste es dann mit seinem Personalausweis beweisen. Die Tische wurden zusammengestellt, über das Leben, über Treue, über Fußball wurde geredet. Elli, die magische Frau, hatte an diesem Tag ihren 29. Geburtstag und trank im Gegensatz zu sonst viel zu viel Wein, drehte auf wie ein ganzer Zirkus, machte draußen den Straßenverkauf der Weinstube zu einem Bombengeschäft. Deshalb bekamen sie alle vom Wein-Schenk Prozente. Zur Radiomusik tanzten sie zu Willy de Ville und ›Lemon Tree‹ von Fools Garden. Sie tranken und tranken; und draußen goss es weiter in Strömen. Da Harry keine Lust auf Regen hatte, machte sich Danny allein mit Regenschirm und Fotoapparat auf, die malerische Altstadt von Cochem zu besuchen. Als er zurück kam, war die Stimmung im Weinkeller gekippt, denn das Geburtstagskind Elli lag mit dem Kopf schlafend auf dem Tisch.

Harry und Danny fuhren gut angetüdelt mit dem Zug wieder zurück nach Bullay. Dort gab's mal was Italienisches zum Essen. Und in ihrem Appartement bei Rita Münster tranken und rauchten sie weiter. Am nächsten Nachmittag war ihnen dann nach Aktivitäten, zumal auch das Wetter eine gewisse Freundlichkeit an diesen Pfingstsonntag legte. Also liehen sie sich die Münster'schen Fahrräder aus und machten eine kleine Fahrradtour nach Zell. Eine schöne Strecke, direkt an der Mosel entlang, nur für Fußgänger und Fahrradfahrer. Sechs Kilometer von Bullay, vorbei an Merl, ›Merler Hölle‹, nach Zell, wo es merklich touristischer wurde und Slalomfahren zwischen den Fußgängern angesagt war. Zell war Danny schon als kleines Kind durch ›Zeller's Schwarze Katz‹ bekannt gewesen. Deshalb drehten sie noch schnell ein paar Runden mit dem Fahrrad durch den Ort, machten ein paar Fotos und standen staunend an der berühmten Skulptur der ›Schwarzen Katz‹ auf dem Marktplatz, weil dort eine etwa 5 Meter mal 5 Meter lange Theke im Quadrat um dieses originelle Maskottchen aufgebaut war, wo schon am helllichten Tag gebechert wurde, was das Zeug hielt. Als dann bei der Rückfahrt kurz vor Bullay der alljährliche Pfingstregen einsetzte, waren sie schnell mit dem Rädern wieder in den Boxen. Und abends brauchten sie wegen des anhaltenden Regens den großen Partnerschirm für ihr Abschiedsessen im Alfer Schwenkbraten-Restaurant.

Mit ein paar letzten Gläsern ›Bullayer Brautrock‹ wurde dort die Riesling-Kur erfolgreich abgeschlossen.

Apropos Alf: im Winter 1996/97 litt der Ort besonders stark unter Hochwasser, ein Drittel war bis zu einer Höhe von 1,80 Meter überflutet. Bei den armen Alfern kam sowieso fast jeden Winter die Mosel in die heimischen Keller und Parterrewohnungen. Immer dann, wenn es der Mosel zu kalt wurde, schlüpfte sie in Alf schutzsuchend unter. Auch ihr Zimmer in Bullay bei Familie Münster war schon des Öfteren von der Mosel heimgesucht worden. Damit hatten es die Moselanwohner wirklich nicht leicht.

Zum 20-jährigen ›Dienstjubiläum‹ ihrer Moselbesuche im Mai 1997 übten sich Harry und Danny mit ihrer literarischen Phantasie in lokalen Rollenspielen: »*Sie waren die beiden dekadenten Weinadeligen Graf Beisel und Freiherr von Ahlefeldt, benannt nach Weinberglagen. Graf Beisel, der alte Deckhengst, wie er von seinen adeligen Freunden scherzhaft genannt wurde: ›Sitz auf und reit dich in Ekstase.‹ Und die liebste Beschäftigung von Freiherr von Ahlefeldt, dem Hobbybotaniker, war das ›Blumenpflücken‹ im Lotusteich, ob blond, ob braun, er liebte alle Frauen. Sein Lieblingsinsekt war der Schmetterling, der mit langem lustvollem Saugrüssel am feuchten fruchtbaren Nektar des jungen Lebens schleckte: ›Du Schleckermäulchen, du.‹ Maria von Beilstein sah aus wie die Unschuld vom Lande, war aber in Wirklichkeit ein ganz geiles Früchtchen: was sie alleine mit ihrem blauen Blut in ihnen zum Köcheln kommen ließ, das passte auf keine Kuhhaut. Sie steckte weg, was da kam: prall, spitz und spotzend, da lachte die Eichel und grunzte die Muschi: ›Glaube mir, mein treuer Freund‹. Johanna, die uneheliche Schwester von Maria von Beilstein, verlor sich gerne im Bad Bertricher ›Lustgarten‹ als Gespielin des Kurdoktors. Die bronzene Medaille hatte sie sich redlich durch eifriges Brustkraulen verdient.*« Ansonsten verlief die ›Beisel/Ahlefeldt-Tour‹ 1997 ganz traditionsbewusst. Sie frönten wieder mal traditionellen Riten, hingen am Bullayer Eisenbahn-Tunneleingang rum, tranken Trester, verzehrten Schwenkbraten, genossen Weinproben, rauchten mit Blick über Bullay, packten an die Brautrock-Jungfer dran und schauten, ob ›Titt hie‹ oder ›Arsch hie‹ angesagt war. Sie zeigte auf jeden Fall ›Flagge‹, ihre ›Weinbergschnecke‹.

IV. Das neue Jahrtausend

Im Nebel gestrandet

Die drei Freunde Harry, Danny und Carlos trafen sich in Osnabrück am Hauptbahnhof. Danny kam mit dem Zug aus Hagen dort hin, mit stundenlanger Verspätung, weil in ganz NRW dichter Nebel herrschte.

»Warum bin ich überhaupt mit der Bundesbahn und nicht wie sonst mit dem Auto nach Osnabrück gefahren?« fragte sich Danny

Carlos hatte Glück gehabt. Er war eher gekommen, als es noch keinen Nebel hatte. Jedenfalls warteten seine beiden Freunde schon seit längerem auf ihn. Trotzdem hatten sie sich dann doch noch getroffen. Das hat Danny heute noch genau vor Augen, als wäre es gestern gewesen. Mit reichlichster Verspätung traf er im Osnabrücker Hauptbahnhof ein. Er hatte fast die Hoffnung aufgegeben, seine Freunde zu treffen. Zumal auch schwere Nebelschwaden vorne durch den Haupteingang in die Bahnhofshalle reinschwappten. Selbst dort drinnen war also alles diffus und unklar wie in einem alten Schwarz-Weiß-Film aus der Vorkriegszeit. Danny lief erst mal raus aus dem Bahnhof. Aber draußen war es noch viel schlimmer: dicke Nebel-Suppe verkürzte drastisch die Sicht. Wieder rein in den Bahnhof. Was tun? Ja, genau: anrufen, zu Hause bei Harry anrufen, um zu erfahren, was Sache war. Also machte sich Danny auf die Suche nach einem Telefonhäuschen. Die müsste es doch im oder vor dem Bahnhof eigentlich geben. Noch bevor er ein Telefon gefunden hatte, traf er im Eingangsbereich des Bahnhofs auf seine Freunde, als hätten sie sich genau dort verabredet. »Wunderbar, hat ja doch noch geklappt,« freuten sie sich.

Aber wann das jetzt genau war? Aus Dannys Erinnerung müsste das entweder Ende der 90er oder Anfang des Neuen Jahrtausends gewesen sein.

Auf jeden Fall hatten sie dann noch zusammen in der Osnabrücker Innenstadt in einem portugiesischen Restaurant gegessen.

Da die Frage nach dem ›Wann?‹ Danny einfach keine Ruhe ließ, warum auch immer, erkundigte er sich Jahre später bei seinen Freunden: »Was meint ihr, in welchem Jahr war das? Und warum kam ich überhaupt mit dem Zug?: Wahrscheinlich konnte ich nicht Auto fahren. Vielleicht nach meinem Handbruch 2002. Oder kam ich auf Krücken?: dann war es schon in den 90ern.«

Carlos antwortete rasch und spontan aus seiner Erinnerung: »*Ich meine, wir waren beim Griechen essen. Oder war das ein anderer Termin? Ich habe gut in Erinnerung, dass du Krautsalat und Zaziki hattest und niesen musstest. Die ganze Schose hattest du dann in der Hand. Und ohne zu zögern zurück damit, wo es hergekommen war, in den oberen Verdauungstrakt. Was haben wir gelacht.*

Und mit dem Zug bist du gekommen, weil dein Auto kaputt war oder neue Reifen brauchte oder so was. Mit Harry habe ich erst in der Stadt, dann bei Harry auf dich gewartet. Und dann haben wir uns auf der Straße getroffen. Es war vor 2000, ich schätze 1996/97.«

Harry dagegen hatte eine andere Erinnerung dazu: »*Bei der Sache mit dem portugiesischen Essen liegst du richtig, doch genau festlegen kann ich mich da nicht. Ich würde es auf den Zeitraum 1999 – 2001 eingrenzen. Weshalb du mit dem Zug gekommen bist, diese Erinnerung habe ich verloren. Wahrscheinlich, weil du mal wieder die Fleppe wegen des Suffs verloren hattest, du alter Saufaus.*«

»Nee, Carlos, das mit dem Griechen war dann wohl ein anderes Mal, wo wir uns auch zu Dritt getroffen haben. Die Umfrage ergab 2 : 1 für Portugiese.«

»Und Harry, ich hoffe, deine Bemerkung mit der verloren gegangenen Fleppe war ein Scherz. Denn wegen Alkohol hab ich den Führerschein überhaupt noch nie verloren. Ich tippe ja ganz stark auf die erste Zeit nach meinem Handbruch. Das war im Winter 2002. Da konnte ich mit dem frisch reparierten Greifwerkzeug noch nicht wieder selber Autofahren.«

Gemeinsame Fahrten oder kleine Abenteuer schweißten die Beziehung der beiden Freunde zusammen. Die 15. Reise mit Harry fand im August 1999 statt, als sie drei Tage Carlotta und Frank im hessischen Wolfhagen-Istha besuchten. Deren kleine blonden Töchter Katrin und Mary spielten gerne mit ihren Katzen. Schnurri, die Katzenmutter, hatte gerade zwei herzallerliebste Babys bekommen, Kringel und Pünktchen.

Danny und Harry machten erst mal eine kleine Wanderung zum Istha-Berg. Sie hatten sich länger nicht gesehen und deshalb viel zu erzählen. Harry erklomm den freistehenden Bilstein-Felsen. Am Abend erlebten sie einen malerischen Sonnenuntergang im dörflichen Istha mit all seinen Fachwerkhäusern.

Da Carlotta und Frank tagsüber berufstätig waren, machten die beiden Freunde ohne ihre Gastgeber Ausflüge. So ging es am nächsten Tag zum Edersee. Da es aber dort nur regnete wie aus Eimern, bestaunten sie von einem Parkplatz direkt am Seeufer aus mit einem Fernglas das lebhafte Treiben der Segelboote auf dem Stausee, allerdings nur aus dem trockenem Wageninneren. Machte nichts, dass sie nicht aussteigen mochten, denn sie hatten sich immer noch genug zu erzählen. Vom Edersee fuhren sie hoch zur Burg Waldeck. Von dort hatten sie einen viel besseren Überblick über die weit verzweigten Arme des Stausees. Mittlerweile hatte es etwas aufgeklart, und so stiegen sie aus, um die Burg zu besichtigen. Dort fanden gerade Proben zu Ritterspielen von tschechischen Schaustellern in mittelalterlicher Kleidung statt, denen sie eine Weile zuschauten. Dadurch waren sie dermaßen animiert, dass Danny im gelb-schwarz-gestreiften Wachhäuschen den Wächter machte, wogegen Harry als angehender Historiker interessiert den Burgfried musterte.

Na ja, bei all dem Regen am und um den Edersee planten sie halt was anderes. Naumburg war nicht weit, also nix wie hin. Das alte Rathaus interessierte Harry genauso wie die Dampflok aus dem Eisenbahn-Museum. Soviel alte Dinge machten hungrig. Sie wählten das jugoslawische Restaurant Dubrovnik, wo sie aufs reichlichste mit leckeren balkanesischen Köstlichkeiten verwöhnt wurden.

Am Abend wurden sie in Istha von den beiden Freunden und Herbergs-Eltern Carlotta und Frank mit einer lang ausschweifenden Tanz- und Trommel-Session überrascht. Carlotta, ganz in rot gekleidet, tanzte. Alle vier waren sie in Aktion, die Männer musizierten, percussionierten und klopften, die Frau tanzte. Die Gefühle schwappten durch ihre Körper, in den Raum, von einem zum anderen. Und da Danny auch gerade was in Rot anhatte, tanzte er mit Carlotta, ohne aber das Tamburin aus den Händen oder das Kazoo aus dem Mund zu nehmen. Frankie war schier geblendet von soviel rot. Und auch Harry staunte nur über seinen tanzenden Freund. Denn es war lange her, seit den legendären 70er Jahren, als er ihn in der Rock-Disco Old Daddy in Haltern oder beim Marshall-Tucker-Konzert in Hamburg hatte tanzen sehen. Es wurde zu einem gelungenen Abend im beschaulichen Istha.

Und weil es so schön war, fuhren sie am letzten Abend alle gemeinsam zu einem italienischen Essen in der Pizzeria Taormina in Wolfhagen: Carlotta, Frank und ihre Töchter Katrin und Mary ließen mit Danny und Harry die geruhsamen Tage in Hessen ausklingen: salute.

Natürlich zog es die beiden auch im neuen Jahrtausend hin und wieder zu einem verlängerten Wochenende an die Mosel. Doch dieser Aufenthalt in Hessen hatte etwas Besonderes für sie. Ihr alter gemeinsamer Compadre Matthes weilte ja inzwischen nicht mehr unter den Lebenden. Aber den hatten sie ja mehrmals in Kassel besucht, was gar nicht weit von Istha liegt.

Dreißig Jahre ›Bullayer Brautrock‹

Im Februar 2007 feierte Danny mit seinem Freund Harry das Jubiläum ›dreißig Jahre Bullay‹. Denn im Februar 1977 entdeckten sie ja das ›Hotel Moselblick‹; und ihre ewige Freundschaft befand sich mittlerweile im vierten Jahrzehnt, … and never got old. Sie hatte auch immer mit Abenteuern unterwegs zu tun gehabt. Trampen oder zu Fuß, mit Schiff, Zug oder Autos durch die Gegend brettern, erleben, staunen, überschäumende Freude. Sie zogen aus von Datteln, dem größten Kanalknotenpunkt der Welt, wo sich der Rhein-Herne-Kanal mit dem Dortmund-Ems-Kanal am Schiffshebewerk Henrichenburg trifft, danach zweigt nach Osten der Datteln-Hamm-Kanal ab, und schließlich vergabeln sich am ›Dattelner Meer‹ der Datteln-Wesel-Kanal nach Westen und die alte und neue Fahrt des Dortmund-Ems-Kanals nach Norden. Sie kamen immer wieder zum Wasser zurück: zu den Gestaden der europäischen Küsten oder den Ozeanen in Übersee, zu den zahlreichen Baggerseen im Ruhrgebiet, den Talsperren im Sauerland oder gar ›Väterchen Rhein‹. Aber kein anderer Fluss hatte sie so emotional geprägt wie die liebliche Mosel mit ihren steilen Weinberghängen, wild mäandernden Schleifen und dem herben Charme ihrer Winzer. Nach der ›Goldenen Bullay-Serie‹ von 1994 bis 1997 verbrachten sie im November 2000 wieder mal zusammen ein paar Tage an der Mosel. Sie erlebten die ›Mosel in Flammen‹, ein Weinfest in Cochem, oberhalb von Bremm den steilsten Weinhang in Deutschland und entspannendes Wellness im Thermalbad von Bad Bertrich.

»Hör mal Harry, was ich letztens über eine gewisse Franziska zu Reventlow, genannt Fanny, eine Panerotikerin aus Schwabing der Jahrhundertwende

1899/1900, gelesen habe: ›*Die beste Vorsorge für das Alter ist, dass man sich nichts entgehen lässt, was Freude macht. Dann wird man später die nötige Müdigkeit haben und kein Bedauern, dass die Zeit um ist.*‹[33]«

»Ja,« erwiderte Harry, »da kam uns unser Hedonismus der 60er und 70er Jahre sehr entgegen dafür, dass wir als Altersvorsorge viel erlebt haben.« »Joh, das habe ich auch häufig während meiner Arbeit als Betreuer in Altenpflegeheimen erlebt,« ergänzte Danny, »wer viele tolle Geschichten von früher erzählen kann, der ist dort der König.« So bedeutete die Feier zu ›30 Jahre Bullayer Brautrock‹ auch gleichzeitig die Geschichte der Freundschaft zwischen Danny und Harry, die schon über drei Jahrzehnte währte und fruchtbar gedieh: … im Weib und auch im Weine.

Und dann 2008, wieder Bullay an der Mosel, wieder Danny und Harry. Im Jahr zuvor hatte Harry seinen alten Sports-Kameraden Danny bekniet, doch auch bei der Internet-Tipp-Runde ›Gib mich die Kirsche‹ mitzumachen. Schließlich ließ sich Danny darauf ein und meldete sich für die Saison 2007/08 an. Erst war er so lala, aber zum Ende der Saison zog Danny einen gewaltigen Endspurt an und stand auf einmal kurz vor Saison-Ende zum ersten Mal ganz oben: Tabellenführer von 34 Internet-Tippern aus ganz Deutschland. Am letzten Spieltag wurde es dann amtlich. Dannylito hatte tatsächlich die Tipprunde gewonnen: Tippkönig 2008, mit einem Punkt Vorsprung vor dem Zweiten. Und das geschah genau an dem Wochenende, als Danny und Harry an der Mosel weilten. So hatten sie alle Gründe, das ausgiebig in Bullay zu feiern. Denn Harry's Bruder Sugar-Eddy, der Harry bei der ›Kirsche‹ eingeführt hatte, rief die beiden Freunde an: »Hey, Jungs. Glückwünsche von Berlin nach Bullay. Jop, Dannylito hat den Gesamtsieg geholt. Außerdem hast du, Harry, am letzten Spieltag auch noch den Tagessieg gewonnen. Also doppelte Glückwünsche für euch.« Mann-Mann-Mann, da hatten die beiden ja reichlich Gründe zu feiern. Und dann einige Tage später – wieder zu Hause – folgte auch schon die Glückwunsch-E-Mail des Tipp-Spielleiters für Danny:

Betreff: Tippkönig 2008 = DANNYLITO
So, das war's.
Herzliche Glückwünsche an ›Dannylito‹ zum Gesamtsieg.
Die BuLi startet am 15. August in die Saison 2008/2009. Als Neuerung gibt es

dann wieder die Aufstiegsentscheidung zwischen dem Dritten der 2. Liga und dem 16. der Ersten Liga.
Alle Tippsüchtigen müssen in den kommenden Wochen nicht zwingend bei Hütchen-Spielern ihre Sucht befriedigen. Macht einfach bei der EURO-Tipprunde ›Dem Fritz sein Wetter‹ mit.
Grüße an alle vom Spielleiter, Gib mich die Kirsche

Harry und Danny nutzten auch wieder die warmen Quellen des nahe liegenden Bad Bertricher Thermalbades, um ihre alten Knochen geschmeidig zu machen. In Bad Bertrich wohnte übrigens während der Fußball-WM 2006 die Schweizer Nationalmannschaft. Das schien den Fußballern der ›Nati‹ gut getan zu haben, denn sie schafften einen neuen WM-Rekord. Als erste Mannschaft von allen bisherigen Weltmeisterschaften schieden sie aus, ohne während der regulären Spielzeiten ihrer vier Spiele bis zum Achtelfinale ein Gegentor bekommen zu haben. Erst im Elfmeter-Schießen gegen die Ukraine versagten ihnen komplett die Nerven. Sie schafften überhaupt kein einziges Elfmeter-Tor. Das war wiederum auch ein Rekord.

Jahre nach ihren Wellness-Besuchen in den sprudelnden Thermal-Quellen von Bad Bertrich grub Harry eine andere Art von Jungbrunnen aus, als er irgendwann einmal die Sprache auf Vitamin E brachte, das ›Fruchtbarkeits-Vitamin‹ schlechthin.

Danny kannte das überhaupt nicht, begann aber wissbegierig zu googeln: »Aha, da steht's ja. Vitamin E ist ein Nebennieren-Hormon, das vom Hirn ausgesendet wird. Es kommt bei ausgeglichener Stimmung zu Stande …. Und auch sehr interessant, dass Vitamin E ein wichtiger Nährstoff für die Nebennieren sein soll.«

So far – so good. Weiter forschte Danny zu diesem Themenzusammenhang von Nebennieren und Vitamin E, was für ihn bisher alles ›böhmische Dörfer‹ waren: »Achtet darauf, möglichst viel Stress zu reduzieren und lernt negative Emotionen zu minimieren, also Angst, Schuld, Wut. Ausreichend Schlaf ist wichtig. Übertriebenes Training, Arbeit oder auch Feiern stresst die Nebennieren.«[*]

---

[*] *Quelle aus dem Internet: adrenal-fatigue.de/therapie. Nebennierenschwäche oder auch Adrenal Fatigue bedeutet erschöpfte Nebennieren.*

»Aha, aha, aha. Ja, Harry, wenn du durch übertriebene Arbeit gestresst wirst, dann versteh ich das.«

»Ach Quatsch, Danny, deshalb doch nicht. Klar fühl ich mich manchmal durch mucho Arbeit etwas ausgepowert,« entgegnete Harry, *»aber das hier hört sich doch gleich interessanter an, oder: Vitamin E sorgt für geile Stimmung, sozusagen ›Riemigkeit‹, also Männer schauen gerne auf Traum-Titten und -Ärsche, und Frauen gerne auf knackige Männer-Pos und Six-Pack-Bäuche.«*

»Joh-joh-joh, Harry. ja, guckes.«

»Und dann noch den hier,« ergänzte Harry, *»ob Manager oder Maurer, Student oder Senior – für jede männliche Zielgruppe liegen in Apotheken, Reformhäusern und Supermärkten freiverkäufliche Dragees bereit. Mit einem Schlag ist Vitamin E als vermeintliche Potenzrakete modern geworden. Ein Vitamin, das ›Geburten bringend‹ heißt, hat sicherlich stimulierende Eigenschaften auf Sex und Fruchtbarkeit. Kein Wunder, dass die Werbung für Vitamin-E-Kapseln oder Tabletten liebesmüden Männern Erlösung von Problemen verspricht: standfest und mehr Mann sein – Vitamin E hilft, Störungen zu beheben. Verjüngt und leistungsstark mit dem Sex-Vitamin. Mit Vitamin E kommen Sie in Hochform.«*

»Ehrlich, Harry?« meinte dazu Danny, »ach nee, ich glaub, das brauch ich nicht. Was ich brauche, lieber Freund, denk ich an Bad Bellingen oder ›unser‹ Bad Bertrich:

Thermal, Thermal, Thermal,
alle mal und dazumal,
ob Rücken, Kreuz, im Nacken, Knie, ist ganz egal,
Thermal, Thermal, Thermal,
in diesem Wasser bist du dann der Aal,
mit Zopf, long hair oder gar kahl,
ob Dürre oder Dicke wie ein Wal,
egal, egal, egal,
Thermal, Thermal, Thermal …«

Elder Statesman

Ihre Freundschaft hatte sich nach 40 Jahren aus der Hippiezeit in die Gegenwart gerettet. Das alleine bedeutete schon eine Besonderheit. Natürlich gestaltete sich das freundschaftliche Erleben im neuen Jahrtausend auch ganz anders als in den 1970er Jahren. Damals lebten sie im selben Ort und konnten deshalb tagtäglich zusammen kommen. In der Jetztzeit erfuhren sie sich durch Besuche, Besuche, Besuche. Wenn Danny nach Osnabrück kam, dann war er wieder der legendäre ›Mann aus Hagen‹. Wenn Harry nach Hagen kam, erlebten sie zusammen leckere Speisen bei ihren Restaurant-Besuchen, Spaziergänge an Flüssen und durch Wälder oder Museen. Dazwischen immer wieder Briefe mit der ›gelben Post‹, Ansichtskarten, Päckchen, E-Mails oder Anrufe. Denn jede Freundschaft muss auch gepflegt werden, um sie über einen längeren Zeitraum aufrecht zu erhalten. Und diese Freundschaft wurde gut gepflegt. Zwar holperte sie auf Grund Harrys familiären Fruchtbarkeiten und beruflichen Engpässen ein wenig, aber diese Freundschaft der beiden Männer blieb über die Jahrzehnte bestehen. Auch Danny litt früher unter seinen schwierigen Beziehungen, aber die Liebesbeziehung von Danny und Moni nach nunmehr schon zwei Jahrzehnten gab ihm Konstanz. Und die Beziehung mit Moni, der Frau seines Lebens, währte mittlerweile länger, als er mit allen anderen früheren Freundinnen zusammen liiert war. So lange und so gut, dass sie 2007 geheiratet hatten und weiterhin glücklich zusammen lebten.

Im höheren Alter ist es ja auch gar nicht mehr so einfach, neue Freunde zu gewinnen. Oft verschwinden alte Freunde in der Versenkung ihrer eigenen Problematik. Alte Freundschaften muss man pflegen, sonst kippen sie weg. Neue kommen so gut wie nie nach. Da kann man sich freuen, im Alter überhaupt einen Freund oder eine Freundin zu haben. Laut einer Studie erscheint es älteren Menschen auch weniger wichtig, überhaupt neue Bekanntschaften zu machen. »Je älter die Menschen sind, desto häufiger haben sie kein Interesse mehr, neue Bekanntschaften zu machen. Das zeigt die Umfrage der GfK Marktforschung in Nürnberg. So sagt von den über 70-jährigen mehr als jeder Dritte (36,6 Prozent), dass er keine neuen Menschen mehr kennen lernen möchte; von den 20- bis 29-jährigen nur jeder Sechste.«[34]

Und was machen dann die älteren Menschen? Keine Freunde sind mehr von früher übrig geblieben, keine neuen Bekannten kommen hinzu. Dafür halten sie sich lieber ein Haustier, die widersprechen meist nicht und nehmen oder lieben einen, wie man halt so ist, mit all seinen Macken.

Was macht es eigentlich so wertvoll, einen Freund zu haben, wenn man die Sechzig überschritten hat? Ja, früher als junger Mensch oder junger Erwachsener fiel es einem leicht, Freunde zu finden und zu gewinnen. Aber diese auch über Jahrzehnte zu behalten, das war schon schwerer. Umso schöner ist es, mit Sechzig noch einen Freund übrig zu haben.

Vor allem in den letzten Jahren, als Danny schon Rentner war, konnte er dementsprechend seine Aktivitäten gelassen angehen. Dagegen lag Harry voll im Aktivitäts-Stress seines Journalisten-Berufes: Schreiben, schreiben, schreiben, was die Feder hergab. In dieser Zeit brachte Harry den Begriff des ›Elder Statesman‹ für Dannys Verhalten auf. Harry freute sich darüber, obwohl er fast nie Zeit und Power für Brief-Kontakte oder E-Mails an den Freund hatte, dass Danny dennoch stets gelassen blieb und ihm treu weiter schrieb. Harry dachte natürlich trotzdem viel an Danny. So blieb ihre Freundschaft tief und innig, for ever, for ever, for ever …

Harry in einer E-Mail am 02.10.2014: »*Nach meinem letzten Besuch bei Dir ist schon wieder einige Zeit vergangen, Ich habe mich sehr wohl gefühlt, es hat mir gut getan, in der Umgebung meines Freundes zu sein und eine temporäre Ruhe zu empfangen. Echt Danny: unser Zusammensein macht auch heute noch aus mir einen absolut entspannten Menschen. Das ist vor 40 Jahren in Datteln am Schürenheck so gewesen und heute in Hagen nicht anders. Es ist Freundschaft, Wohlfühlen und gut aufgehoben zu sein. Da kann man ja glatt auf ein neuerliches Treffen hin arbeiten. Die Frage bei Dir oder bei mir interessiert mich da weniger. Mir geht es da einzig um: wir zusammen. Lass uns doch mal über ein neuerliches Treffen beraten.*«

Danny antwortete spontan am 03.10.2014: »*Ja, das ist schön, das hört sich gut an, denn es geht mir genauso. Da können wir drauf aufbauen und uns auf unser nächstes Zusammentreffen freuen.*«

Harry schrieb noch im gleichen Monat, am 31.10.2014: »*Hallo, lieber Freund! Mit meiner Kommunikationsbereitschaft kann ich keinen Nobelpreis bekommen, das weiß ich selbst. Auch wenn Du meinen solltest, Du wärest mir keines*

Gedanken wert, ist es doch anders. Ich denke oft an Dich, führe oft Deinen Namen, wenn ich den Kindern etwas aus meiner Vergangenheit erzähle, frage mich manchmal, was Du jetzt in dieser Minute wohl tust. Oder ich habe Dich tagelang in meinem Kopf, nachdem der Briefträger eine Karte, einen Brief oder ein Päckchen ins Haus gebracht hat. Witzig war ja, dass mich Deine Grüße aus Bad Bellingen erreicht hatten und zwei Tage später die Postkarte aus Griechenland eintraf. Das könnte zwar für mich als Dein Biograf die Chronologie ein wenig durcheinander bringen, ist aber eher die Bestätigung, dass Menschen außerhalb unserer deutschen Tretmühle im Leben auch noch etwas anderes sehen als die permanente Zwangshandlung, alles und jeden Moment durchkalkuliert zu haben. Vielleicht wird ein Postkasten in Griechenland nur geleert, wenn er voll ist – das ist doch deren Sache.

Vor einigen Tagen habe ich mir eine dicke Macke ins Auto gefahren.«

Danny antwortete am 02.11.2014: »Oje, ne Macke im Auto - mit unnötigen Kosten: das hat man nie gerne. Aber besser Auto kaputt als Levve, denn Levve is einzigartig und kommt nie wieder, außer im Buddhismus ….: aber da weiß man auch nicht, ob man Lust auf ein zweites Leben als Kakerlacke hat …«

Harry am 17.11.2014: »*Eines muss ich Dir ja lassen: Du bist, Verabredungen betreffend, ein weiser Mann. Als es mich vor einer Weile nach Besuch dürstete und den November vorschlug, hattest Du nix dagegen einzuwenden gehabt, gleichzeitig aber auch die Option eines Dezembertreffens eingeführt. Du bist wirklich ein Elder Statesman der Working Class Heros. Jetzt, Stand 17. November, wäre mir das auch lieber. Wärst Du einverstanden mit einem Termin zwischen Weihnachten und Silvester? Ich würde gern zu Dir kommen. Ich habe gelesen, im Osthaus-Museum läuft eine Ausstellung, an der hätte ich Interesse. Museen sind uns beiden ja auch nicht fremd, denke mal an Brüssel, an Pirmasens. Wir werden sehen, wonach uns der Sinn steht. Hauptsache, wir können uns in die Augen schauen.«*

Danny freute sich am 19.11.2014: »Elder Statesman an alle: Hey, ist okay mit ›zwischen den Jahren‹. Sagste halt vorher Bescheid, wann das genau sein wird, wenn du kommen wirst. Was für ne Ausstellung ist denn die, die du im Osthaus gerne sehen willst?«

Nachdem ›zwischen den Jahren‹ 2014 vorüber war, klappte es erst im Januar des neuen Jahres mit Harrys Besuch bei seinem Freund Danny.

Und ein halbes Jahr später, am 04.05.2015, schrieb Harry: »*Es überrascht Dich hoffentlich nicht allzu sehr, dass Dein Freund aus Osnabrück Dir schreibt. Zugegeben, mein Schreibverhalten ist rein freundschafts-mäßig vielleicht reduziert, aber rein schreibtechnisch bin ich voll auf Zack. Täglich haue ich die Berichte und Meldungen für meine Leser raus, sitze in Gerichten, Theatern, Sälen, traile mit Förstern durch den Wald oder schaue Reenectment-Gruppen bei ihren Schlachten zu* (Nachstellungs-Gruppen, der Verfasser). *Auch sitze ich bei Mitmenschen in deren Wohnzimmer, wo sie mir Geschichten aus ihrem Leben erzählen; zuweilen geschieht das auch in Sportlerheimen, Rettungsstationen oder Jugendherbergen. Was aber immer daran anschließt, ist das Schreiben eines Artikels. Tagein, tagaus! Sätze, Wörter, Buchstaben – eine Flut von Informationen für denjenigen, der sich dafür interessiert. Und weil diese Infos beim geneigten Leser gut ankommen, werde ich aufgefordert, weiter auf diesem Weg zu arbeiten. Damit verdiene ich mein Brot. Levve is teuer, da kannze nur rabotten!*

Die Schreibfaulheit der vergangenen Wochen war generell ein Problem. Das weiß ich selbst, aber ich mag manchmal einfach keine Buchstaben, Wörter und Sätze schreiben. Auch wenn ich mich nicht bei Dir melde, habe ich Dich oft im Kopf.

Ich denke viel an Dich und an das, was uns verbindet, was wir miteinander geteilt, erlebt haben und heute noch bewahrt haben.«

Danny antwortete gerne am 05.05.2015: »Zu deinem Brief: dass du selten an mich schreibst, weiß ich doch. Ich weiß ja auch warum, weil du dir selber die Seele aus den Händen schreibst -> berufsmäßig. Von daher kein Vorwurf von meiner Seite: ich weiß um deine Situation. Umso mehr freut es mich natürlich, wenn dann doch überraschend eine E-Mail kommt. Ja, lieber Freund, auch ich denke häufig an dich, denn ich habe in den letzten Wochen meinen neuen 8. Roman, ›Wer andren eine Feder schenkt …‹, begonnen.«

Und Harry schließt diesen Kreis am 06.05.2015: »*Aber mich freut ja, dass Du keine Erwartungshaltung hegst und mir nichts nachträgst. Klasse, dass Du das so siehst! So stelle ich mir Freundschaft auch vor, Rücksicht und Verständnis.*«

Jedenfalls hatte sich bei Danny nicht mit allen ehemaligen Freunden über die Jahrzehnte solch eine gute intensive und vor allem aktive Freundschaft gehalten wie die zu Harry. »*Alle Männerfreundschaften sind im Wesentlichen don-quichottisch: sie halten nur so lange, wie jeder Mann bereit ist, den Bar-*

bierschüsselhelm zu polieren, auf seinen Esel zu steigen und auf der Suche nach trügerischem Ruhm und fragwürdigen Abenteuern hinter dem anderen her zu reiten.«[35]

Danny schaute sich am 18. Juli 2015 im TV auf ARTE den Bob Marley-Abend an. Erst die über zwei Stunden dauernde Bob Marley-DoKu, die ihn bis 00.05 Uhr früh fesselte. Und danach kam für ihn noch das legendäre Bob Marley-Konzert in Dortmund 1980: »Da war ich live dabei: jupideeehhh …!«

Es war immer wieder schön, den guten Bob nochmals zu sehen. Danny hatte die Ehre, ihn noch mal in Dortmund live in der Westfalenhalle zu erleben, am 13.06.1980, bevor er dann noch nicht einmal ein Jahr später, im Mai 1981, in den Rasta-Himmel einfuhr.

Dazu Stimmen aus dem Netz zu Dannys geposteten Infos zum TV-Bob-Marley-Abend: »Cool, habe gerade meinen Mann informiert, und er hat sich gefreut wie ein Schneekönig …. Danke Danny.«

Oder eine andere Lady: »Ich schau es auch grade … It's Reggae time. Leider hab ich ihn nie live gesehen.«

Während dieser umfangreichen, interessanten und auch amüsanten DoKu erinnerte sich Danny an die gemeinsame Zeit mit Harry und den anderen Reggae-Freunden im Datteln der 1970er Jahre. Deshalb schrieb er auch seinem Freund direkt eine E-Mail: »Wenn ich den so anschaue, unseren alten Reggae-Mann Bob Marley in den 70er Jahren. Boah, dann kommt mir das vor, lieber Freund Harry, als war ich der Bob Marley von Datteln. Was der so alles machte: spielte Fußball mit Freunden, nicht im Verein. Spielte Tischtennis, lief und joggte am Strand bis in die Berge, und duschte sich unterm Wasserfall. Er kämpfte wie wir für Gerechtigkeit – wie im Stück ›Fight for your right‹: ›Get up, stand up, don't give up to fight‹. Dazu wurde pausenlos gekifft und Musik gemacht. Sag mir eins, mein Freund, was haben wir in den 70er Jahren nicht genauso gemacht …!?«

Und dann erinnerte sich Danny an eine Episode Ende der 70er Jahre in Harrys Wohnung am Grünen Weg in Datteln: »Spaß-Pokern war angesagt, also ohne Geld zu gewinnen oder zu verlieren. Und Sven verlor gegen mich. So kam ich beim Pokern zu meiner ersten Bob Marley-Platte, der Doppel-LP von 1978 ›Babylon by Bus‹. Zum Trost schenkte ich Sven meinen alten Fohlen-Fellmantel, den er eh so gerne trug. So auch beim ersten gemeinsamen Söppel-Konzert 1979 im Zirkuszelt.«

Im Laufe der Bob Marley-DoKu wurde ziemlich schnell klar, dass Bob Marley einen ziemlichen ›Schlag‹ bei den Frauen hatte: ›No woman, no cry …‹

Bunny Wailer, eigentlich Neville O'Reilly Livingston, einer seiner Mitstreiter aus den 70er Jahren wurde gefragt: »Hey Mann, wie kam es, dass die Frauen so auf Bob standen …!?«

»Ja, das kam daher, dass er so schüchtern war, lach …!«

Das fand Danny wiederum so erheiternd passend, dass er Harry sofort eine E-Mail schrieb: »Na, mein Freund Harry, das kommt uns doch sehr sehr bekannt vor, das mit dem schüchternden jungem Mann, was …!? Du weißt ja, warum ich der schüchternde Spätzünder war. Und was aus mir geworden ist …!?«

Ja, wirklich, alles teilten die Freunde mit Bob Marley: ›Exodus‹ und ›Could you be loved‹, nur seinen raschen Tod nicht. Immer traf es zu früh die Falschen.

Als Danny und seine damalige Freundin Lydia ihn am 13. Juni 1980 in Dortmund live erlebten, da war der Krebs schon in ihm, ohne dass man das wusste. Denn er hopste auf der Bühne rum wie ein junger Spund. Mit der letzten Zugabe ›Lively Up Yourself‹ verschwand er für immer aus ihrem Leben. Später am 23. September 1980 gab er in Pittsburgh, USA sein letztes Live-Konzert. Man hatte inzwischen den Krebs in ihm entdeckt, der als unheilbar galt. Er entschied sich für einen deutschen Arzt, der im bayerischen Rottach-Egern am Tegernsee eine Klinik für hoffnungslose Krebspatienten betrieb und Methoden anwandte, die von der Fachwelt überwiegend nicht anerkannt wurden. Aber Bob Marley war leider sowieso nicht mehr zu helfen. Er starb am 11. Mai 1981 mit 35 Jahren in Miami auf dem Weg zu seiner jamaikanischen Heimat. Da war Danny knapp 30 Jahre und zusammen mit Lydia in Marokko unterwegs auf Reisen. Ein Berber aus Al Hoceima und totaler Bob Marley-Fan überbrachte ihnen dort die Nachricht von Bob Marleys Tod.

Federn

Feder: »*Das altgerm. Substantiv mittelhochdeutsch veder, althochdeutsch fedara, niederl. veder, engl. feather, schwed. fjäder beruht auf der indigenen Wurzel pet-, auf etwas los- oder niederstürzen, hinschießen, fliegen …*

Da große Vogelfedern mit ihrem hohlen Kiel seit dem frühen Mittelalter zum Schreiben dienten, nannte man auch die im 16. Jh. erfundene, aber erst im 19. Jh. durchgängig verwendete metallene Schreibfeder so.«[36]

Und es gab aber noch andere, die Federn schenkten. Dannys Frau Moni war begeisterte Vogel-Beobachterin und -Fotografin. Von einem ihrer ornithologischen Ausflüge in die Rieselfelder bei Münster brachte sie Danny eine große schöne Fasanen-Feder mit: danke sehr. Und ihre gemeinsame Katze Lilli wollte da nicht zurückstehen. Als Geschenk brachte sie ihnen auch Federn mit und legte sie ihnen fein säuberlich und ordentlich auf die Matte vor der Terrassentür ab. Allerdings war da noch an den Federn das ganze Vögelchen dran, wie schade. Aber auch untereinander mussten die Vögel Federn lassen. Wie die Blaumeisen: die ihre Jungen fütternden Altvögel in Dannys Garten sahen auf dem Kopf aus wie gerupft, als hätten ihnen ihre jungen Küken die Federn vom Kopf gefressen. Danny brachte auch Lilli mal hin und wieder eine Feder zum Schnuppern mit, und Moni ein seltenes schönes Exemplar zum Ansehen und Herzaufgehen lassen.

Ja, ja, Federn kommen also von Vögeln, die wiederum gerne vögeln, was ja bei Menschen auch sehr beliebt ist. So schließt sich der Kreis der Love & Peace-Hippie-Symbolik: von der Feder als Friedenszeichen zum unausgesprochenen Vögeln, hihihi ….

Danny und Harry entpuppten sich dann doch nicht als so sture und unmobile Mosel-Liebhaber. Im November 2005 erlebte Danny ein Wochenende mit Florian, einem Hagener Freund und früheren ›Herbergsvater‹, in Bad Kreuznach an der Nahe. Auf dem Rückweg machten sie einen Abstecher nach Bretzenheim an der Nahe. Dort lernten sie den Bio-Winzer Wolfgang Hermes persönlich kennen, dessen Nahe-Weine Danny schon einige Zeit über seine Schwester BärBel kennen, lieben und schätzen gelernt hatte. Seitdem kommt der Winzer Hermes regelmäßig mit köstlichem und gesunden Demeter-Bio-Wein nach Hagen, um Danny, Florian und Dannys Nachbarn mit erfrischendem Riesling und leckerem Spätburgunder zu beliefern, bis auf den heutigen Tag. Und seit neuestem befindet sich Wolfgang Hermes auch unter den Lesern von Dannys Romanen. Wahrscheinlich der einzige Winzer unter Dannys Lesern, oder …? Aber auch Harry hatte in der Zwischenzeit die Köstlichkeit des Hermes'schen Nahe-Weins kennen- und lieben gelernt. Zufällig bekam er mal einen Hermes-Wein in Osnabrück geschenkt. Umso größer war seine Überraschung, bei seinem nächsten Besuch in Hagen von Danny ebenfalls einen trockenen Spätburgunder aus dieser Kellerei kredenzt zu bekommen.

Dannys allerletzte Eintragung zum Anlass des 30-jährigen Bullay-Jubiläums 2007 im zweiten Tagebuch-Band ›wer andren eine Feder schenkt‹ hieß: »Tja, und wenn sie nicht gestorben sind, wird die Freundschaft zwischen Harry und Danny auch noch in 30 Jahren bestehen.« Das wäre dann also 2037.

Aber auch ein 40-jähriges Freundschafts-Jubiläum 2014 oder ein ›Goldenes

50-jähriges‹ im Jahre 2024 wäre doch schon eine nette Geste des Schicksals für Harry und Danny. Das 40-jährige hatten sie ja mittlerweile erfolgreich und noch gesund und munter im Jahre 2014 erlebt.

Now we are looking forward to their ‹Golden Fifties› in the year twenty-twenty-four. 2024 ist ja auch nicht mehr so weit hin, solange kann diese Feder schon noch fliegen ...

Literaturhinweise

Überwiegend wurde von den Protagonisten die alternative Literatur der Zeitgeschichte in den 70ern und 80ern gelesen. Aber Danny studierte in den 1970er Jahren Sozialwissenschaften und las dafür soziologische Literatur von Leo Kofler oder Dieter Duhm. Genauso ging es Harry in den 90ern bei seinem Geschichts-Studium, als er in Fachliteratur wie Friedell, Wahrig oder dem bibliographischen Institut Mannheim nachschlug.

1) Khalil Gibran, * 1883, † 1931, libanesisch-amerikanischer Dichter
2) Jack Kerouac – Unterwegs, Reinbek bei Hamburg 1959
3) William Burroughs jr – Speed, Köln 1970
4) Carlos Castaneda – Die Lehren des Don Juan, Frankfurt am Main 1973
5) Manfred Schloßer – Anthropologie der Praxis, Diplomarbeit bei Prof. Leo Kofler an der Ruhr-Universität Bochum 1976
6) Jack Kerouac – Gammler, Zen und hohe Berge, Reinbek bei Hamburg 1971
7) Mike Fiebig über Timothy Drane, Westfälische Rundschau 09.05.2015
8) Hermann Hesse – Siddhartha, Frankfurt am Main 1969
9) Dieter Duhm – Der Mensch ist anders, Lampertheim 1975, S. 107 ff
10) Timothy Leary – Politik der Ekstase, Hamburg 1970
11) Aldous Huxley – The doors of perception, New York 1954
12) Hans Leuenberger – Im Rausch der Drogen, München 1970, S. 224 f
13) Jack Kerouac – Engel, Kif und neue Länder, Reinbek bei Hamburg 1971
14) Jack London – Lockruf des Goldes, München 1973
15) John Steinbeck – Die Straße der Ölsardinen, München 1956
16) Manfred Schloßer – Straßnroibas, Norderstedt 2007
17) Thor Heyerdahl – Kontiki – Ein Floß treibt über den Pazifik, Gütersloh 1980
18) rewirpower.de, Das Revierportal – Koksen ist Achtziger: Hamburger Koka-Getränk mit rotzfrechen Slogans und mehr Koffein, 24.06.2010

19) Jack Kerouac – Big Sur, München 1984
20) Henry Miller – Wendekreis des Krebses, Reinbek 1962
21) Charles Bukowski – Der Mann mit der Ledertasche, Köln 1974
22) Jörg Fauser – Der Schneemann, München 1981
22) Mario Giordano – Tante Poldi + die sizilianischen Löwen, Köln 2015, S. 198 f.
23) Jörg Fauser – Der Schneemann, München 1981
24) Kurt Vonnegut – Frühstück für starke Männer, Reinbek 1974
25) Maj Sjöwall/Per Wahlhöö – Die Tote im Götakanal, Reinbek 1968
26) Egon Friedell – Kulturgeschichte der Neuzeit, München 1965
27) Maj Sjöwall/Per Wahlöö – Und die Großen lässt man laufen …, Reinbek 1970
28) Bibliographisches Institut AG, Mannheim 1981
29) Gerhard Wahrig – Deutsches Wörterbuch, Gütersloh 1968
30) Tom Sharpe – Puppenmord, Berlin 1990
31) T.C. Boyle – Grün ist die Hoffnung, München 1993
32) Frank Schätzing – Tod und Teufel, Köln 1995
33) Michael Molsner – Der Castillo-Coup, München 1985
34) Westfälische Rundschau vom 06.08.2015
35) Michael Chabon – Wonderboys, 1995
36) Duden – Das Herkunftswörterbuch, Etymologie der deutschen Sprache, Mannheim 2001, S. 209

Diskographie

Nichts gibt die Stimmung und den Zeitgeist der 70er/80er Jahre so gut wieder, wie die Musik, die die Protagonisten in jener Zeit gehört haben.

1) Eric Burdon and the Animals – San Franciscan Nights
2) Tangerine Dream – Zeit
3) The Doors – Riders on the storm, Light My Fire, Strange Days, Break on through to the other side, Alabama Song – Whisky Bar, Love her Madly, People are strange, Backdoor Man, Maggie McGill
4) Reinhard Mey – Musikanten sind in der Stadt
5) Terry Jacks – Seasons in the sun
6) Sportfreunde Stiller – 54 – 74 – 90 – 2006
7) Marshall Tucker Band – Can't you see, Running like the Wind
8) Lynyrd Skynyrd – Free Bird, Sweet Home Alabama
9) Allman Brothers Band – Jessica
10) Bob Marley – Positive Vibration, Babylon by Bus, Exodus, Could you be loved, Get up, stand up, Lively Up Yourself
11) Peter Tosh – Legalize it
12) Söppel, Dattelner Rock-Band 1979
13) Vogelfrei, Hagener Jazz-Combo 1980 – 1987
14) Baksmell, norwegische Rock-Gruppe 1983
15) King Crimson – Heart Beat
16) Hannes Wader – Unterwegs nach Süden
17) Django Edwards – If I was a bicycle-seat
18) Talking Heads – Burning down the house, Girlfriend is better, What a day that was, von LP Stop Making Sense
19) Julian Cope – Sunspots, Holy Love
20) John Otway – She was the girl behind the revolution, Angel
21) Simple Minds – Sister feeling call

22) Latin Quarter – There's no rope as long as time, von LP America for Beginners
23) Lusthansa, Neue-Deutsche-Welle-Gruppe aus Trier – Nix Neues in Poona
24) Scott McKenzie – San Francisco
25) The Mamas and the Papas – Monday, Monday
26) Tschaikowski – 1. Klavierkonzert in b-Moll
27) Madonna, Whitney Houston, Chrissie Hynde, Ina Deter, Nena, France Gall und Wencke Myhrre – ein Tag für musikalische Frauen-Power
28) Eric Burdon – The last drive
29) Die Zwei, saarländische Tanzkapelle 1987
30) Lloyd Cole and the Commotions – Perfect skin von LP Rattlesnakes; Rich von LP Easy Pieces
31) Daylight Super Band, Maastrichter Cover-Band 1992
32) Charmaine Neville – The right Key, but the wrong Keyhole
33) Neville Brothers – Hey Pocky Way, Fire on the Bayou, Yellow Moon, Fire and Brimstone, Voodoo, Lil Lisa Jane, Brother John – Iko Iko, Run Joe
34) Willy de Ville – Demasiado Corazon
35) Dr. John – Right place, wrong time; Iko Iko
36) Wild Magnolias – All on a Mardi Gras Day
37) Zachary Richard, Eddie Bo + Johnny Adams bei der New Orleans-Revue 1992
38) Fools Garden – Lemon Tree

Danke für alles

Ich möchte mich bei den vielen Menschen bedanken, die tat- und ratkräftig dabei mitgeholfen haben, diesen Roman fertig zu stellen:

- meinem Freund Harry, dem ewigen Freund aus Datteln, Tecklenburg/Osnabrück nun schon seit über 40 Jahren, der mir die Treue einer jahrzehntelanger Männerfreundschaft hielt. Der mich schon ab den 70er Jahren durch unsere gemeinsamen Tagebuch-Ergüsse letztendlich zu diesem Roman ermuntert hatte.
- meiner saarländischen Facebook-Freundin Iris, die mich in einige Feinheiten des ›saarländischen Platt‹ einweihte und mir die Unterschiede zwischen dem Moselfränkischen aus der Gegend von Saarlouis/Merzig und dem Rheinfränkischen der Homburger und Neunkirchener näher brachte.
- besonders aber meiner lieben Frau Petra, die mir nicht nur den Freiraum gab, mich kreativ in meinen Romanen auszuleben, sondern mich auch beim Redigieren und Diskutieren des Manuskriptes unterstützte. Sie war mir eine große Hilfe in Fragen der Grammatik, des Stils und der Logik und hat damit dazu beigetragen, dass ich in den letzten Jahren des Öfteren Lob für eine positive Fortentwicklung meines Schreibstils bekommen habe.
- unserer gemeinsamen Katze Lilli, diesem halb-norwegischen Raubtier, die uns mit vielem Schnurren und flauschigen Streicheleinheiten innere Ruhe und Behaglichkeit gab.

Allen Teilnehmern/Innen an den inzwischen zehn Lesungen, die ich in den letzten acht Jahren gehalten habe, und natürlich auch allen Leser/Innen und Käufer/Innen meiner ersten sieben Romane ›Straßnroibas‹, ›Spätzünder, Spaßvögel & Sportskanonen‹, ›Keine Leiche, keine Kohle …‹, ›Der Junge, der eine Katze wurde …‹, ›Leidenschaft im Briefkuvert‹, ›Zeitmaschine – STOPP!‹ und ›Das Geheimnis um YOG'TZE‹, die mich dadurch ermunterten, fleißig weiter zu schreiben.

Die bisherigen 7 veröffentlichte Romane von Manfred Schloßer:

Straßnroibas, Liebe – Länder – Leidenschaften

… ein autobiographischer Roman über Manfred Schloßers Alterego Danny Kowalski, der genauso wie er während der letzten 3 ½ Jahrzehnte durch die Kontinente gereist ist und dabei allerlei interessante und aufregende Abenteuer erlebte, die mit fremden Kulturen, der jeweiligen Zeitgeschichte, lustigen Dödelkes und prickelnder Erotik gewürzt wurden.

»Der afghanische Soldat hielt mir seine geladene Kalaschnikow gegen die Brust und herrschte mich an: »Verschwinde!«, worauf ich mich schleunigst und bereitwillig in die Wüste am östlichen Stadtrand von Herat verkrümelte … «
Dieser 2007 veröffentlichte Roman hat 408 Seiten, 17 farbige Illustrationen und ist unter der ISBN-Nr.: 9783833483677 nur im Internet zu beziehen.

Aus der Presse: »*Liebe, Länder und Leidenschaften: Ob Indien, Thailand, Nord- und Mittelamerika, Europa – es gibt kaum einen Ort auf der Welt, den Manfred Schloßer in den letzten 35 Jahren nicht besucht hat …*«
WESTFÄLISCHE RUNDSCHAU Hagen, Oktober 2007

Spätzünder, Spaßvögel & Sportskanonen
Vom ersten Kuss bis zur Traumfrau: meine Jugend hat spät begonnen …

… ist die Geschichte von Danny Kowalski, der auszog, das Leben und die Liebe zu lernen. Als Spaßvogel und ›Sportskanone‹ war er ein Frühstarter, aber in der Liebe ein Spätzünder. Sein zweiter Roman von 2009 hat 368 Seiten, ist unter der ISBN-Nr.: 978-3837032697 veröffentlicht und im Buchhandel oder im Internet zu beziehen.

Aus der Presse: *Vom Leben und der Liebe: Der prickelnde Titel:* »*Spätzünder, Spaßvögel & Sportskanonen – Vom ersten Kuss bis zur Traumfrau: Meine Jugend hat spät begonnen*« *verspricht denn auch viel. Erzählt wird die Geschichte von Danny Kowalski, der von Westfalen auszog, das Leben und die Liebe zu lernen …*
WAZ RECKLINGHAUSEN, März 2009

Keine Leiche, keine Kohle ...

... ist ein Ruhrgebiets-Krimi, wobei der verschwundene Tommy Gölzenleuchtner gesucht wird. Die Hagener Kripo um Bandura und Julia Finkensiep rätselt, ob er tot oder gar ermordet worden ist? Danny Kowalski sucht jedenfalls im Auftrag für seine Versicherung den Verschwundenen und jagt so einem Phantom durch drei Kontinente und über zwei Jahrzehnte hinterher: diese Jagd führte ihn in Städte wie San Francisco, New Orleans, Taipeh und Bangkok oder Khao Lak.
Sein dritter Roman von 2011 hat die ISBN-Nr. 978 – 3 – 8423 – 2009 – 3, ist mit 9 Farbfotos verschönt, hat 150 Seiten und kostet 9,95 €.

Aus der Presse: Lokalkolorit und Exotik. Keine Leiche, keine Kohle – so einfach ist das. Wenn man Versicherungsangestellter ist und im Auftrag seiner Gesellschaft auf die Suche nach einem Verschwundenen geht. »Keine Leiche, keine Kohle«, so lautet auch der Titel des mittlerweile dritten Romans von Manfred Schloßer, mit dem der Hobby-Autor seine Danny-Kowalski-Trilogie vervollständigt.
WESTFALENPOST Hagen, Februar 2011

Der Junge, der eine Katze wurde ...

In diesem abgefahrenen Roman nimmt der junge Danny Kowalski Ende der 1960er Jahre in Domburg einen LSD-Trip, von dem er nicht mehr runter kommt. Die Handlung führt den Leser in einer abenteuerlichen Odyssee durch Süd-Holland, durch das Amsterdam der Hippies, durch die Wälder des Niederrheins und entlang der Flüsse und Kanäle Westfalens, in deren Verlauf Danny sich in eine Katze verwandelt. Sein vierter Roman von 2012 hat die ISBN-Nr. 978 – 3 – 8448 – 2827 – 6, ist mit 10 Illustrationen verschönt, hat 132 Seiten und kostet 8,95 €.

Aus der Presse: »Auf Drogen-Trip am Kanal. In seinem neuesten Buch ›Der Junge, der eine Katze wurde‹ nimmt der in Datteln aufgewachsene Manfred Schloßer seine Leser mit auf eine ungewöhnliche Reise.«
DATTELNER MORGENPOST, April 2012

Leidenschaft im Briefkuvert

… ist eine spannende Romanze mit historischem Hintergrund. Die Geschichte beginnt während des ›kalten Krieges‹ in den 1960er Jahren, als eine Ost-West-Brieffreundschaft die Gefühle der Beteiligten in Wallung brachte: »… aber sie konnten zueinander nicht kommen…!«
Sein fünfter Roman von 2013 hat die ISBN-Nr. 978 – 3 – 8482 – 3785 – 2, ist mit 18 Illustrationen verschönt, hat 152 Seiten und kostet 9,90 €.

Aus der Presse: »Komm nach Hagen, werde Popstar, mach Dein Glück!«
In seinem aktuellen Roman »Leidenschaft im Briefkuvert« – eine spannende Romanze mit historischem Hintergrund – schildert der Autor die Lebenslinien zweier Frauen.
STADTMAGAZIN HAGEN, Juni 2013

Zeitmaschine – STOPP!

In seinem Öko-Science-Fiction entführt uns der Autor Manfred Schloßer in die historische Zeitkultur der 1960er und 70er Jahre. Seine beiden Protagonisten Danny Kowalski und sein griechischer Freund Alexis machen sich mit ihrer Zeitmaschine auf der Suche nach Jim Morrison und den Doors. Da die altertümliche Höllenmaschine sich als leicht defekt herausstellt, landen sie zwar erst in unserer Vergangenheit des letzten Jahrhunderts, stolpern aber immer wieder haarscharf an ihren anvisierten Zielen vorbei. Sein 6. Roman wurde 2014 veröffentlicht, hat die ISBN-Nr. 978 – 3 – 7357 – 7338 – 8, ist mit 17 Illustrationen verschönt, hat 108 Seiten und kostet 7,95 €.

Aus der Presse: Der Hagener Autor Manfred Schloßer hat jetzt sein sechstes Buch veröffentlicht. Hauptfigur ist wieder der schon durch seine anderen Romane recht bekannt gewordene Danny Kowalski. Er ist diesmal mit der Zeitmaschine unterwegs …
WOCHENKURIER HAGEN, März 2014

Das Geheimnis um YOG'TZE

In diesem Kriminalroman klären die Protagonisten Kommissar Danny Kowalski und Kollegin Fanny Bevenbreucker einen 30 Jahre alten historischen Kriminalfall von 1984 auf. Ein Krimi muss nicht immer todernst sein, weshalb der Autor Manfred Schloßer hier im 7. Teil der Danny-Kowalski-Reihe oft humoristisch und augenzwinkernd unterwegs ist.

Dieser Hagen-Krimi ist auch ein Sport-Krimi, der während der Fußball-Weltmeisterschaft 2014 in Brasilien und teilweise in einem Fitness-Center in Hohenlimburg spielt. Kommissar Kowalski sucht jedenfalls aus seinem Keller-Büro bei der Hagener Kripo im neu geschaffenen Sonder-Dezernat ›Z‹ für unaufgeklärte Mordfälle einen Mörder.

Sein siebter Roman wurde 2015 veröffentlicht, hat die ISBN-Nr. 978 – 3 – 7386 – 7530 – 6, ist mit 14 Illustrationen verschönt, hat 120 Seiten und kostet 7,99 €.

Aus der Presse: »*Der seit 35 Jahren in Hagen lebende Manfred Schloßer hat sein siebtes Buch veröffentlicht. Der Krimi trägt den Titel ›Das Geheimnis um Yog'Tze‹ Dieses Mal hat er akribisch recherchiert, hat in Polizeiberichten gelesen und alte TV-Aufzeichnungen angeschaut. Denn obwohl die Handlung fiktiv ist, basiert sie auf einem echten Mordfall. Und den versucht Kommissar Danny Kowalski zu lösen.*«
WESTFALENPOST HAGEN, März 2015

Die bisherigen 7 veröffentlichte Romane von Manfred Schloßer